蒼穹のローレライ

尾上与一

キャラ文庫

この作品はフィクションです。
実在の人物・団体・事件などにはいっさい関係ありません。
現代では不適切とされる表現がありますが、作品の時代設定を鑑み
発表当時のまま収録しています。

目次

口絵・本文イラスト／牧

蒼穹のローレライ

友人の消息が知れたのは、戦後十八年が過ぎたある日のことだった。

倦んだ夏の日で、蝉時雨の中で電話のベルがやけにけたたましかったのを三上は覚えている。何も知らないうちから何となくせき立てられるような予感がし、黒く磨かれた板間を歩いて、玄関にある電話の受話器を取った。

滴るような緑の梢から、銀の陽光が庭に差している。影がちらつく玄関は土間で、一段階段を下りたような、ひやりとした冷気に満ちていた。

黒電話の前で、金魚鉢の赤い金魚が尾びれを見せてゆるりと回転する。

——三上徹雄さんのお宅でしょうか。

蝉時雨の間から受話器ごしに問いかけられて、三上は思わず名を呼びそうになった。名乗られるまでもなく、彼の声があまりに友人に似ていたからだ。

——突然電話をして申し訳ありません。僕は、城戸と申します。戦中、三上さんに大変お世話になった、城戸勝平の長男です。

連絡をくれたのは彼の息子で、そのとき彼の訃報も同時に承った。

友人、城戸勝平が先々月病気で亡くなり、預かり物があるので渡したいと言う。

心あたりがなく、貴重なものなら辞退したいと三上は答えた。城戸とは、ラバウルで終戦を迎え、引き揚げ船に乗る前に別れたきりで、戦後一度も連絡を取っていない。

　会社役員に収まった城戸の活躍はたびたび耳にしていた。三上の実家は空襲で焼けて、自分のほうからしか連絡が取れなかったのに、あえて三上は連絡しなかった。戦時中は階級が下の者から声をかけないのが礼儀だったし、現在活躍中の彼が、ラバウル時代のことをどう思っているかわからないからだ。戦中のことを自慢する者もあり恥という者もいる。黙す者も多い。経験は人それぞれで、何が正しいと言えるような生やさしい戦争ではなかった。

　戦後、元軍人の待遇はけっしてよくなく、特に航空隊は任務の特殊性から、終戦後の社会に馴染めなかった者も多いと聞いている。幸い三上は職にありつけたが出世もしていない。社会に埋もれて平々凡々と暮らしている自分のほうから城戸に連絡をして、金の無心をされるのではと思われるのが嫌だったのもある。いずれにせよ、無沙汰をしたのは三上のほうだ。今さら遺品を貰えるような立場にはない。

　城戸の息子——名は平介というそうだ——は、電話の向こうであらかじめ用意していたかのように短く、小さめな声で「封書です」と言った。

　——父から、三上徹雄さんに必ず渡してくれと言われました。遺言なんです。無礼は重々承知ですが、どうかご検討だけでも願えませんでしょうか。

　そう言われては断りようがない。城戸の息子の来訪を受けることにした。三日後の午後に会うことになった。

玄関に立っている青年は丁寧に頭を下げた。

「初めまして。城戸平介と申します。亡くなった城戸勝平の長男です」

背広姿で革の鞄を提げている。ずいぶん垢抜けた様子だ。大学卒業後、城戸の側で働いているというからエリートなのには違いない。癖毛を七三に分けていて、襟足は士官のようにきれいに散髪している。甘い顔立ちだ。目がぎょろっと大きい。やや眉が太い。

「ずいぶんご立派な息子さんがいらしたのだね。父上によく似ておいでだ」

平介と向き合ってみると、勝平が若いまま目の前に現れたようで、三上は思わず自分の手を見た。しわしわというほどではないが、若々しさが去った、染みの浮かんだ手だ。南方帰りの四十三歳。そういえば自分が勝平と過ごしていた頃は、まさに平介の年代であったのだ。自分だけが歳を取ったような不思議な気分だが、よくよく見るとやはり細かい顔のつくりが、勝平とは違っているなと思った。

三上はもう一度静かに頭を下げた。

「この度は誠にご愁傷様でした。戦中、城戸さんには大変お世話になりましたのに、最後まで不義理であったことをお詫びいたします」

数年前から肝臓の病気を患い、治療の甲斐なく、この六月に病院で亡くなったと電話で聞いた。

「こちらこそ、突然連絡を差し上げて申し訳ありませんでした。何しろ急な遺言でしたので、僕も何もわからないまま連絡を差し上げてしまって」

「そうですか。捜すのにずいぶんご苦労なさったでしょう。戦後、誰にも連絡を差し上げない方針でおりましたから」

隠れていたわけではないが、戦中からの付き合いにはさっぱり応じなかった。戦友会が許されるようになっても顔を出さず、二度めの引っ越しをしてからは誰からも年賀状が来ない。

平介は快活そうな顔に微苦笑を浮かべた。

「自動車会社にお勤めなのはわかっていましたから、そうでもありませんでした。電話口でいきなり住所を尋ねてしまったので、怪しまれて、なかなか教えてもらえなかったのが難点でしたが」

思い切りがいいのと取り成すのが上手いところが父に似ている。特に口止めはしていなかったが、事務員が自分の電話番号を彼に伝えたというのだ。

「どうぞ。男やもめで何も出ませんが」

三上は平介に上がるように促した。初めの家は小さすぎた。その次の家は広すぎて手間ばかりかかった。

この家は中古だが、大切にされていたらしい家で、客間と二間、台所が裏にあって使いやすい。書斎にしている洋間が特に気に入っている。

和室の客間に行き、平介に上座に座るよう促した。床の間には誰が描いたかわからない竹の絵の掛け軸がかかっている。それを背に、座布団を外したまま「失礼します」と頭を下げるあたり、勝平の教育は行き届いているようだ。

もう一度、座布団を勧めると平介は座った。三上も彼の向かいに座る。三上は軽く会釈をして卓の上に、用意していた黒白の水引がかかった封筒を出した。

「お葬式にもうかがえず、大変失礼いたしました。気持ちばかりですが、御仏前にお供えください」

「いいえ、そんなお気遣いなくお願いします。僕は父の遺言を果たしに来ただけですから」

「本当なら今からでも御仏前に上がるのが筋なのです。収めてください。お願いです」

「そんな……」

やや強引に頼むと平介は不祝儀袋に手を伸ばしかけたが、戸惑った顔をして手を膝に戻した。ぐっと肩が動くのが見える。卓の下で手を握りしめたのだろう。平介はやや青ざめた硬い表情で卓の上をじっと見つめていた。

「いただく前に、電話でお話ししたものをご覧ください。お気持ちが変わるかもしれません。僕は、親父(おやじ)に代わって殴られる覚悟をしています。預かるときに、くれぐれも詫びてくれとも言われています」

「詫び？」

「はい。死ぬ間際、父にはほとんど意識がありませんでしたが、封筒を必ず渡してくれと、何度も。三上さんに申し訳なかったと」

　そう言って、平介は卓上で紫色の袱紗を開いた。

古びた白封筒だ。蓋はめくれて一度も封をした痕跡がない。角が折れて丸みを帯びている。色はだいぶん黄ばんでいて、ところどころ何かしらの染みもついている。ここ数ヶ月のものではなさそうな佇まいだ。

　三上は封筒を手に取った。

　表には濃淡のある万年筆書きで『三上徹雄様』とあり、裏返してみると『城戸勝平』と同じインクで書かれ、黒いボールペンらしき文字で横に目黒区の住所が書かれている。

　何か思いつめた姿の封筒だが、三上には何をどう振り返っても、城戸に詫びられることなど少しも思いつかない。

　城戸はラバウル基地にいた頃、通信科の通信長をしていた。五つ年上で、飛行班の整備員だった自分に目をかけてくれ、優しくしてくれた男だ。世話にはなったが、彼が自分に詫びることと言えば、明日未明から飛行があるのに、もう一局、もう一局と縋られて、整備長に呼び出される寸前まで碁を打たされたことくらいだろうか。それとも彼が腹が空いたとあまりに嘆くから、内緒で魚を捕りに行き、自分だけが見つかって、柱ほどもある木の棒でさんざん尻を打たれたことを、今さら彼は謝るだろうか。

　息をつめるほど緊張している平介の様子を見ると、彼は手紙の内容を知っているらしい。

三上はわざと素っ気なく手の中の封書を眺めた。何が書かれていても自分は胸に納めようと思っていたから、彼を宥めたい一心だ。

「なんのことかわかりませんが……」

しらを切るように答える間も、城戸からの謝罪の内容を想像する。煙草の本数でも誤魔化されたか、解員船に乗せ間違えたか。

「なにがあろうと、もう時効です」

なにをされた覚えもないし、通信科である城戸が整備員である自分と生活上かかわることもない。戦後、それなりに苦労はしたけれど、無事内地に戻って事なきを得たから何の不満もない。家庭を持たず、一人で暮らしているのは自分の心の都合だ。これも城戸には関係ない。

自分が知っている城戸は、やんちゃな男だった。大尉であるくせにくだらない冗談ばかり言っていた。今度は何だろうと思いながら、遺言と言うにはずいぶん前に書かれたらしい紙を、封筒の中から指で引き出した。

中は封筒よりさらに古い粗悪な紙で、鼠色でさえなく、大きな茶色い繊維が残った厚い紙だった。

もう一度触れた瞬間、指先が焦げつくような感覚がして、思わず三上は息を呑んだ。

自分はこの紙を知っている——。

終戦近く、物資に困窮していたラバウルにはもはや紙と呼べるような品物がなく、木の皮を剝いで布海苔を作り、煙をあげて空爆の目標にされないよう、苦心惨憺しながらぼろ布と海水で漉いた紙を使っていた。三上たち飛行班にもこの紙が回ってきた。鉛筆で書いては消して、破れても磨り減るまで使った。

ドキドキと胸の奥が鳴りはじめる。波の彼方から、何かが潮騒のように強く押し寄せてくる錯覚を三上は覚えた。時間という波だ。怒濤の音を立て、逃げようのない速さで迫ってくる。

三上は口でひとつ、漏れるような呼吸をして、乾いた音を立てながら、震える指でその紙を開いた。

中央にカタカナが六文字、銀色の鉛筆書きの、大きく斜めに乱れた文字で記されている。その右端には、きれいな字で日時が書かれている。——左下には、名前が記されていた。

唖然とするとはこのことだろう。

棒で頭を殴られたように、何も考えられず、息さえできず、読むには一瞬で足りるその三行が永遠のように、ぐるぐると目を走らせる。目も口も開いたまま、手のひらほどの古い紙面に目が釘付けになる。

日付は忘れようがなかった。

時間はこのときだったのかと思った。

ずいぶん想像した。ずいぶん待った。

あのとき、できなかったから、その古く粗悪な紙をそっと撫でた。体温を探すように、《彼》

の肌に触れるように、何度も何度も指で撫でた。

腹の底から嗚咽が上ってくる。すすり泣きの呼吸に、獣のような呻きが混じる。呼吸全体が慟哭となって唇から溢れ出した。

口で息をし、鼻水をすすることも忘れて、一心にその紙を指で撫でる。

心で語りかける言葉は何一つ見つからない。ただ愛しかった。ただ恋しかった。知りたかった。ずっと自分はこうしたかった。もう叶わないと思っていた。

紙の上にぼとぼとと涙が落ち、毛羽立った繊維の上に、いくつも水玉が重なって滲む。人前だというのに涙を堪えるのも忘れ、ただ全身で嗚咽を漏らし、紙片を手にしたまま泣き続ける。

泣いているのはあの日の自分だ。

二十四歳の整備員、三上徹雄少尉だ。

あの頃、自分はラバウルにいた。

航空機の舞う蒼穹を見上げ、雲の狭間から鳴り響く、彼らの歌を背のびしながら待ちわびていた。

† † †

ふっと、墜落する感覚があり三上徹雄は目を覚ました。

空を飛ぶ一式陸攻の広い機内には、ごうごうと唸る飛行音が満ちている。耳を聾する轟音だが、うるさく感じず心地いいのは職業柄か。緩やかな上下を繰り返しながら、エンジンの子守歌に揺られていたら眠るなというのが無理な話だ。

風防ガラスの前に二人並んでいる操縦員が会話しているのが見える。三上と向かい合って座る上級士官は熟睡している。その隣の補佐官も舟を漕いでいるところだ。偵察員だけがせわしく、双眼鏡で窓のあちこちを見ている。

厚木基地の最後の仕事として整備してきた発動機《火星》は、一定で力強い音を奏でている。長距離飛行だ。いよいよ油も回って快調なのだろう。操舵も良好、機器の不調も告げられない。

こうなると搭乗整備員の三上には仕事がなく、向かい合って座る将校たちの寝顔を眺めながら、自分もまた舟を漕ぐしかない。

三上は一式陸攻の広い風防から、頭上に広がる空を見上げた。

——だんだん蒼（あお）が濃くなるな。

厚木基地を飛び立って約七時間。今頃グアム島上空に差しかかる頃だろうか。本日の天気は晴れ、雲の上に出てからは窓は青に染まるばかりで、それがだんだん濃度を増してゆくのに南へ向かっているのだなと実感する。

七人乗りの陸攻は今日はほとんど輸送機だ。通常は主、副操縦員、偵察員が二名、通信員二名、搭乗整備員一名という配置だが、今日は操縦員二名、偵察員一名、通信員一名、整備員が自分で、残り二名はトラック諸島を訪れる少佐殿とそのおつきの大尉だ。格納部分には爆弾ではなくおみやげの物資と配給品がたらふく積み込まれている。

三上の所属する整備班の人員は、三上を日本に残してラバウルへ先発した。三上はトラック島基地の整備員と交代するためにこの一式陸攻の搭乗整備員として乗り組んでいる。トラックで現地の整備員と交替し、自分は駆逐艦に乗り換えてラバウルに行って原隊と合流する。

——今まで真面目にやってきた褒美だ。トラックで羽を伸ばしてこい。

整備長が羨ましそうに、三上の背中を叩（たた）いた。

トラック島基地。無数の島々からなる巨大な堡礁（ほしょう）で日本帝国海軍の一大拠点だ。環礁によって外海の荒波から保護されている南の主力泊地で、戦艦・大和（やまと）や長門（ながと）をはじめとした大型の艦船が停泊し、中でもトノアス島——日本軍が夏島（なつしま）と呼んでいる島には、飛行場があり、日本人街が発展している。物資が溢れて内地以上に贅沢三昧（ぜいたくざんまい）という話だ。前線をラバウルに守らせ、内地から物資ばかりが届く。戦わずして富んでいる。腐敗の島だと誹る者もいる。

盧溝橋事件に端を発する大東亜戦争において日本軍は、真珠湾攻撃を皮切りに、破竹の勢いで南に進軍していた。

フィリピンはマニラ、ダバオ、パラオ、サイパン、トラック島、その先には南の最前線基地ラバウルがあり、そこに集う無敵の航空隊を、内地では畏敬の念を持って航空隊の華と呼んでいる。日本海軍航空隊の中から選りすぐりの精鋭ばかりが集い、島には溢れ零れんばかりの航空機がある。

ラバウルから北は日本の空だ。精鋭海軍航空隊が守るこの空を飛べる敵機は米英にはなく、いよいよニューブリテン島に近づくまでは殿様の籠のような遊覧飛行だ。

軽く左に倒れていた姿勢を正そうと背筋にうんと力を入れると、雲の下に海が見えた。鉄板のような青海原に、糸を通した針のような艦船の航跡が見えている。護衛もつけずにわずか一隻。これも優雅なことだ。三上はゆっくりと息を吐いて首からかけている懐中時計を手に取った。到着まであと四十五分というところか。

発動機の心地いい音を聞きながら、雲の波間を上がったり下がったりしているとまた眠気が襲ってくる。

ときどき気流を掠めても、砕氷するようにガリガリとプロペラと翼で粉砕しながら力強く陸攻は進む。機体が、ふうと浮き、昇降機のようにふうと沈む。母の腕とはこういう感じだっただろうか。ふわふわとあやされているようだ。もう二十四年も前のことだから思い出せないが。

目を閉じて数度も息をしないうちに、自分の呼吸が寝息に変わるのを聞いた気がしたときだ。

ピ――ィイイ……

鳥の鳴き声のような音が聞こえた。

地上三千メートル。こんなところを飛ぶ鳥がいるものか。自分の耳を疑ったとき、もう一度。

ピ――ィイイ――

雲雀(ひばり)でもああは唄(うた)えぬだろうと思うような澄んだ美しい音だ。誰も聞こえていないのかと、ぼんやりと目を開けて機内を見回したとき、急にバリバリと音がして、三上はひっと目を覚ました。

「敵襲……敵襲だ！」

操縦員が叫んだときには、もう激しい機銃の音は鳴り止(や)まなくなっていた。どこをどう飛んできたのか、トラック島からかなり北の位置に敵機が紛れ込んでいる。機銃の音で聞き分けると単機ではないようだ。

「何をしておる偵察員ッ！」

副操縦士が怒鳴るが、偵察員は座席の下に落ちた双眼鏡を慌てて拾っている。居眠りだ。お供の大尉が急いで最後尾の機銃席に座る。機内に電流のような緊張感が走った。三上は足元にしまっていた工具箱を確認する。

操縦員がぐうっと機首を上げる。馬力に任せて逃げ切ろうという算段だが、相手は身軽な戦闘機だ。護衛がないのでは追いつかれる。

「偵察機だ！　生きて帰すな！」

軍帽をかぶり直した少佐が叫ぶ。操縦員は撃てとばかりに機体を大きく傾けた。敵機の高度はやや下だ。

斜め銃でもない限り当たらない。タタタタタ……と大尉が二十ミリ機銃を掃射する。ものの数秒もしないうちに背後を飛んでいた敵機が、翼から白煙を上げ、海に向かって急降下していった。こんな角度で当たったのか、と驚いていると、また偵察員が叫ぶ。

「敵機、二機！」

彼の悲鳴を聞いたとき、もうこれは駄目かもしれないと三上は思った。隠れる雲もない晴天の洋上で、複数の戦闘機に追い回されて愚鈍な陸攻が逃げ切れる気がしない。念仏を唱えるべきか、落下傘を引き出すべきか、それとも泳ぐ用意をするべきか。一度に押し寄せる選択肢をとっさにどれも選べない。

そのとき、またあの鳥の声が響いた。今度はごく近く、鮮烈に響き渡る。

ピ――ィイイ――。ィイイ――！

陸攻の真上で音がしたと同時に、右下に迫ってきていた敵機が、ぼん、と火を噴いた。機銃が当たったのか。いや、あの位置ではありえない。内燃機関に故障でも起こしたのかと思っていると、また鳥が歌う。

「ローレライか！」

少佐が立ち上がらんばかりに大声で叫ぶから、三上は顔を歪(ゆが)めた。こんなときに何を言っているのか。動転しすぎておかしくなったか。ローレライとはおとぎ話の、船を沈める妖女だ。

ピ――……イイイ――

また、可憐(かれん)だが妙に凄味(すごみ)のある鳥の音(ね)がおおぞらに響き渡る。直後に雷(いかずち)のような機銃の音が交差し、陸攻の下方で爆発が起こった。身を乗り出すようにして窓に飛びつくと、海に向かって錐揉(きりも)みしながら落ちてゆく敵機が見えた。そして陸攻の下に添う、日の丸の機体が――。

「零戦(れいせん)だ！」

味方機だとわかって思わず三上は声を上げた。塗粧(としょう)からすると艦上機のようだ。どうしてこんなところを飛んでいるのだろう、あの音は何だったのだろう。

零戦は風に吹かれる柳の葉のようにふわりと高度を上げて、一式陸攻の側に寄った。三上の席からでは、風防の中の操縦員の姿は見えるが顔まではわからない。彼は陸攻の操縦員と手信号を交わしている。

迂回(うかい)しろと言われているようだった。まだ他に敵機がいるのだろうか。

「おい、三上！」

偵察員に双眼鏡を押しつけられた。受け取る間に零戦は離れていってしまった。三上が双眼鏡を目に当てようとしたとき、地響きのような爆音が響いた。敵機の次はすわ雷雲かと水平線に双眼鏡を向けようとしたが、ドオンドオン、……ドオン、と重なり合うように鳴るところを見ると、どこかで砲撃戦が始まったようだ。

「機影ナシ、船影ナシ！」

「き、機影ナシ、船影ナシ！」

偵察員の口調に合わせ、三上も慣れない報告をする。砲撃の音はするが空中にも海上にも何も見えない。

通信員はせわしなく打電しているが、何も言わない様子を見るとめぼしい情報は返ってきていないらしい。

「あ……あれだ！」

偵察員が叫んだ。

「南南東海上にて交戦中！　識別不明！　艦隊規模不明！」

三上も眼窩にめり込むほど双眼鏡を押し当てて、偵察員が見る方向を見る。偵察用の双眼鏡だ。微かに動かすだけでも視界が大きく動いて目が回りそうだった。うろうろと探していたら、空に急に綿埃のようなものが生まれるのが見えた。空の青に綿の実のような、ふわふわとしたものがぽんと弾ける。ひとつ、ふたつ、そして数え切れないほどに増殖してゆく。鼠色だが雲ではない、砲撃の煙だ。遅れて地響きのような爆音が届く。対空砲火だ。あのあたりに航空機がいるはずだ。どちらが艦隊でどちらが航空機かはわからない。

「無線が封鎖されています！」

通信員が告げる。戦場はもう間近だ。運悪く、丸腰の陸攻は自ら戦地へ飛び込んでしまったらしい。

「退避する！」

操縦席から声が聞こえる。とにかくこの海域から全力で離脱しなければ巻き込まれてしまう。間に合うのか。どっちへ逃げればいいのか。偵察員はちゃんと方向を読めているのか。三上は空中に目を凝らした。船影は見えないが、黒い爆煙が空に浮かんでいるのは見える。先ほどより大きな気がする。砲撃音も近くなっている気がする。

「航路確認願います！」

三上は操縦席を振り返って叫んだ。逃げ道はこっちではないのではないか。

操縦員がこちらを振り向いたと同時に、自分たちのものではない飛行機の唸音が聞こえた。風防に一瞬影が落ち、明るい灰色の機体が割り込んでくる。先ほどの零戦だ。風防の中で、進行方向と逆の方向に、そろえた指を出す仕草が見えた。声などとうてい聞こえないのだが、何でこっちに来たと彼がこちらを罵っているのが聞こえるような気がした。

先導するように飛んでいた零戦が、前方に向けて何度か機銃を放つ。窓にしがみつきながら海上を見下ろすと、海面に木炭のように浮かぶ船影がいくつも見えた。雲のせいでわかりづらいが、敵艦隊のすぐ側まで寄ってしまったらしい。全身の毛穴からぶわっと冷や汗が噴き出すような近さだ。

どう！　と音がして、すぐ目の前で砲が炸裂した。陸攻は大きく揺れ、三上も後ろにひっくり返りそうになるのを座席に縋りついて堪えた。爆煙を翼端で掠りながら、陸攻は慌てて方向を変える。

それを見届けたかのように、零戦は翼を傾けた。機銃を撃ちながら敵艦の上空に果敢に斬り込んでゆく。

ほとんど垂直に翼を傾けて、落下のような角度だ。見ているほうが怖ろしい。

あれが南の精鋭、海鷲、最前線の航空隊か。

整備員の三上は、一日の長い時間を航空機の側で過ごしているが、飛んでいる航空機をあまり間近で見たことがない。伝え聞くとおり、矢のように空を飛び交う我が軍機を実戦で見るのは初めてだ。

三上は陸攻を助けてくれた零戦を双眼鏡で追った。おおぞらを鳥のように易々と上昇し、急降下しては海に浮かぶ敵艦を捕食しようとする姿はまさに海鷲だ。双眼鏡の先端から眼球が飛び出しそうに熱中して零戦を追っていると、また音が聞こえた。

ピ――ィイイ――

あの零戦から音がしている。なんの音だろうと、三上は全身の神経をそばだてて零戦を追う。

零戦は洋上に浮かぶ敵巡洋艦にしこたま機銃を撃ち込んだあと、また高い高度まで舞い上がった。状況は日本軍の圧倒的な勝利のようで、敵戦闘機を日の丸の翼が数機で追い回している。あちこちで魚雷の水柱が上がっている。巡洋艦からは黒煙が立ち上り、艦橋の向こうから赤黒い炎が見えている。

また零戦が翼を傾け、急降下に移った。

ピ――ィイイ――。……――ピ――ィイイ――

機体を傾けると、音が鳴るのか。

整備不良だと、整備員の三上の血がざわめいた。音が鳴る戦闘機など聞いたことがない。空中で不良が起こったのかもしれないが、あれでは自分の居場所を知らせているようなものだ。命知らずが戦闘機乗りの常とはいえ、気がついていないなら知らせてやらなければならない。整備員は飛んでいるところを見られないから気づいていないかもしれない。空を飛んで初めてわかる不良もある。せめてどこの隊かがわかれば知らせてやれるのだが――。

必死で尾翼に目を凝らす三上の耳にまたあの歌声が届く。

ピ――ィイイ――

対空砲が破壊されたからといって、爆撃機でもないのに艦の直上に接近するのは危険だ。危ないと叫ぼうとして、三上は信じられないものを目にした。

煙を上げる艦船の上で、何かが煌(きら)めいている。零戦が通るたび、きらり、きらりと空に何かが弾けている。

　隣に並んで同じように外を見ていた偵察員が言う。

「ローレライは悪食ときた」

　信じられないことに、下に垂らした着艦用のフックで、敵艦船のアンテナや艦橋に張りめぐらされた紐の類を切りまくっているらしい。とんでもない腕だが、やっていることはめちゃくちゃだ。

「アイツは鱶か……！」

　開いた口が塞がらないとはこのことだ。悪食と言うにもあまりにも獰猛だ。いくら戦うために生まれた戦闘機とはいえ、あそこまでやるものなのか。

　呆然としている間にも戦火が後方に遠ざかってゆく。

　緊張の時間が続く。偵察員は舐めるように念入りに空を眺めている。息をつめ、三上も偵察に没頭した。

　五分以上飛んだ頃だろうか、「敵機影ナシ」と、最終的に逃げ切った判断を偵察員が出した。

狙われたのは、こちらがたまたま、まさに戦闘中の上空に飛び込んだからで、日本軍の航空隊にあれだけめちゃめちゃにやられたのでは米軍も追ってくる余裕はないだろう。

「ローレライのお陰で命拾いだ」

　どすん、と座席の背に背を投げながら、少佐が大きな息をつく。

何を言わんとしているのか、もう三上にもわかっていた。零戦が発するあの音色のことだ。ということはあの零戦は、常にあの音を発しているのだろうか。

偵察員がひそめた声で話しかけてくる。

「不都合な渾名(あだな)は、検閲で切られるからな。《魔王》とか、《十連星(じゅうれんせい)》なら強くてかっこいいから内地の新聞も大々的に取り上げるが、ローレライなんて、女々しい上に気味が悪いじゃないか」

たしかにそのとおりだが、戦場で会いたくないのは、格好いい二つ名の戦闘機より、あの不気味な零戦(ローレライ)のほうだろう。美しい歌声だった。蒼穹に響く澄んだ音色は、冴(さ)え渡りすぎて魔性を孕(はら)んでいる。どこまでも広がる南方の空でうねる、凄味のある声だった。

「三上はローレライの噂(うわさ)を聞いたことがないのか?」

「はい」

三上がいた厚木基地は大きかった。三上の担当は戦闘機で、人数も多く、たいがいの噂は回ってきたものだが、ローレライという二つ名や、不思議な音がする戦闘機の話など聞いたことがない。

「どういうわけだか知らないが、あの零戦は歌うんだ。歌いながら敵機を撃墜し、そして艦船を食いちぎる」

手の先でがぶがぶと食べる真似(まね)をしながら、偵察員は眉を顰(ひそ)めた。

「あの音が聞こえたらローレライに沈められる。魔物の歌声だそうだよ」

戦闘海域を大きく迂回したせいで燃料はスレスレだったが、他の島に緊急着陸せずにすみ、三上たちが乗った一式陸攻は無事、トラック島の春島第一飛行場についた。

船で夏島に渡った少佐と自分たちは整列の出迎えを受けた。夜は日本人街の料亭に、着任を祝う酒宴を設けてあるという。横須賀にある、海軍御用達料亭として名高い「小松」のトラック島支店だ。三上も供として招かれたのだが辞退した。真っ先にしなければならないことがある。腹が減っていたから屋台のように路面に出された店先で、パイナップルやマンゴーなど、箸に刺した果物を何本か買って通信科施設に飛び込んだ。

念のためだと思っていた。たまたま自分たちは並んで飛行したから気づいたが、戦闘機は戦闘空域に差しかかればバラバラに飛ぶ。あの様子では離陸や編隊を組むときには鳴らないのだろう。機体が傾けば音がするだなんて、限定的な条件下での不良など、本人も周りも気づいていない可能性がある。

私電など打ちたくないという通信員に頼み込んで、ラバウルへ打電してもらうことにした。着艦フックがついていたということは艦上機なのだろうが、あの海域にいたならラバウル基地に停泊する可能性が高い。そうでなくとも尾翼番号がわかれば、ラバウルの通信科に任せておけば正しいところに連絡を取ってくれるだろう。個人的に打つ電信だが整備員の仕事の範疇(はんちゅう)で、その良心と誠実から生まれる正当な行為である。なによりも命の恩人を救いたい気持ちがあった。操縦の腕は立つようだが、あれでは早晩墜(お)とされてしまう。

嫌がる通信員を説得し、鵬翼(タバコ)を箱ごと渡すと了承してくれた。電文の内容には少し迷った。

「発　ミカミ　テツオ

宛　レイセン21　キタイ312－017　ローレライ

キタイ　カラ　オトガ　シマス　ゴチユウイ」

転任中で三上にはまだ所属がない。「元厚木基地所属第三〇二航空隊整備科第四班三上徹雄中尉」と書くのも大げさなことだ。飛行中の機体から異音がしていると伝わればいい。相手の名前はわからないが機体はわかる。零戦二一型だ。あの状況では尾翼の番号を見るのがやっとだった。ローレライと宛てたのは失礼だったかもしれないが、多少の無礼を冒しても命が助かるならそのほうがいい。

それにしても、と三上は日中の戦闘を思い出して息をついた。戦闘機乗りは勇猛果敢と決まっているが、ローレライはとんでもなく獰猛だ。操縦席にはどんな鬼の荒くれが乗っているのかと思うと身震いがする。

南方の海で活躍しているならいつか会うこともあるかもしれないが、できることなら願い下げだ。

電信を打ってもらったあと、一人で街に出ると、戦前のようなにぎやかな通りが目の前に広がっていた。

椰子の葉葺きの軒下に赤い提灯がぶら下がり、女給が忙しそうに店の路地から出入りしている。髪結いの道具箱を提げた男が煙草を吸いながら歩いていた。

本当に夢のようだ。

内地では戦地に兵器や食料を送るために辛抱な生活をし、街角では鍋釜や仏具に使われている金物までもを掻き集め、女性は着物を売って、もんぺを穿いて過ごしている。だが最前線がすぐそこにあるトラック島は、どうやら平和そのものだ。戦争は、開戦以降常に日本が優勢だと言われているが、確かにこの様子なら近日中にも戦勝するのではないか。

通りを行き交う人の中に、肌が黒い男を見て三上はぎょっとした。墨を塗ったような黒い肌に縮れた髪だ。

目がぎょろりと大きく白目が異様に目立つ。腰には橙色の布を巻き、籠を手に裸足で歩いている。

そういえば南方には肌の黒い現地住民がいると聞いていた。作業員として雇い入れることがあり、見かけは違うが心根が優しく、よく働いてくれるという噂だ。三上以外の誰も驚いていないのを見ると、ここでは彼も日常の風景なのだろう。

ふと目を上げて、三上は思わず往来に立ち止まった。

空が奇妙な色をしていた。何色かと言われれば桃色なのだが、桃色と言われて一般的に想像するような生やさしい発色ではない。赤と紫色のペンキに自発光塗料(ラジウム)をぶち込んだような、今にもぶわっと広がって世界中を呑み込んでしまいそうな奇っ怪な桃色だ。

逃げ出さなくてもいいのだろうか。周りの人の反応を見ながら輝く桃色の空に圧倒されているうちに、頭上から空が見たこともない紫色にだんだん染まってきて、まんなかあたりで二層に分かれた。これも目がおかしくなりそうに鮮やかな色だが、今度は暮れているのだと三上にもわかった。三上は往来に佇(たたず)んだまま自然が描き出す雄大な空の芸術をおそるおそる楽しんだ。まだ下のほうは夕日で血のように赤いのに、天空はみるみる紺色になり、中天はとげを生やした星を浮かべはじめている。

飛行機でたった七時間の島なのに、まるで異世界に入り込んだような夕暮れだ。

もしかしたらあのとき一式陸攻は墜とされて、自分はあの世で夢を見ているのかもしれないと、馬鹿なことを考えた。この通りを奥まで歩いて行ったら冥界へ辿(たど)り着くのでは、とおかしな想像まで湧き上がってきたが、通りを歩く人は皆和やかだ。三上はあたりを窺(うかが)いながらおずおずと歩きはじめた。通りにまた一人、肌の黒い男が現れる。これが南方の日常らしかった。

翌々日の早朝、三上は駆逐艦でラバウルに向かった。ラバウル港で船から下りて桟橋を歩き、定期のトラックに乗せてもらって内陸へ向かう。トラックは、後ろにもうもうと火山灰混じりの土煙を上げながら走った。整備場は灌木の林の中にあるそうだ。

林の前で降ろしてもらい、こちらの方角だろうかと思うほうに歩いてゆくと、密林の手前にトタン屋根が見えてきた。バナナの林の間には、偽装網や防暑布をかけられた航空機があちこち駐機しており、カンカンと金属を叩く金槌の音や、「よし押せ！」「せーの！」などというかけ声がしている。整備科の陣地はこのあたりらしい。自分の班はどこにいるのだろうか。

見知った顔がないかときょろきょろしていると、トタン屋根の下にいた男が地面に工具を置き、ものすごい勢いでこっちに走ってくる。彼は、顔を見分ける前に三上に飛びつくように抱きついてきた。

「おー！　三上、元気だったか！」

同年兵の山岡だ。

「元気も何も、おととい別れたばかりだろう」

衝撃でよろめいて鞄を地面に落としながら三上は答えた。

「南へはるばる四五〇〇キロだ。俺たちが知らない間に、実は四年の月日が流れているかもしれないぞ？」

山岡がそう言いたくなる気持ちはわかった。薄く積もった火山灰。足元には枯れ草のような雑草が茂るばかりなのに、山手を見れば、うっそうとジャングルが生い茂っている。布を垂らしたようにバナナの葉が茂り、上空では巨大な椰子の葉が、ギラギラと陽を弾きながら踊っている。濃厚な味の果実、奇っ怪な声で鳴いているのは鳥か獣か。駆逐艦の甲板で遭遇した、何千本もの蛇口を一気に捻ったような怒濤のスコールは、世界中の水が滝になってこの艦めがけて落ちてくるかのようだった。夢ではないという確信が持てない。四年後を想像しようとしてもできない。山岡が言うように、自分が知らないうちに四年経っていても不思議ではないと三上も納得しそうになった。南国とは人をおかしい気分にさせるものらしい。目の覚めるような珊瑚礁の輝き。鮮烈な夕焼けも、鋼を敷きつめたような紺碧の海面も、現実のものとは思えない。

「もう宿舎に行ったか」

「まだだ。今着いたばかりだ」

「楽しみにしていろ。まあまあな御殿だぞ。搭乗員様たちのお城には及ばないが、高床でな、別荘のようだ」

「そうか」

案内をしてくれる山岡について歩いてゆくと、整備中の零戦二一型が見えた。機体の上に整備員が上っている。

零式艦上戦闘機。《零戦》という愛称で親しまれている日本の主力戦闘機だ。運動性能がずば抜けている上に、航続距離は異例の三千キロメートルを誇る。幅十二メートル、長さ約九メートルの小柄な機体は鋭くも優美だ。機上には背面の視界に優れた涙滴型の風防が載っている。

灌木の盛り上がりの向こうに一機、その向こうにも、その向こうにも、茂みのいたるところに零戦が埋まっている。三上たちの班は零戦班だ。別の航空機も整備するが、零戦の数が多すぎてほとんど専門になっている。

三上は通りがかりに零戦の翼端に触れながら、見慣れない機体の色を眺めた。

「これが南方の塗粧か」

空母に載る零戦は明るい灰色だ。南方は空と海の色が濃いから、深緑色に塗り替えると聞いていた。この色だと元々細い零戦の機体が余計締まって見える。細身の五二型ともなるとほとんど矢のようだ。

「ああ、これが案外困りものでな。塗料が粗くてざらざらするんだ。空力に障るといけないから、油のついた布で磨き上げている」

「全部か」

「そうだ。気休めかもしれないがな」

それは大変なところに来てしまったと思いながら、トタンの軒下に入ると、作業中の整備員たちが顔を上げて一様に明るい顔をした。

「三上、着いたか」

「遅かったな。トラックから泳いできたのか」

「駆逐艦の整備でもしていたのではないか」

ぽんぽんと冗談が飛び出す。みんなが笑う。相変わらず明るい班だ。

「お待たせしました。改めて、よろしくお願いします」

三上は帽子を取って深く頭を下げた。彼らとは、料亭で酔いつぶれて脱ぎ散らかしたままの下半身に褌(ふんどし)を締めてやった間柄だが、礼儀は必要だ。

航空機の足回りを見ていた整備長が腰を叩きながら立ち上がってこっちに出てくる。

「よし。全員そろったな？　所属の飛行隊に挨拶に行って、今日のところはのんびりやるか」

「整備長は搭乗員への挨拶は初めてですか？」

着任二日目で作業もしているのに、まったく挨拶もしないのでは礼儀を欠くことにならないだろうか。

「ああ。司令部には行ったが、隊との挨拶はまだだ。ちょうど担当する隊が作戦に出ていてな。整備も昨日までは前の班がおったから、作業を引きついだのは今朝からだ」

それにしても自分を待たずに挨拶をしてくれていてかまわなかったのに、整備長は律儀な人だ。

航空隊では搭乗員が殿様だ。扱いに天と地ほどの差があり、住居も飯も配給も格段以上の差がある。危険が迫ったとき、搭乗員の退避は一番先だし、飛行以外の重い労働はさせない。搭乗がない日にこちらが火事場のようになっていても、日陰で昼寝をして酒を呑んでいる。同じ航空隊に所属していながら別世界の人たちだった。そんな彼らに挨拶が欠かせないのはもちろんわかっている。自分たちが搭乗機の整備を担当します、とお目通りにゆくのだ。整備員が怠りなく整備をするから貴様たちは安全に飛べるのにと、扱いの不公平への不満を胸に押し込みながら——。

　自分たちは整備兵と軽んじられるが、内地にいれば秀才天才と呼ばれていた人間の集まりだ。整備長は東京帝国大学の航空学科出身で、空技廠の開発部にいた人間もいる。三上自身も空技廠の実験部隊を歴て厚木基地の整備科に入り、中でも責任の重い飛行班に置かれていた、腕と知識に覚えありの人間だ。

　整備科とひとくちに言っても中は細かく分かれていて、発動機、機器、燃料、兵器とそれぞれ専門分野を担当している。各班が精魂込めた担当部分を一機の航空機に組み上げたものを総合的に調整し、確認するのが飛行班だ。操縦員が搭乗する寸前まで機内にいて、発動機、メーター、油圧、燃料がすべて正常に動くかどうかを確認してから搭乗員に席を譲る。整備の最終的な責任を負う重要な仕事だった。

　整備長が三上の腰を、ぱん！　と叩いた。

「心配するな。そもそも戦闘機乗りは一匹狼の荒くれだ。一癖二癖あって当たり前、性格も多少変人でなければ最前線ラバウルの飛行機乗りなど務まるか。こっちが大きく構えなければ、整備などやってられんぞ」

「はい」

航空隊にもいろいろな性格があって、皆仲がよくて朗らかな隊もあれば、未だ予科練のように死にものぐるいの声を張り上げる隊もある。俺が俺がと搭乗員同士で押し退け合うような主張が強い隊もあるし、他人の寄せ集めのように、集合しても口も利かない隊もある。

そして俗に言うように、搭乗員の扱いやすさは航空機の定員に比例すると三上も思っている。複座の航空機の搭乗員は話し合う癖がついているから、整備員の言うことにもわりと耳を傾けてくれる。これは数が多くなるほど顕著で、二人乗りの艦爆より三座の偵察機のほうが搭乗員の人馴染みがよく話しやすい。さらに七人乗りの一式陸攻ともなると、兄弟で乗り合わせたような気安さだ。しかしこれが一人乗りの戦闘機の搭乗員となると、編隊はまとまっていてもそれぞれの我が強く、飛行にいちいちこだわりがあり、乗りグセは全部と言っていいほどバラバラだ。搭乗員も機体の好みも唯一無二の個性があり、それに合わせている限り整備に正解はない。

やるしかない。戦争だ。国の存亡にかかわる未曽有の危機に、民族の誇りをかけて送り出された男たちの集合体だ。どんな無理難題を押しつけられても最高の機体を差し出してみせるのが整備魂だ——。

決意を新たにしながら歩いていた三上はふと、怒鳴り声に気づいて顔を上げた。みんなも一斉に歩を緩める。十メートルほど先で、搭乗員たちが数人で怒鳴り合っている。一人が伸ばされた手を激しく払う。その男は宥めるように肩にかけられた手も撥ねつけていた。今にも摑みかかりそうな険悪な様子だ。

山岡が声を潜めて顔を歪ませた。

「さっそく来たぞ……？」

このあたりに駐機している航空機は三上たちの班が担当する可能性が高い。いきなりハズレを突きつけられた気分だ。気性が激しい隊員が集まっているらしい。この隊を担当するなら、朝から晩まで怒鳴られる覚悟が必須のようだった。

一様に暗い顔をして通りかかる自分たちに、男の一人が顔を上げてさらに大きな声を出した。

「貴様らは整備か！　ここに来て待っとれ！」

風格のある搭乗員だ。彼は自分たちに一言命じるなりまた目の前の男を大声で罵りはじめた。

自分勝手がどうの、隊とは、風紀とは、大和魂とは。

整備長のあとについて嫌々近づきながら、他の整備員たちとちらちらと視線を交わすが、どの目も運が悪いとしか言ってこない。搭乗員たちから一メートルくらいの距離を取って立ち止まった。

「貴様の思い上がりには反吐が出る！　何様か！　言ってみろ！」

罵倒に近い彼の叱責は続いている。

気まずいところに来てしまった。日常茶飯事だが、人が叱られているのを見るのは居心地が悪い。

「横から割り込むとはなにごとだ！　貴様、たまたま事故がなかったからいいようなものの、接触でもしていたらどうするつもりだったんだ？　敵機どころの話ではないだろうが！　それなのに自分の単独撃墜だと？　ふざけるな！」

雷のような怒号に向かいの男が何かを答えた。一方的に叱られているのかと思ったら、口と表情が動いている。

飛行帽の耳あての陰から、細い鼻筋が見える。

彼はぱくぱくと口を動かしているが音声が伴わない。身振りに比べてよほど声が小さいのだろうか、自分の耳がおかしいのかと思って耳を澄ますと、奇妙な音が聞こえる。

電波の雑音のような音はどうやら彼の声だ。切れ切れに、喉に詰まっているような喋り方で、ようやく出た音はものすごいしゃがれ声だった。発音もはっきりしておらず、何を言っているかよくわからない。ときおりザーザーという以外は破れた風琴のようにほとんど音になっていない。相手もそうらしく、言い合うというより、一方的に怒鳴っている。実際彼の言うことがわからないのだろう。彼の返答を聞きもせずに頭ごなしに文句ばかりを喚いていた。だがよく耳を傾ければ、しゃがれ声の人は安全距離をどうのと言っている。

編隊はそれで合っているとも。上官らしい男は『軍人たるもの、海軍の精神とは』という道徳と昔話ばかりだ。これは長くかかりそうだ。何を言っても相手にまったく伝わらないしゃがれ声の搭乗員のほうが気の毒だ。思わず三上は口を出してしまった。

「あ……あの、『二番機の護衛など必要ありません』と言われております」

あまりに不毛なので、先ほどから彼が何度も繰り返していることを三上の口で伝えた。

ギッと火のような怒りの視線が三上に向けられるが、このままでは埒があかない。意見をするのではない、自分は彼の言葉を伝えるだけだ。

「……。『安全距離は取っていた。敵機を墜とすことが優先で、他人の成績を気にかける余裕はない』、と」

三上が答えると、誰かに前へ押し出された。よろめきつつ一歩踏み出す。振り返ると自分を押したのは側にいた搭乗員だ。喋るなら前に出て堂々と喋れということだろう。

しゃがれ声の男に袖を摑まれ引き寄せられた。上から睫毛と尖った鼻先が見下ろせる。男はちらりとこちらを見て、掠れた声で言う。彼と、向かいに立っている男をびくびくと見比べながら、三上は聞こえるましゃがれた声をはっきりした言葉で復唱する。

「と……『当然、自分の職務を果たします。二番機が一番機の護衛に当たっておりましたから、自分は必要ないと思いました』」

「必要ないわけがあるか！　貴様は三番機の役目を何と心得る！」

唾が飛ぶほど怒鳴られて、ひっと肩を竦めそうになるが、乗りかかった船だ。一言伝えて、ではさようならと逃げ出すわけにもいかない。唸りそうな表情の彼のスカスカの音声を聞き、すぐに言葉にする。

「『一番機は先導、二番機は護衛。三番機は掃討です』」

「貴様は予科練でそう習ってきたのか？　ああ⁉」

「『戦場と予科練のどちらが立場が上とお思いか』」

白刃の斬り合いの間に入るようなものだ。生きた心地がしない。三上のこめかみや背を流れる汗は炎天下のせいではない。生汗とも冷や汗ともつかぬ、命の危機を察したときに滲み出る蝦蟇(ガマ)の油のようなものだ。だらだらと流れて蠟燭(ろうそく)のように身が細りそうだ。余計な助け船を出すのではなかった。だが喧嘩(けんか)であるなら、一方的に攻撃されっぱなしではかわいそうだと思ったから。

音を発しない彼の舌戦は続く。三上は言い間違わないように彼の言葉を再現することだけに必死になっていた。

「『結果、三機撃墜がありました。内、一機は橋本(はしもと)を狙っていた戦闘機でした。つまり俺は敵航空隊との差を四機あけたことになります』」

平然とした顔で口を動かすこの男は、ものすごい腕の搭乗員なのだなと三上は思った。彼の言うことが本当なら感状(かんじょう)と一升瓶が出るような大戦果だ。

「『一番機も一機撃墜、二番機はナシでしたがそれは護衛に当たったからです。俺は俺の使命を十分果たしました。それになんの文句がおありでしょうか！』」

なるほど搭乗員とはこういう気分か。自分にはなんの関わりもないのに、彼の言葉を繰り返すだけで何だかすごいことをしたような気がしてくる。男に生まれて軍人になったからには、一生に一度くらいこういうことを言ってみたいものだ——という考えが頭を過(よ)ぎるが、目の前の男が今にも爆発しそうだから一瞬で気を引き締める。

「数字だけを見れば立派だが、貴様が犯したのは命令違反だ。仲間を危険に晒(さら)す背反行為だ！誰が個人の戦果のために二番機の前に割り込めと言った！」

相手の男の目が血走ってくる。初めは三上の声を聞いて隣の男に言い返していたが、今は三上だけが睨(にら)まれている。

「『呑気(のんき)に譲り合って撃墜の好機を逃せと仰(おっしゃ)いますか』」

「味方機の鼻先に割り込んで撃墜するなど、どこの隊がしておるのだ！」

汗がだんだん酷(ひど)くなってきた。目の前の男の顔が茹(ゆ)で蛸(だこ)のように赤くなってくる。顔中をぴくぴくさせながらギリギリと自分を睨んでいる。今にも胸ぐらを摑まれそうだ。恐怖で集中が途切れそうになる。

頼む早く終わってくれ。一触即発の緊迫に挟まれた三上は、耳から入った音を自分の口から出す作業に必死だった。精神を集中する。自分はスピーカーだ。ただそれだけだ。自分を通して音が出ているだけで、三上自身は無関係だ。

「『できるときにやるべきです。敵は待ってくれません』」

「武士道を理解しないのか貴様ッ！　数字が上がれば何をしてもいいというものではない、貴様には恥や遠慮というものがないのか！」

「『勝つことが大事です』」

「それでは鬼畜米英と変わらんただの蛮行である！　日本兵としての誇りを内地に忘れてきたのかこの馬鹿ものめが！　大和民族たるもの――」

「『しつこい、ハゲ』」

言ったとたん、しん……、とあたりが静まりかえった。長い沈黙の頭上を、ごうごうと航空機の唸音が横切ってゆく。

「あ。自分ではありません！　彼、……彼が！」

三上は悲鳴を上げたが、すでに鬼のような形相で襟を摑まれたあとだ。しまった今のは音にするべきではなかったと思うがもう遅い。

「やめてください、隊長！　それはただの整備員です！」

他の搭乗員も整備員たちも、三上に馬乗りになった相手の男を引き剝がそうとする。しかしそれも間に合わず、三上は地面に押し倒され、頰を三発も殴られた。

相手が搭乗員でしかも隊長ともなると、抵抗するとどんな目に遭うかわからない。三上は防御するしかなかったが、それでも四発以上は殴られた。

もうもうと砂埃がたつ中、三上は両脇を抱えられ、彼らから離れた場所まで急いで引きずられた。足のほうから誰かの声がする。

「言ったのはアサムラです！　あれは通りすがりの整備員です！」

こめかみの一発が利いてぐらぐらと揺れる視界の中で、他の搭乗員が必死で訴えているのが見えた。その向こうにしゃがれ声の男が立っていた。逃げる様子もなく、悪びれるふうもなく、こちらを眺めている。

どういう神経なのだろう。

——戦闘機乗りは一匹狼の荒くれだ。一癖二癖あって当たり前、性格も多少変人でなければ最前線ラバウルの飛行機乗りなど務まるか。

先ほど聞いたばかりの整備長の声が鼓膜に蘇り、一言一句が身に染みる。

「おい……おい、三上、大丈夫か！」

仲間の整備員が水筒の水を手ぬぐいに零し、頬に当ててくれる。殴られたくらい普段なら何ともないが、当たりどころが悪かったのか、目を開けても焦点が定まらず、呼びかけられているのはわかっているが返事ができない。

「三上！　しっかりしろ！　ちくしょうアイツらめ、謝りにも来ないのか！」

恩を売る気はないけれど、助けの手を差し伸べた人間が殴り倒されたというのに、高みの見物のような目でこちらを眺めるだけなんて、どういう了見の持ち主だ——！

整備員たちが住まう宿舎は豪華か粗末か。

表（おもて）は聞いたとおり、デッキに囲まれた高床式で、跳ね上げ窓の立派な建物だが、中は通路を挟んだ二段ベッドがあるだけだ。艦内ほどではないが、お世辞にも広いとは言いがたい。

通りすがりに仰ぎ見た搭乗員たちの宿舎は、二階建ての白いペンキ塗りの建物で、本当に城のようだった。中も広いと聞いている。搭乗員に比べて整備員の数は何倍も多いのだからしかたがない。不満はあるが、ここは戦地だと思えばこれでも上等だ。

下のベッドに座っていた三上は、手にしていた餡子（あんこ）の缶詰を眺めたあと、隣に積み上げた四個の缶の一番上に戻した。

着任早々大災難だった。

あのあと三上たちは、担当する飛行隊に挨拶に行った。幸運なことに、先ほどの彼らは自分たちが担当する隊ではなかった。たまたま隣り合わせた別の整備科担当の飛行隊だった。

三上たちの担当の隊は朗らかで、隊長は整備員一人一人と握手を交わし、貴様らがちゃんと整備をやってくれて初めて、俺たちは安心して戦えると言って肩を叩いてくれた。皆感激し、帰りの道々に涙を浮かべ、死力を尽くして彼らのために整備に励もうと誓い合った。

三上たちが宿舎に到着した頃、一人の男が三上を訪ねてきた。先ほど喧嘩をしていた隊の一人だ。言い合いをしていたどちらの搭乗員でもなかった。彼は三上に「うちの隊の者が大変申し訳ないことをした」と詫び、見舞いにと言って缶詰を五個くれた。本人が謝りに来なかったのは不服だったが、搭乗員がわざわざ整備員に詫びに来ることのほうが珍しかったし、もともといらぬお節介を焼いたのは三上のほうだ。ありがたく缶詰を受け取り、気にしないでくれと伝えた。

そういえばしゃがれ声の彼のほうは、風邪か何かを引いていたのだろうか。会話もままならないほど酷い声だった。

奥のベッドから山岡が覗く。

「整列は四時からだ。そのあと工具の点検と、備品の確認な。大型工具はこれまで通りだ。トラックが一台貰えるかもしれん」

「それはありがたいな」

「それだけ仕事が多いってことだ」

そのようだと三上は苦笑いを返した。整備員だけでも何人いるのかわからない。南の要塞、神鷲の島、大ラバウル基地だ。灌木の間に、背びれを見せた魚の群れのように埋もれた航空機。港からここに来るトラックの中からは、零戦隊の列線が南国の太陽を弾いて銀色に煌めいているのが見えた。

今日中に環境を整えて、明日の早朝から整備三昧の毎日になる。そう思ってふと、気がかりなことを思い出した。夏島（トラック）から打った電信のことだ。

　たぶん通じていると思うが、ちゃんと彼に伝わっただろうか。音がするとだけ書いたが、何のことかわかっただろうか。確認しに行きたくともどこへ行けばいいかわからない。《ローレライ》と呼ばれる零戦乗りを知らないかと尋ねまわるにも、この零戦の数だ。艦隊付きならさらに雲を摑むような話だった。

「三上。おい、三上」

　廊下のほうから自分を呼ぶ声がした。

「整備科飛行班の三上はおるか」

　大声で尋ねているのを聞き、三上は山岡と顔を見合わせて立ち上がった。二段ベッドの間を出て廊下に顔を出す。

「三上！　三上はいないか」

「おります。自分が整備の三上です。お呼びでしょうか」

「おお、今日ラバウルに入ってきた、整備科の三上。貴様か」

　珍しそうに言うのは、初めて見る男だった。背が高い三上と同じくらい長身で、目がくりくりとしている。

　歳は自分より少し年上、二十六、七くらいだろうか。七三に分けた髪に、汚れあとのない防暑服。彼はまっすぐ三上の前まで歩いてきた。

「通信長の城戸だ」

どうりで日焼けしていないはずだ。若いが通信長というのだから通信学校出のエリートのようだ。通信科は整備科と同じ地上の仕事で、待遇は搭乗員ほどではないが、整備科と比べれば通信科は格上だ。

三上は室内なので敬礼ではなく、普通の礼をした。

「飛行班の三上徹雄です。本日着任しました。よろしくお願いいたします」

「ほう。いきなりか」

「……何がですか？」

数秒考えたが、何のことを言われているかわからず三上は問い返す。城戸は面白そうな顔をして三上を見ていた。

「浅群（あさむら）の通訳をしたそうじゃないか」

通訳と言われてぴんときた。先ほどのことだ。やっと落ち着いてきた頬の痛みがまた蘇る。そういえば彼は「アサムラ」と呼ばれていた。ということは搭乗員への無礼を叱られるのだろうか。目の前の彼は士官のようだが、周りには先ほどの騒ぎは何と伝わっているのだろう。

三上は用心しながら答える。

「通訳なんて……。声が出にくいようだったので、拡声器の代わりを務めただけです」

「普通はできんよ。貴様、特殊な訓練でも受けたのか。諜報（ちょうほう）とか」

「いえ、整備だけです」

「耳がいいとか？」

「ああ……それはそういえば」

聴力検査が飛び抜けていいわけではなかったが、幼い頃から何度か耳がいいと言われた覚えはある。

「うちで祖父の言葉を聞き取れるのは自分だけでした。祖父は歯が抜けていて」

三上が物心ついたときには寝たきりだった祖父は、ほとんど歯が抜けていて、母たちが祖父の言葉が聞き取れなくて困っていたのを代わりによく聞き取ったものだ。家族の中で祖父のふがふがした言葉が聞き取れるのは三上だけだった。

城戸が、ぶふぉッ！　と噴き出した。なんだろうと思うと、城戸は口を覆って、笑いながら三上の腕を摑んでくる。

「いいか、それを塁(るい)の前で言うなよ？　闇討ちにされるぞ？」

「は……はあ？」

「塁は癇癪(かんしやく)持ちでな」

「るい……？」

「浅群塁一飛曹(いつぴそう)だ」

しゃがれ声の彼は、そういう階級と名前なのか。若いようだったが、あれほど気が強ければ、出世をするのも頷ける。三上はため息をついた。頬の青痣や唇の傷が彼にも見えているだろう。

「そうですか。酷い目に遭いました」

「気の毒だ。だが助かったよ」

三上が零すと城戸は意外なことを言う。

「塁の声はずっとああだ。本人も周りも苦労している。どうか助けてやってくれ。そしてつかぬことを尋ねるが」

「はい」

「貴様がミカミテツオか」

「……はい」

今さら何だと思いながら城戸を見ると、城戸はまたぶはっと噴き出し、声を上げて笑いはじめた。二段ベッドのあっちこっちから人が顔を出して覗いている。何がおかしいのかわからないと怪訝に見ている三上を、城戸は涙を浮かべた目で見つめ返した。

「これから人前で名を名乗るときは気をつけたほうがいい」

「え……？」

ありふれた名前だ。これまで名前でからかわれたことはない。城戸は笑い出しそうなのを堪えているような声で言う。

「貴様のラブレターは実に評判だった。英雄譚に事欠かない我がラバウル基地に於いても、あのラブレターは出色の出来だ」

三上はムッとした。

「ラブレターなど、書いた覚えはありません」

生まれてこのかた一度も、と言うと無粋だとして逆に笑われそうだ。だが城戸は三上の返事を無視だ。

「ローレライへの恋文だ」

それでやっと何のことを言われているのか三上は察した。《ローレライ》《ミカミテツオ》《通信科》。あの電信のことだ。

「いや、あれはそういうつもりじゃありません。宛名がわからなかったんです！　ただの伝言です！」

宛名をローレライとしたせいでからかわれているのだ。でもあのときはああするしかなかった。そもそも電信を打ってくれた通信員は、言葉の通り打電してくれたのか。面白がって余計なことでも付け加えたのではないか。煙草を一箱も渡したのに――。

城戸はまだ笑っている。

「通信科の外壁に貼り出しておいたら、人だかりができるほどの大好評でな。書き写しているヤツもいたな。じきに講談になるだろう。男を姫と勘違いして恋文を書く、太鼓持ちの喜劇として！」

「ええっ⁉」

何がどうしてそんなことになっているのだろう。城戸は講談師のように大げさに言った。

「どんなめでたい奴（やつ）が来るのだろうと思ったが、案外普通だ。ローレライに真っ向から悪口を言ったのは貴様が初めてではないかな」

そう言われて三上は、はっとした。陸攻の中で聞いた偵察員の言葉を思い出す。輝かしい二つ名は搭乗員の雄姿を讃（たた）えるものだ。しかし、

――ローレライなんて、女々しい上に不気味じゃないか。

「もしかして、言ってはいけない二つ名でしたか」

おそるおそる尋ねると、城戸はぶう、と音を鳴らして噴き出したあと、いっそう激しく笑った。笑いすぎてひいひい言うほど笑い、さらにひとしきり笑ったあと、はあはあ息をしながら涙目で三上を見た。

「ローレライは陰口だ。ローレライ……電信で……堂々と悪口を……本人宛で」

と言ってまたぶふぅっと噴き出す。

そういうことか、と居たたまれなくなった。見知らぬ基地で、他人に無理を言ってまで親切心で電信を打ったつもりが、不名誉な渾名を基地中に発信してしまったらしい。

「それは……、申し訳ないことをしました」

誰かに相談すればよかったのかもしれないがあとの祭りだ。でも彼が危険だと思ったから、

電信で緊急に伝えた自分の判断が間違っていたとは今も思えない。

「いやいや、たまにはこういうのもいい。塁があんなに怒ったのは久しぶりに見た。どうかこれからも塁の面倒を見てやってくれ」

目許の涙を拭いながら言う城戸の言葉を三上は思わず繰り返した。

「……るい……？」

音にしてみると何だか記憶に新しい。

「――えええええッ⁉」

「浅群塁。ローレライだ。それでな」

「それでな、……って……！」

あのしゃがれ声の彼が《ローレライ》だというのか。

「塁が、貴様がミカミテツオなら自分の手で殴っておけばよかったと、それはそれは後悔していたぞ？」

「知りませんよ、そんなの！」

これが大基地ラバウルの洗礼か。悪口と知っていたなら内容だけ伝えてくれればいいのに。しかも、さっきまで恨んでいた男が、命の恩人のローレライだったというのか。

戸惑う三上の胸に怒りが込みあげた。栄光のラバウル基地だか何だか知らないが、みんなして意地が悪い。泣きたい気持ちで三上は城戸を見た。

「電文を貼り出したのはどなたですか」

「そんなの俺に決まっている」


三上は、狭いベッドに倒れて先ほどの会話を反芻していた。

歌えないローレライ。――よくできた話だ。

まだ少し目眩がする。今日は挨拶と工具の点検で作業は終わり、夕方まで自由時間で助かった。目を閉じてため息をついたとき、ばたばたと慌てた人の靴音が聞こえた。

「三上。三上、大変だ……！」

飛び込んできたのは血相を変えた山岡だ。

整備科の中佐が呼んでいると山岡は言った。司令部に呼び出されたのは三上と、別の班の整備員だ。そうなると用事は聞くまでもなくわかる。

「三上・鈴木両名は本日を以て、所属入れ替えとする。新しい班にて誠実に尽くすように。以上」

顔の痛みがなおさら疼くようなことを中佐は言った。飛行隊の必要に応じて、整備員の入れ替えや転属は日常的に行われる。だが行く先を聞くと明らかな意図が三上の上に降り注いでいるのがわかる。三上が異動になる整備班が担当しているのは、先ほど三上を喧嘩に巻き込んだ飛行隊だった。浅群塁もそこにいる。

　恨みを買ったのか、殴った詫びに三上を自分たちの側に召し抱えてやろうというはた迷惑な温情か。何となく先ほどの城戸も一枚嚙んでいるような予感もする。

　今朝、よろしくと挨拶したばかりの整備班のみんなに別れを告げ、気の毒な目に見送られながら三上は新しい班がいる場所へと向かった。辛いことだが腐るつもりも絶望するつもりもない。どんな訳ありの転属といえど、仕事は仕事だ。心機一転、どんなところにやられたって自分は整備に尽くすしかない。

　向かった先も零戦の海だった。木陰になったところに整備員の姿がある。カウルを取りつけている者、上半身裸を晒しながら懸命に機体を磨いている者。三上が声をかけるとみんなは作業の手を止めて出迎えてくれた。よろしくお願いしますと頭を下げ、一通りの自己紹介をするが、何だか様子が違っている。

「三上少尉」

　不可解そうな顔で三上を見ながら、新しい班の整備長である豊田が三上の目の前までやってきた。

「はい」

「貴様を浅群一飛曹搭乗機専属の整備長とする」

「えっ……？」

「浅群一飛曹の搭乗があるときは、その機を最優先。ないときは、我が班所属の整備員として当班担当機の整備に当たれ。いいな」

「あ……、いや、あの。専属、……？」

「返事は」

「はい」

整備長と言われて出世を喜ぶ前に、わからないことだらけだ。たった一人の搭乗員専属の整備員など聞いたことがないし、しかも相手はあのローレライだ。浅群とその愛機を自分に丸投げするということだろうか？　軍では命令は絶対だが、これを承服したらとんでもないことになるのではないか。

「三上は専属となるため、三日後に補充人員が一人来る。それまで皆にはご苦労なことだが、気を引き締めていこう」

「はい！」

一斉に声をそろえて返事をされても、三上は戸惑うばかりだ。

すぐに解散になって、三上は豊田整備長を追った。肩書きは彼と同じ整備長だが、実質三上は彼の部下だ。

「あの、あの、すみません。専属とはどういうことでしょう」

三上の問いかけに、当然と言わんばかりに豊田は簡単に事情を説明してくれた。

「飛行隊・十和田隊長、司令部・沢口中佐、通信長、城戸大尉からの肝煎だ。我々も貴様に期待しておる」

「ありがとうございます。でも」

ものすごい力が自分に浅群を押しつけようとしている。でも理由がさっぱりわからない。

そんな三上の戸惑いを察したように豊田は言う。

「貴様、浅群一飛曹の言葉がわかるそうじゃないか」

「え？　……あ、はい」

みんなが言う浅群があの男ならば、あのくらいのしゃがれ声は聞き取れる。

「皆、あれに苦労しておる。しかも、浅群一飛曹は搭乗員の中でも飛びきりの我がま……いや、こだわりを持っているから、貴様は浅群一飛曹の言うことに専念し、整備に力を注いでくれ。質問は？」

「……ありません」

なるほどと、思えばいいのか、その程度かとホッとすればいいのか。

みんな浅群の声が聞き取りにくいのに難儀しているのだ。それは大変だろうと三上も思った。搭乗員からの注文は微細にわたる。書類だけでは搭乗員の希望をすべて叶えるのは無理だし、出撃間際の火急の折に筆談をしている余裕もない。

「浅群一飛曹の機は貴様に一任する。人員が必要なときは自由に声をかけろ」

「はい」

いくらなんでも丸投げしすぎだ。整備の腕は自負するところだが、一任とはまた思い切ったものだ。

豊田のあとを歩いていた三上は、雑草の生えた地面の上にゆっくり立ち止まって彼の背中を見送った。

誰の世話をしたって整備の苦労は同じだ。事情はさておき整備長になれたのだから、自分が手伝えと言えば班員も手伝ってくれるだろう。配給も増える。給料も少し上がる。部屋も二列の二段ベッドから二列の一人ベッドに変更だ。幸運と捉えたほうがいいだろう。

ため息をついたときふと、空がまた怖ろしい桃色なのに三上は気づいた。雲を染め、海を染め、今日はそのままどんどん色を増し、山も椰子の葉も影絵のように真っ黒に切り出しながら世界中を血のように赤く染める。

ろくに仕事もしないまま、南方入り三日目が終わってしまった。明日はどんな一日が待っているのだろう。沈む夕日に想(おも)いを馳(は)せても、血潮の中に焼けた鉄の玉を転がしたような空では、想像を絶するばかりだ。

† † †

笑い方さえなんとかなったら、この男は誰から見ても立派な士官に見えるだろうにと、城戸を見るとき塁はいつも思う。

「あひゃひゃひゃ！」

例の電信をしつこく眺めては毎回笑うのだ。宿舎横のウッドデッキにあるテーブルに両肘をついて、どんどんと足踏みしながら紙を覗き込んで笑い声を上げている。

「《宛、ローレライ》だとよ！　軍の無線を使って悪口だ。平文だからきっと米軍にも拾われている。これは愉快だ。整備員のくせにこれは骨がある」

何がだ、と、塁は机の上に置いた飛行時計に手を被せながらため息をついた。それは誰もが笑うだろう。

陰口を言われているのは知っているが、見ず知らずの整備員から、基地通信科経由でローレライ呼ばわりだ。無礼も極まりすぎて笑うしかない。笑う気力すら起きなかったが。

しかもこの男が自分の隊に来るという。隊長と司令部までなら理由はわかる。これまで、なかなか自分の発言を聞き取ってもらえないのに苛立って隊内で諍いを起こしてきたからだ。そのたび互いに配置換えを司令部に訴えていたから面倒くさがられていたのも知っている。だから、不思議なくらいすらすらと塁の言葉を聞き取るあの男にやっかいごとを押しつけたいのだ。

少しタレ目で、整備員のくせに背が高い。お節介。

塁はテーブルの上の鉛筆を取った。

『Kハ　ドウシテ』

城戸と書くのが面倒なので、城戸と筆談するときはKと略す。

「俺が？　ああ、三上を推薦したわけか？」

城戸まで塁の側に三上を寄越せと、司令部と三上の隊に要請したというのだ。

「お節介そうだから」

その三上という男が寄越した電信のメモ紙をひらひらさせる。

「本物の馬鹿かと思って顔を見に行ったら、賢そうだしな」

お節介はアンタもだ、と内心塁は毒づく。知人から塁を託されたにしても、城戸は自分の世話を焼きすぎる。自分を城戸に紹介したのは内地にいる衛藤新多（えとうあらた）という海軍士官だが、彼もたいがいな世話焼きだった。偶然、声のことを知られて以来、見知らぬ一飛曹行兵の塁になにかと目をかけてくれた。南方に進出するときも、困ったら頼れと、同じ通信員である城戸をわざわざ紹介してくれたのだ。

通信員とはみんなこうなのだろうか。それとも士官の目には自分が珍品のようにでも見えるのだろうか？

うんざりとして塁は時計から手を離し、両手で頭を抱えた。もう決まったことだし、整備員なら誰が来たって構わない。基地中にからかいの種をぶちまけたことは簡単には水に流せないが、言葉が通じて文句が言いやすくなるならそれはそれで好都合かもしれない。

カスカスという音に顔を上げてみると、城戸が鉛筆でローレライの「ロ」の字の中を黒く塗りつぶしている。城戸は鉛筆の先を眺めながら呟いた。

「今からでも米軍の噂を消す方法ならあるぞ？　塁」

漏れてしまった機密情報を元に戻す方法などあるわけがない。またくだらない冗談を言う気だろうと思っていると城戸が言った。

「あれを鳴らすな」

もう何百回も聞いた言葉を諦めずに繰り返す。航空機の音のことだ。手を替え品を替え、言葉を替えて言い募られてもそれは却下だ。たとえ城戸の言うことでも、それだけは聞けない。

「鳴らさなくても、貴様の腕は十分だ」

今や塁の撃墜数は隊長を凌ぐ。塁が三番機より上に上がれないのは成績が足りないせいではない。見た目と声と、塁の実家に差別を受けるに十分な悪名があるからだ。塁はまた鉛筆を取る。

『鳴ラシタラ　十二分ダ』

そして自分が我が儘なせいなのも知っていた。これも変える気はなかった。

†　†　†

今日も島ごと蒸し焼きにされそうな暑い日だ。

浅群塁一飛曹は今日の搭乗割りに入っていないので、三上は一日かけて新しく担当する機体を存分に点検することに決めていた。整列を終えてすぐに整備場に走る。

機体番号312－017。間違いない。あのときの機体だった。皮肉な現実だ。電信を打つより自分が点検するほうが早いとは。何が原因で、徹底的な流線型に研ぎ澄まされた零戦の機体からあんな音が鳴り響くのか。心配も確かだったが、整備員として純粋に興味があった。

零戦二一型。昇降機の幅に合わせて、主翼の翼端を折りたためる艦上機仕様だ。零戦は派生型が多い。それは本体と基本の設計がしっかりしているからだ。核さえ冒さなければ、どんな変化にも耐えられる、素朴で無駄のない機体だ。三上はこの零戦という機体が好きだった。小手先の技術を欲しがらず、基本の厳守と繰り返しという誠実を整備員に求めてくる。単純だからといって整備の手を抜いたり、自己流で適当にすまそうとすると機嫌を損ねる。零戦は整備員の鏡とはよく言ったものだ。誰もがよく知る、必要最小限の部品で構成された単純明快な性格をしている。誤魔化しようがないから、整備員の誠実が如実に反映される機体だった。ラバウルには何千機という零戦があるが、それぞれの一番いい可能性を引き出してやりたい。それが三上の信念だった。

搭乗員は浅群塁一飛曹、十九歳。横須賀（よこすか）基地から空母・瑞鶴（ずいかく）の艦上機として活躍。艦隊付きと基地所属を転々としていたらしいが、ほんの数日前に隊の正式な異動でラバウルに配置されて零戦隊の所属になったらしい。下腹にはまだ着艦フックがついている。

彼個人の成績を見せてもらった。これは多少の我儘（わがまま）も通るだろうと思うような戦果だ。まだ若手と言っていい年数なのに、撃墜数はベテランに並びそうだ。出撃すれば必ず一機以上は墜（お）としてきている。0という数字がひとつも見当たらない。好成績というか、少なくとも一機を墜とすまでは帰還しないという執念が感じられた。

だからなのだろうな、と三上は思った。この零戦は浅群しか乗っていない。零戦は、出撃時に空いている機体に乗るのが普通だ。専用機などごく一部の搭乗員に限って黙認されているだけだ。浅群が誰の目にもはっきりと飛び抜けて優秀だから、専用に目をつぶられているのだろう。敵艦船のアンテナを引きちぎってまわる零戦を見たときの衝撃が脳裏に蘇（よみがえ）る。グアム上空で、頼もしいはずの彼の戦闘を見たとき、あまりの凶暴さに肝が冷える思いだった。それにしても鱶（ふか）の中味にしては、ずいぶん品がいい男が乗っていたものだ。

とにかく、と決心して三上は工具箱をしっかりと抱えた。

何としてでもあの音の原因を突き止める。鳥肌が立つような危険な零戦に、奇しくも自ら手を下せることになったのだ。願ったり叶ったりだ。

袖を捲って担当する零戦の前に立つと、探すまでもなく異様なものが目に飛び込んできた。

「なんだ……？」

機首のあたりにU字型の見慣れない金属部品がついている。

主翼の後ろに回り、足掛け棒を伝って機上に上がった。

操縦席の乗り口から機首を見る。

まん中よりやや右。長さは二十センチくらいだろうか。なめらかな機体に、植物でも生えたようにU字型の金属が溶接で取りつけられていた。

「すみません、これは」

下を通りかかった整備員に尋ねた。

こんなものがついていたら、風を切って音が鳴る。なぜこんなものがついているのか。この部品は何なのか。これまで内地で何百機もの零戦を見てきた三上でも見たことがない。

整備員は三上を見上げて、淡々と答えた。

「ローレライの秘密だ。音が鳴る」

意味がわからない。よく見ればU字は細い金属板を曲げてつくっているようだ。まっすぐ飛んでいるときはなんともないが、機体に角度がつくと音がする。音の仕組みはわかったが、目的がわからない。音を鳴らすだけの部品を機体につけて何の意味があるのか。

戸惑う三上に、立ち止まっていた整備員が声をかけてきた。

「操縦席に入って、照準を降ろしてみろ」

三上は言われるままに操縦席に入り、座席に座って照準を下ろした。照準器の最終調整は搭乗員がするが、基本の調整は整備員が行う。

普通のOPL照準器だ。正面にある板ガラスに丸と十字が描かれていて、これのまん中に敵機を入れた状態で機銃の引き金を引く。敵に弾を当てるための仕組みだ。

照準器の円の、かなり右下にあの部品が見えている。ここから見ると、縦長のきれいなUだ。だがやはり部品の意味がわからない。威嚇のためだとすれば馬鹿げている。機体を捻れば音が出るだけの部品なんて――。

考えて、三上ははっと気づいた。

機銃の弾はまっすぐには飛ばない。重力が働き、水平投射の方程式に従って放物線を描いて落下する。機銃を発射してから敵機に届くまでの時間差もある。零戦の二十ミリ機銃は《ションベン弾》と呼ばれるとおり、かなり下方に垂れる。機体を捻る方向と反対方向に向かって弾は飛ぶからさらに難しい。照準など有って無いようなものだった。

それをどうやって当てているかというと、『この弾が敵に届くとき、たぶんこのあたりにいるだろう』という予想で弾を発射する。《見越し角》と呼ばれていて、それを見定めるのが経験と勘だというが、速度と距離さえ合わせれば、確実に当たる角度を常に決められるのなら――例えば、機体を捻りながら敵機をあのU字の中に入れて機銃を撃てば、必ず当たるとしたら――。

三上は飛行中に機銃を撃ったことはないが、U字内を覗くと鳥肌が立つような戦慄を覚えた。当たると実感する。狙撃銃と同じ原理だ。覗く場所と照準が長いほど、的中の精度は上がる。

「わかります。わかりますがしかし……！」

こんな馬鹿なことがあるかと三上は思わず操縦席から上半身を乗り出した。足元で弾倉を運んでいる整備員は白けたものだ。

「それでなくてはならんそうだ。無理に外すと大変な癇癪を起こすぞ？」

「でもあんな音が鳴ったら死にますよ!?」

あのU字は照準器だ。上手い考えだが、あんな音が出たらすぐに敵機に見つかって撃墜されてしまう。

「ローレライに言ってくれ」

整備員は説明の役割を果たしたと言わんばかりに、一言答えて向こうに行ってしまった。

座席に座ったまま数秒呆然とし、じっとU字の部品を見つめる。

なんとかしてやりたいと思っても、あの形状で音が出ないものは作れないし、だからといってこのまま放っておくわけにもいかない。

――ピ――イイイ――。……――ピ――イイイ――

実際この耳で聞いてしまったから、あの小さな金属部品が蒼穹の器の中でどれほど鳴り響くかを知っている。

なるほどと、三上は呆れる心地だった。

あの照準に敵機を入れるために機体を傾ける。機体を傾けると音が出る。音を聞いたときはもう敵機は照準の中だ。間もなく撃墜されて、おおぞらで歌を奏でる撃墜の女神のできあがりだ。

絡繰りはわかったがこれは駄目だ。諸刃の剣というにも危険すぎる。空戦というのは敵機の背後から忍び寄って、一撃必殺で墜とすのが一番上手いやり方なのに、命中率と引き換えに自分の位置を知らせるのは、自殺行為と変わりない。

なぜ誰も止めないのだろう。彼が搭乗員だから誰も何も言えないのだろうか。司令部や上級士官の肝煎だからか? 危険なことがわかっていながら誰も親身に彼を引き止めない理由を三上が胸の中にどんどん積み上げていたとき、機の後方に人影が見えた。――浅群だ。

浅群は、灌木のあいだの雑草を踏みながら一人でこちらに歩いてくる。整備の様子でも見に来たのだろう。丁度いい。

三上は急いで操縦席を出た。足掛け棒を降りたとき、ちょうど浅群が機体の側まで来たところだった。

改めて浅群と間近で向き合う。口を開こうとして、三上は思わず息を呑んだ。

――瞳が青い――。

いや――青とは少し違う。黒くない。黒でも茶色でもない。琥珀糖のような、青みがかった濃い灰色だ。見たこともない目の色だった。正面から見ないとわからないような色だ。

文句が詰まった頭の中が、一瞬で浅群の瞳の青に塗り替えられる。数瞬呆然として、三上は我に返ったがまだ混乱している。その目の色のことを尋ねるべきか尋ねてはいけないのか、尋ねるとして何と言葉にして訊けばいいのかわからず動揺する。まじまじと見るのも失礼な気がして、三上は目を逸らしかけたが、気を引き締めなおしてもう一度浅群を見た。目の色は後回しだ。U字の部品のことは真っ先に、そして絶対に、話し損ねてはならない。

瞳から意識を逸らし、顔と身体全体を見るとやや落ち着く。見てくれのいい人だと思った。どちらかといえば小柄で痩せ形だ。切れ上がった大きな目に、まっすぐな眉がいかにも気が強そうだ。唇も強く結ばれている。やわらかそうな短い癖毛の髪も、黒とは言い切れないくらい色素が薄く、毛先が陽の光に透けている。

浅群は造作のいい顔を不機嫌そうに歪めた。

「貴様が三上か」

しゃがれた声に三上は、はっと我に返って敬礼した。

「失礼しました。三上整備長です。この機の専属担当を承りました」

今度は浅群が驚く番だった。やはり聞き取れるのかと言いたそうな表情だ。向き合っているから唇の動きも見えるし、そのくらい音が出るなら祖父よりぜんぜんわかりやすい。

「先日は助けてくださってありがとうございました。自分は、浅群一飛曹が護衛してくださった一式陸攻に乗っておりました」

三上が頭を下げると浅群がぎろっとこっちを見る。やはり腹を立てているようだ。

「電信では、失礼しました」

三上が謝るのは《ローレライ》と呼んでしまったことに対してだけだ。零戦から音が出ていて危ないと知らせたことは間違っていない。

浅群の目の青さを見慣れずに、どこに視線を置けばいいのか迷って何となく頬のあたりを見る。

「ところで浅群一飛曹。この機の先端についている部品なのですが——」

「あれに触るな」

「しかし、あれではあなたが危険だ」

搭乗員は我が儘が基本だ。整備員の度量で彼らの要望を叶えるが、一方で限界を超えそうになれば手綱を引く。自分たちにはそれが許されているし、できるのは自分たち整備員だけだと思っている。

「あの部品があれば、一飛曹はそのうち英雄になれるかもしれません。だがその前に墜とされる」

　どれほど褒め称えられても、戦争に勝っても、死んでしまったら元も子もない。好調の波に浮かれて慢心すれば、地獄はすぐ足元に口を開けている。船と違って浮かばない航空機は海に墜ちたらそこで終わりだ。

　冷めた視線で浅群は笑った。

「そう。それがいいんだ。邪魔をするな」

「はあ？」

　浅群の返事に思わずおかしな声が出た。浅群は聞き取りにくい声で唸る。

「貴様は黙って整備だけしていろ。俺の飛行に口を出すな」

　浅群は英雄になって死ぬことを希望しているのだろうか。だがそんなのは順番が間違っている。搭乗員ゆえの思い込みなのか、国中からかけられる重い期待が彼をおかしな考えに追い込んでいるのか。生きて、敵を倒して本国へ帰る。全将兵の一番の、そして最低限の願いだ。戦死はやむなしというのは軍人の心得だが、好き好んで死ぬやつはいない。生還して、そのうえで褒め称えられれば苦労も報われるというものだ。誰もがそう思ってこの南の僻地で戦っている。たとえ墓標に英雄と刻まれても、生きていなければ嬉しがりようもない。

　それに搭乗員の浅群がなんと言おうが、整備員の自分にも譲れない矜持がある。

「許せません。搭乗員が危険になるものが機体についていたら、整備員はそれを外します」

「貴様、搭乗員にたてつく気か!」

がさがさの声で怒鳴られて、いきなり頬を殴りつけられたが、今度は予測の範疇だ。小柄な浅群の拳など少しよろめくだけで受け止められた。

血の味が口の中に広がるのを感じながら、三上は浅群に視線を戻した。

「……それで?」

昨日は不意打ちを食らって脳しんとうのようなものを起こしたが、身体が資本の整備員だ。丈夫さならへたな搭乗員にも負けていない。

浅群は驚いた顔で三上を見ている。三上は浅群の返事を待つつもりはなかった。

「取ります」

「やめろ。貴様が取ったところで俺がつける」

「曲がりますよ?」

冷ややかに三上は囁いた。

「ご丁寧に溶接までして、あれでは工具が必要です」

誰がつけたのか知らないが、あれは整備員の仕業だ。薄い零戦の装甲に穴を開けずに、あんな小さな部品を搭乗員の素人仕事で組みつけられるはずがない。U字金具の角度はかなり精密なようだった。いったん外せばおしまいだ。

浅群は三上を睨んで口をぱくぱくと動かした。興奮すると余計喉が詰まるようだったが、かろうじて声は聞き取れる。

「貴様に俺の機の整備は任せられない。そこを退け！」

「退きません。俺がこの機の整備長です。出撃許可は出しません。整備不良です」

「貴様……！」

浅群が唸って襟を摑んでこようとするのを、いつの間にか周りに集まっていた整備員たちが飛び込んできて間に入る。

「いけません一飛曹！」

「三上はまだ、来たばかりですから！」

喧嘩を止める格好だが、みんなこの場に乗じて三上の味方をしてくれようとしている。基地全体ではどうか知らないが、整備場は整備員の城だ。

「この――タレ目！」

我が儘が通らないと思ったのか、浅群は幼稚な罵倒を吐いて、周りを固める整備員たちを激しく振り払った。火を噴くようなきつい視線で三上を睨みつけると、背を向けて、逃げるように整備場から遠ざかり、がさがさと灌木の中に入ってゆく。

「何かと思ったら可愛いもんじゃないですか」

三上は肩で息をつく。覚悟して損をした。専属整備員がいるほどだというからどんな暴れん坊かと思ったら大したことはない。

周りにいた同僚が、高揚した顔でぱしぱしと三上の肩を叩いた。

「浅群一飛曹が口げんかで負けるとは、いやびっくりしたことだ」

それは違うと三上は思った。あの人は普通だ。周りが口が利けない扱いをするから、喧嘩が無理に見えるのだ。

「三上は、対浅群一飛曹の新兵器だな」

面白いことを言って持てはやそうとする整備員たちに目礼をして、三上は人の輪から身を引いた。

「工具を持ってきます」

さすがに個人の道具の中には、あの部品が切れそうな鉄鋸は入っていない。鉄鋸で切れなければガスバーナーで焼き切るしかないだろう。厚さ〇・六ミリしかないジュラルミンの装甲にまったく無茶をしてくれたものだ。なめらかに戻らなければ、あの部分の板を一枚換えることになるだろう。

班の大道具はよく整理されていて、ここはいい班だな、と三上は満足した。種類ごとにちゃんと専用の箱に分類されているし、錆びた工具はひとつもない。ラベルも正しく、曲がった釘や鉄くずも皆無だ。いい整備班の工具は漏れなくよく整っている。

黒々と油の載った鉄鋸でU字の部品を切り落とした。航空機の表面というのは、鉄釘の頭を平たく潰してしまうほど繊細な平滑を保っている。細心の注意を払いながら部品を切り取り、バリが出た溶接痕にゆっくりとバーナーを当てて板金する。錆止めをして塗粧をすれば、もう部品の影は見当たらない。

　そのあと、もしやと思って機体の中をよく調べた。小さい部品とはいえ、空気抵抗がもろにかかる部分に突き出ているのだ。機体のバランスを取るために、絶対何かを仕込んでいるはずだ。

　航空機は、紙飛行機と同じく、空でそっと手を離すとまっすぐ滑降するように設計されている。左右のバランスを取ることを考えれば仕込みができる位置も知れていて、機体の中を探すと左脇腹から、案の定、拳くらいの鉄の重りが出てきた。これらの部品を取り除けば一件落着だった。大袈裟な噂が立っているが、魔物の正体なんてこんなモノだ。

　そのあと一日、新しい班で作業した。零戦の板金と各担当班との顔合わせ、今後の飛行予定の打ち合わせ、そのほか細々とした用事で司令部を行き来して初日は無事に終わった。テントでの夕飯のあと宿舎に戻ろうとすると、知らない男が三上を呼びに来た。服装を見ると分隊員のようだ。なにごとだろうと思っていると彼が言う。

「搭乗員宿舎の十和田少尉を訪ねるようお願いします」

「……はい」

　搭乗員宿舎――。

　これはいよいよ覚悟を決めるべきだろうな、と思いながら三上は搭乗員宿舎に向かった。昼間、浅群にたてついた。搭乗員を馬鹿にしたとして報復される理由には十分だ。

袋だたきにでも遭うのだろうかと宿舎に行ってみると、三上を出迎えたのは、この間三上を殴った十和田隊長だった。別口か、と三上が絶望したとき、彼は三上を殴ったことは謝りもせず、いきなり命令した。

「貴様の宿舎は今日から搭乗員宿舎だ」

「は……」

突飛すぎてすぐに返事ができない。寝ろと言われればどこでも寝るが、整備員の宿舎は、坂の下にある二列の二段ベッドが並ぶ建物だ。

岩っぽい顔つきの十和田隊長は三上を睨みつける。

「貴様は浅群の世話をしろ」

「あの、自分は」

ただの整備員で、と彼の顔色を見ながら訴えようとしたとき、横から肘でつつかれた。いつの間にか若い搭乗員が側に立っている。彼は三上に耳打ちをした。

「また浅群の通訳をしろということだ。貴様、日中、浅群をやり込めたそうじゃないか」

南方の噂は野火のごとしだ。炎を上げず、しかしあっと言う間に基地中に燃え広がる。そんな大袈裟なことではないのに困ったなと思ったが反抗もできず、その夜からさっそく洋風の搭乗員宿舎で寝ることになった。ともすれば実家の部屋より上等な設え(しつら)だ。当面は浅群がいる部屋のベッドに空きがないらしく、その晩は週番士官が寝る部屋で休んだが、いびきでもかいたら大事だ。……と思って眠れないうちに朝が来てしまった。

　整列と食事は、元の整備班と行動を共にする。同僚に「どうだった」と訊かれ、「まだ何とも」と答える。昨夜も今朝も浅群からの呼び出しはなく、搭乗員宿舎にただ横たわってここに来ただけだ。

　今後どうなることだろう。朝食のあと、搭乗員宿舎に戻ろうとすると、また分隊員が呼びに来た。今度は通信科からだった。嫌な予感がした。こんなおかしな状況が、あの男の耳に入っていないはずがない。

　忙しいので用件だけ聞かせてくれと、通信科からの使いの男に言っている間に、城戸がやってきた。待ちきれなかったらしい。何とも大人げない人だ。

　通信科特権か何か知らないが、彼はどこにでも入れるらしかった。へたに階級が高いから、誰も彼を追い出せない。

　城戸は、遠慮なく搭乗員宿舎のテラスに三上を連れてゆき、そのへんにあった背もたれのついた木の椅子を引き寄せて、三上の前に座った。

「貴様、塁を言い負かしたんだって？」

「そんなことはしていません」

　危険な部品を外しただけだ。零戦の設計図に元々ない鉄くずを取り除いただけだった。それなのにこんなに大騒ぎにして、どうせこの城戸も、自分を浅群の世話人にしろと言った一人に違いない。なぜ通信科の城戸が搭乗員の世話まで焼くのか、そして三上にまでちょっかいをかけてくるのか理解できない。

「通信科は暇なんですか？」

嫌みをこめて問い返すと、城戸は軽く眉を持ち上げて笑った。一応嫌みは通じるらしい。

「結構結構。今までいなかったタイプだな」

城戸はポケットから羊羹を一本取り出して、三上の目の前に置いた。

「今まで何人もの分隊員が塁の世話についたが、誰も塁の声を聞き取れなかった。それにだいたい塁は、分隊員の言うことは聞かない」

「聞かない？」

「そうだ。分隊員に逆らったって、塁自身にはなんの損も咎めもないからな」

完全な格差だ。搭乗員が分隊員に酷い態度を取っても、搭乗員の浅群が罰せられることはない。塁が気に入る世話を焼けなかったとして叱られるのは分隊員のほうだ。それに彼の乗る機体に直接手を下せる三上と違って、分隊員には反撃の方法がないから初めから勝負にならない。

「塁の我が儘に、がつんと言って聞かせてやれ。整備員様」

「そんなとんでもないことはしませんよ。搭乗員に向かって俺が何をするって言うんですか」

たまたまあの場面では、整備科の言い分が通っただけだ。格差は絶対だし、このあとどんな仕返しが来るかわからないような立場の差だ。あの部品の危険性は浅群もわかってくれたと思うが、これ以上、浅群に差し出がましい真似をしたら本当に問題になる。

ひとごとだと思って城戸は呑気だ。

「貴様がクビになったら通信科が拾ってやる。無線は打てるか」

「……救難信号くらいなら」

本気かどうかは知らないが、所属の班で失敗したら激戦地に左遷されるのが軍属の常だ。今の班を追い出され、とんでもない戦場に送り込まれるくらいなら、何の仕事でもいいから圧勝ムードのラバウルにいたほうがよさそうだ。

城戸は本気かどうかわからないように、楽しげに笑ったあと、急に真面目な顔で三上を見た。

「だがしかし覚えておけ」

そう言ってポケットから取り出した煙草に火をつけた。

すぱっと音を立ててひとくち吸ってから、長く細く煙を吐く。

「もしも塁が死んでも、少しも貴様のせいではない」

慰めを言っているつもりなのかもしれないが、これには三上も何とも答えられない。

搭乗員と整備員。同じ航空隊に所属しながら、出撃したあと空で死ぬのは搭乗員だけだ。撃墜されたり、空で方向を失って帰還できなくなったりと理由はさまざまだが、すべての事例を調べれば、整備不良が原因の死もゼロではないと思う。人の命を乗せて飛ぶ機体だ。部品が外れていないか、締まっているか噛みあっているか、間違っていないか、金属自体が弱っていないか。何度も何度も慎重に確認するが、整備の失敗が絶対にないとは誰にも言い切れない。だが一方で、そこまで抱え込んでしまっては整備員は整備ができないというのも、本当のところだ。

全身全霊を傾けて、担当機の整備をする。病的にまで同じところを確認する。送り出した航空機が戻ってくるまで、空を見上げて無事を祈る。整備員にできるのはそれだけだ。担当機が帰ってこなかったときは、無闇に責任を感じることは努めてしないが、まったく気持ちが晴れやかというわけではない。自分の整備のひとつひとつを思い返しては、胸に「もしも」が渦巻いて心臓が潰れそうになる。

だがこれを通信科の彼に理解しろと言っても無理な話だ。

返事を濁す三上の前で、城戸がおもむろに立ち上がった。

「よし、貴様はこれから通信科に来い。部下に披露する」

「何をですか！」

突然腕を引かれて、三上は前に踏み出した。城戸はいつも唐突だ。食事から戻ってきたときのままで何も持つ暇がない。ずんずんテラスを歩いてゆく城戸に、よろめきながらついていく。

城戸は擦れ違う人の敬礼を受けながら高らかに笑った。

「電報の主としてだ」

三上は通信科から戻り、準備をして宿舎を出た。

硬く艶やかな雲が沖にもりもりと凝（こご）っている。南方の空に浮かぶ雲はあの花吹山（はなぶきやま）がつくっているのではないかと思ってしまうくらい、もうもうと火山の噴煙が上がっている。今日もラバウルは快晴だ。鉄板のような青空の前を、弾力がありそうな綿雲が過（よ）ぎってゆく。

整備場に向かいながら、三上は決心を固めた。今日以降、浅群の言うことはなんでも聞こう。三上が許せないのは、明らかに危険な機体に人を乗せることだ。搭乗機が正常の範囲ならば、あとは搭乗員の好みに尽くす。浅群の注文くらいどんとこいだと思いながら整備場に行くと、整備員たちの視線が自分に向けられるのに気づいた。何も言わずに三上の様子を窺（うかが）っている。浅群の機体に近づくとすぐに理由がわかった。

昨日のU字の部品が元通りになっている。浅群にはこの部品は付けなおせない。だとしたら。

「これをつけたのは誰ですか。何でつけなおしたんですか！」

誰ともなしに、大声で三上は尋ねた。誰かはわからないが、ここにいる誰かがつけたに違いない。

近くにいた整備員が答える。

「浅群一飛曹が搭乗を拒否すると、司令部に直訴に行ったそうだ」

返事をした男かどうかはわからない。だが自分以外の誰でも付けなおしただろう。今さら気がついた。浅群は、今までずっとあの部品をつけたまま戦ってきた。彼の前では一人の整備員の意地など役に立たないのだ。搭乗員に命じられたら、整備員は従うしかない。だがそれなら何のための整備魂かと思ってしまう。機体に誠実であれと教えられて機関学校を出てきたくせに、搭乗員の機嫌を損ねたくらいで簡単に引き下がって、何が整備だ。それでは奴隷だ。

「何であの人を甘やかすんですか！　──いや……」

なぜ彼の我が儘を許すのかと怒鳴りかけて、三上は悟った。

かまわないのだ。

「司令部は、あの人が死んでもかまわないんですか⁉」

かまわないのだ、と頭の中に勝手に答えが返ってくる。搭乗員一人の死より、戦争の勝利が大切だ。自分の危険を顧みず、果敢に敵機を撃墜する搭乗員。司令部が彼の士気の高さと志を優遇しないはずがなく、死んで初めて真の英雄と呼ばれるのが軍の体質でもあった。彼が無茶をして死んだって、忠烈を讃えられて終わりだ。旗に名前が書かれて、よく戦ったと崇められ、彼に続けと鼓舞される。搭乗員の代わりなら、この島から溢れ出すほどいくらでもいる。

三上は唸った。

「もう一回道具を借りてきます」

彼を止めなければと思った。三上の背中に他の整備員が声をかける。

「誰かが付けるぞ」

「そのときはもう一回外します！」

振り返らないまま大きな声で答えた。

そんな……そんな、殺してくれと言わんばかりの搭乗員を空に上げてたまるものか。

三上は途方に暮れる気分だった。呆れと感心もだいぶん混じっている。

浅群塁専用機とはよく言ったものだ。てっきりあのU字部品だけが原因で、他には我が儘だったり神経質だったり験担ぎで、同じ機体に乗りたがるだけだと思っていた――。

機体も搭乗員も多い零戦が、それぞれ個々に機体を割り振って、出撃のたびにそれをいちいち探して乗るのは効率が悪い。専用機を持っているのは一部の熟練搭乗員で、他の者は搭乗命令がかかれば動ける機体を見つけて飛び乗り、そのまま発進するのが前線基地での習わしだ。機体は早い者勝ちで、早く出撃できそうで、よく飛びそうな機体にありつくのがそのまま成績と帰還率に繋がる。だから例の部品がついた浅群の零戦は誰もが避ける。そして放っておいても機体があぶれるのをいいことに、中味もだいぶんおかしなことになっていた。これでは誰もこの零戦を選ばない。

レンチを片手に狭い零戦の機内に座り込んで、三上は、はあ、と音のついたため息をついた。見た目の問題はあの金具だけだが、発動機を起こして計器を繋いでみると、いろいろな問題が発覚した。

今の調整ではフラップが利きすぎる。ちょっと弁を動かしただけで急ブレーキがかかる。へたをすれば即墜落だ。手動の過給器も遅れすぎる。これでは一瞬のブーストは利くだろうが、その後に発動機が灼けついてもまったく責任が持てなかった。

この機体なら、あの成績が上げられるはずだ。度を外れた急降下、急加速、戦闘のあと生きて帰還することを捨てて、機体の限界を超えた一瞬の性能をたたき出す。よくこれで今まで死なずに戻って来られたものだ。運がいいにもほどがあった。そのせいで、自分だけは死なないと思っているならそれはとんでもない幻想だ。戦場では誰もに平等に死の機会が与えられている。弾に当たれば死ぬ。飛行機が墜ちれば死ぬ。だから自分たちは少しでもそれを遠ざけるために、入念な整備をして搭乗員を送り出している。

整備員は機体の声を聞く。

――戦果を上げたい。

機体中から大きな声が聞こえてくる。

――死んでもいい。

彼をここまで追いつめるものはなんだろう。――なんにせよ三上には許しがたい訴えだ。

どこまで調整したものか。三上は悩んだ。

この機体で今まで戦ってきたのなら、これをいきなり普通の調整に戻してしまうとかえって危ないかもしれない。思い切ってオーバーホール並みの大がかりな調整をするか、全体のバランスを取りながら、無難なところから少しずつ元に戻してゆくかだ。

選択肢が出たら迷う余地はなかった。最近立て続けに零戦が墜とされていて、遊ばせておける機体がない。出撃可能な状態を保ち、ついでに浅群の顔色も見ながら、徐々に汎用的な調整に戻してゆくべきだろう。

まずはこの、スイッチを入れたらベキン！　と折れるような勢いで利くフラップからだ。

「ったく」

我が儘を通させた整備員も整備員だし、これで帰還が望めると思っている浅群も浅群だ。

「ほんとに死ぬぞ」

独り言を漏らして床板を外す。一番問題のU字は取れた。次はこの殺人フラップだと決めて配線を辿ろうとしたとき、サイレンが鳴りはじめた。ゆっくり頭をもたげるように不気味な音が空に染み出してゆく。

サイレンが空中に満ちる。カンカン、カンカン、と鐘も鳴りはじめた。緊急出撃だ。

「空襲だ！　空襲だ！」

「おい急げ！　出撃準備！」

一斉に整備場は鉄火場となる。三上も急いで工具を箱の中に戻して機内で立ち上がった。

「敵襲！　出撃だ！　整備を切り上げて、上げられる航空機は全部上げろ！　爆撃を食らうぞ！」

攻撃の場合は、整備の行き届いた航空機しか出撃させないが、空襲を食らうときは、動く機体は全部空に上げておくほうが安全だ。地上に置いておくと、逃げることすらできずにただ上から爆撃を食らってしまう。

三上が操縦席から出ると搭乗員の詰め所から、航空眼鏡や飛行帽を手にした搭乗員がどんどん走ってくるのが見えた。浅群の姿もある。こっちをめがけてくる。迷ったが三上は零戦を降りて、翼の付け根に立ちふさがって浅群を待った。

「今日はこの機体は使えません、別の機体に乗ってください！」

浅群は搭乗日だ。黙って渡せばそのまま列機について邀撃（ようげき）に当たるだろう。三上は無理だと判断した。これまでこの人がどうやって戦ってきたか知らないが、三上からすればこれは整備不良機だ。戦闘には出せない。

「退け」

「退きません。この機体は不良です！」

そう言っている間もなく、流れ作業でやってくる整備員が、どんどん弾を積み、イナーシャを回しに来る。

最悪三上がこの機に乗って離陸し、空襲から機を避難させなければならない。

「不良にしたのは貴様だ。退け！」

燃えるような彼の瞳が三上を射る。

「退きません！」

「三上！」

整備員たちが止めたのは三上のほうだ。浅群の目の前で、三上を三人がかりで羽交い締めにして機の前から退けようとする。信じがたい気持ちで彼らを見ると、左腕を掴んでいる男が耳元で怒鳴った。

「越権だ！　三上、貴様、思い上がりすぎだ！」

「しかし、この機の整備は自分が責任を持っています！」

「緊急事態だ馬鹿者！」

「だからこそです！　離してください！」

貴重な搭乗員を、明らかな整備不良で失うわけにはいかない。しかし飛べる機体をこのままにして、むざむざ爆撃に晒(さら)すこともできない。避難のために搭乗するという浅群の態度はわかりきった嘘(うそ)だ。浅群にこの機を渡せない。

羽交い締めにされながら浅群に向けて三上は叫んだ。

「列機につかないで、北に退避してください。そんな調整じゃ墜とされます！」

整備員の補助を受けて機上に上がった浅群が振り返った。見下ろす視線は憎々しげだ。そのまま操縦席に乗り込み、座席の調節もそこそこに灌木の間をゆっくりと動き出す。

「お願いです、浅群一飛曹！」

大声で叫ぶが、温まりきっていない発動機から、ガリガリといつも以上に大きな音を立てながら去ってゆく零戦の操縦席に聞こえるはずがない。

追いつけない距離を見計らって、三上の羽交い締めが静かにほどかれた。呆然としていると、背中を激しく叩かれる。

「ボヤボヤしてるな、来い、三上！」

工具を持った整備員は次の航空機に向けてばたばたと走ってゆく。

浅群が出てしまったら、三上も他の零戦の出撃の手伝いをしなければならない。地上に残った航空機を全部空に上げるまで、自分たちは空襲から避難することもできないのだ。

三上たちが担当している隊の航空機は、なんとか無事に退避が間に合った。しかし飛行場(ポケット)に駐機していた航空機が何機も爆撃でやられたらしい。

担当の全機を空に送り出したあと、三上たちは岩壁に掘った防空壕(ぼうくうごう)に避難していた。敵の空襲は短いものだ。ひとしきり爆弾を落としたら、クマバチのような敵爆撃機は去ってゆく。

圧倒的に勝っているはずのラバウルが空襲されることに、来たばかりの三上は初め驚いたのだが、聞くところによると、空襲は以前からちょくちょくあっていたらしい。敵の攻撃回数が増え、邀撃だけでは間に合わなくなってきたということだ。

空襲の終わりを見計らって、北方向に逃げていた航空機が戻りはじめる。三上たちはナパーム弾の重油のにおいが立ちこめた椰子の林の間を走って飛行場に向かった。

飛行場では地上要員が大わらわだ。

穴の開いた箇所を確かめ、着陸可不可の布幕を広げて走り回っている。三上たちは使える滑走路を探して、トラックでそちらへ向かった。

先日から何度も空襲を受けて、あちこちの滑走路が使えなくなっている。使える滑走路は大混雑だ。急いで搭乗員を降ろして機体を林の中に牽引しなければならない。支えるとあとが降りられない。

三上は、次々と滑走路に入ってくる航空機の世話をしながら、何度も空を見上げていた。

双眼鏡を目に当てていた地上要員が叫ぶ。

「零戦が入ってくるぞ！　出火無し！　煙なし！　脚も無事だ！」

どこかに不具合があったら、地上要員は逃げなければならない。片脚が出ていない航空機が着陸すれば、回転しながら地上で滑って、何もかもなぎ倒す場合がある。火を噴いているときには着陸と同時に大爆発の可能性もあるから、遠くに逃げたり土嚢の陰にしゃがんだりしてやり過ごす。停まったら走って駆けつける。臨機応変の大変な仕事だ。

浅群が無事ならば、そろそろ帰ってくる頃だ――。

三上の予想が当たったように、浅群の機が戻ってきた。大きな損害がない浅群機は、まっすぐ路面のいいところに降りてくる。さすが元艦上機乗りらしい、滑走距離が短めの見事な三点着陸だ。整備員と地上要員が一斉に走ってゆく。三上はその先頭にいた。

帰ってきたばかりだが、何をさしおいても浅群と話し合う気でいた。もう二度と金具をつけないと誓わせて、誰もが乗れる汎用型の調整の零戦に戻すことを納得させる。これは全航空隊のためでもあり、浅群のためでもある。そうすれば浅群もこの機体にこだわらず、そのとき一番調子がいい機体を選べるようになる。

風防を開けた浅群が、安全帯をほどいている。そこに駆け寄って降機の手伝いをしようとしたとき、見知らぬ搭乗員が三上を乱暴に押し退けた。憤怒の形相だ。

「浅群、貴様ァ！」

大柄な男だ。男は地面に飛行帽を投げ捨て、浅群が降りてくるのを待たずに、零戦にのぼろうとした。

「なぜ俺の前に割り込んだ、浅群！　あれは俺の的だった。俺が撃墜するはずだったんだ。横入りしやがってこの野郎！　何度目だ！」

「やめてください、本庄一飛曹！　機体を奥へやります、降りてください！」

「貴様鳶か！　恥を知れ、浅群ァ！」

あとを追いかけてきた地上要員が本庄を引きずりおろそうとする。三上も慌ててそれを手伝った。興奮しきった搭乗員が、出撃前後に喧嘩騒ぎを起こすのはしょっちゅうだ。

「貴様は、手柄が欲しいだけの畜生だ！　コイツは自分の成績が上がればなんでもいいんだ。そんな卑怯（ひきょう）な真似をしてまで名誉が欲しいか！　列機を押し退けて撃墜数を稼いで恥ずかしくないのか？　武士道に悖（もと）るとはこういうことだ！」

「ここでそんなことを言っても解決になりません！　あとで話し合ってください！」

　翼の付け根でもみ合う三上たちを、乗り込み口の横に立った浅群が冷ややかに見下ろしている。灼熱（しゃくねつ）の強い逆光の中、彼が口許（くちもと）から白いマフラーを下げるのが見えた。笑みをつくった唇が動く。

「殊勲（しゅくん）が得られるならなんでもいいな」

　三上は本庄から手を離し、零戦にのぼった。びっくりしている浅群の手を掴み、彼とともに地面に降りる。浅群が何か言う前に、三上は彼を強引に肩に担ぎ上げた。

「三上！」

「一飛曹をお借りします！」

　三上は叫んでそのまま灌木に向かって走り出した。

　担当機を放り出してゆくのは辛（つら）いが、機体に代わりはあってもこの人は一人だ。

「浅群を返せ！　逃げるとは卑怯だ、戻ってこい、土下座しろ、腹を切れ浅群！」

　背中から本庄の罵倒が聞こえるがそれも無視だ。

白く乾いた枝の中に突っ込んだ。ガサガサと音を立て灌木の枝を掻き分ける。

掠れた声で背中をどんどん叩かれながら、三上は誰もいない場所まで走った。罰など覚悟の上だ。まずはコイツをなんとかしなければと、三上は適度な場所まで走って地面に浅群を放り出した。

「離せ、三上。下ろせ……！」

足から着地させたが、浅群は大きくよろけて椰子の木に背中をぶつけてそのまま凭れかかった。三上は激しく唸った。

「あんた、いい加減にしてください！」

好成績が続いて、自分を無敵の英雄か何かと勘違いした馬鹿かと思っていた。あるいは我儘が通りすぎて、自分がどれほど危険な機体を操っているかわからなくなっているのかとも。あんな危険な機体で平然と戦って、無事に戻ってきた男の目を見れば、今なら本心がわかる。自爆、自滅、この男の目の底にはそんな感情しか見て取れない。

「あんたは勝つためじゃなくて、死ぬために戦争をしている。いかに成績を上げて死ぬか、そのためなら生死を問わないと思っている。だから機体にあんな無茶をする。違いますか⁉」

整備員を舐めてもらっては困る。専用機ならなおさら、搭乗員の思っていることなど航空機が全部喋る。

浅群は訝しそうに三上を見上げた。感心したような、だが冷めた目だ。

浅群は気怠そうに足で立ちなおしてから、少し首を傾げるようにして斜に三上を見た。冷たくぬめる水底のような青。近くで見ると正視していられないような、魔性がかった浅群の瞳だ。

「俺の声がなぜこうなったか、知っているか」

「……知りません」

城戸から治らないとは聞いている。だが原因は知らないし、三上とは話ができるのだから別に不便とは思っていない。

浅群は自分の瞳の色を見せつけるように三上に視線を据えたまま、喉につかえた音を絞り出すように、途切れ途切れの声を出す。

「内地で浅群家は名誉を傷つけられた。濡れ衣を着せられたまま父は死に、そのときに俺も塩酸で声を失い、傷を負った」

浅群はマフラーをほどき、飛行服の前のボタンを外した。首のあたりが光っている。胸元まで何かが垂れたように幾筋も白いケロイドが筋を引き、健康な皮膚まで引き攣れていた。

「一番屈辱を負ったのは父だ。俺の身体も声も、浅群家の傷だ。消すためにはどうすればいいと思う?」

「それは……」

突然そんなことを打ち明けられても、三上には答えなど思いつけない。浅群家の濡れ衣と不名誉を晴らすために——浅群が欲しがっているのは名誉の戦死だろうか? そのために浅群は、零戦に乗り、手段を選ばず戦果を上げ続けているとでも言う気だろうか。

「何のことかわかりませんが、こんなことをしなくても、あなたが真面目に軍で働けば、誰もが認めてくれます！」

内地で何があったかわからないが、他でもない、ここはラバウルだ。航空基地の要、南の砦、栄光と名が付くものならなんでもそろう、華の零戦隊が集う、日本帝国海軍で最も名誉な基地だ。そこで働きを見せれば嫌でも評価される。空に命を捨てて、たった数日間の尊敬を得るよりも、生きて働けば遥かに大きな名誉が手に入るはずだ。だが浅群の目は相変わらず冷えている。灰青の冷たい視線は焼き切るほどの激しい低温だ。浅群は尋ねた。

「俺の目は何色に見える」

問われて三上は一瞬言葉に困った。

「……黒には……見えません」

何と答えるか迷って、浅群の顔色を見ながら慎重に三上は答えた。いかにも《青い》というのではない不思議な色の瞳だ。灰色のような青いような、光の加減で緑色にも見える。ふちの濃い湖のような円の中に、放射線状に金色の針のような色も見える。浅群は日本人ではないのだろうか。だとしたら、なぜこんなところに。

「俺の父も母も日本人だ。俺はちゃんと父に似ていた。母にも。……なのに、俺の目だけがこんな色で」

彼の打ち明け話からは身元はわからないが、その瞳の色では苦労しただろうと思う。機関学校時代、赤毛で癖毛なだけでアメリカ人とからかわれ、毎日髪を剃って（そ）いた男を知っている。男の集団だ。軍隊で個は悪だ。瞳の色が違うなど、大和（やまと）民族の誇りを掲げて戦争をする軍隊の中では異中の異だ。ただでさえ今は有事だ。内地では先ごろ、碧（あお）い目の人形はすべて燃やされたと聞いた。

「どんな立派な基地であっても、この目のせいで俺は正当には評価されない。家のために、俺は恥辱を覆すほどの殊勲を挙げなければならない。地味な功績など認められるわけがない。誰も口を出せない評価は撃墜数だけだ」

穏やかな半生を生きてきた人ではないようだ。城戸が彼を庇（かば）う理由はそこにあるのだろうか。

「でも、それとこれとは話が違います」

栄誉を得るためといって、死んでいい理由にはならない。どんな事情であれ危険な機体に乗り続けるのは間違っていると、三上は自分の信念にかけて、少しの揺るぎもなく信じている。

浅群は、不思議なものを見るように三上を見た。言い聞かせるような喋り方だった。

「戦争なんてどうでもいい。勝てばよりよいだけだ。俺はここに名誉の戦死をしに来た。敵機を墜として墜として墜としまくって」

浅群はどこもかしこも切れ込みを入れたような整った顔で笑った。

「いつか爆散して死ぬ」

「馬鹿を言うな！」

刃物で刺された瞬間のような戦慄を覚え、とっさに三上は叫んだ。浅群の理屈はわかったが、それは間違いだ。だがどう説明するか、すぐには言葉が思いつかない。

失った家族の名誉を取り戻すために、戦地で名誉の戦死を遂げる。信じがたい、愚かなことだ。それでは何のために戦争をするのか。問い返そうとして、三上はその答えを初めから与えられていたことを思いだした。

戦争なんてどうでもいい。

そんなことを言われたら何を言っても始まらない。自分たちは、祖国を、日本を、家族を、自分たちが生きる未来を勝ち取るために、異世界のような南方まで来て、マラリアに怯え、汗と土にまみれて戦っているのだ。

浅群は、ゆっくりと椰子を離れた。三上に視線を置いたまま、枯れ草を踏みながらこちらに向かって歩いてくる。

「貴様らに、どれほど崇高な目的があろうとも、外聞上は俺と同じだ。俺は航空隊に所属し、敵機を墜とす悪鬼となる。もしそこで俺が撃墜されても、死んだ俺と、今日戦死したソイツらと、違いを見つけられる人間なんてどこにもいない」

どんなつもりで戦っていたかなど、誰も知らない。戦死のあとには撃墜数が残るだけだ。笑いながら敵機を墜としても泣きながらでも、撃墜数一は一だ。

「俺は敵機を墜として英雄になる。靖国に行って神になってやる。……なあ、三上」

呼びかけられて、三上は息を止めた。

退屈そうに開いた彼の目が、三上を見ている。

「他に、これはと思う栄誉があったら教えてくれ」

死ぬ以上の栄光が。戦死以上の英雄譚が。

三上は自分が震えているのを感じていた。今日自分が送り出した搭乗員が、そんな気持ちであの機に乗っていたのかと思うと怖くて堪らなくなった。死神を——妖を乗せてあの世に向かって飛びたがる零戦なんかを自分は整備したくない。

三上は声がうわずりそうになるのを必死で抑えた。思わず目を逸らしたくなるような蒼い目を、三上は腹に力を込めて睨み返す。

「生きて……生きて、内地に戻ることだ」

三上の中の正義だ。整備員である三上は直接戦闘には出られないが、だからこそ信じている。戦争に勝って、ここにいる日本軍全員で内地に戻る。そう誓っているからこそ、戦闘機も輸送機も、偵察機もすべて等しく懸命に整備してきた。

へしゃげた声が笑った。開いた胸元を整えながら浅群は三上の横を擦れ違って歩いていった。

三上は唇を嚙み締めて彼の背中を見送るしかない。

今呼び止めても、浅群に勝てないと思った。三上が何を言っても、彼の中の何か巨大で黒いものにたやすく一呑みにされてしまう。

浅群が言うことは間違っている。なのにこんなことしか言えない自分が情けなく無力に思える。だがどれほど浅くとも、幼くとも、これは絶対に譲れない三上の真実だ。

浅群の背が灌木の間に消えてゆく。

呼び止めて、思い直せと怒鳴りたくとも、浅群を説得できる言葉は何一つ、涸(か)れた井戸のように三上の中に湧いてこない。

三上と別れた塁は、灌木の林から小径(こみち)に出て、宿舎のほうへ歩いていた。

血相を変えて横を走り去ってゆく衛生兵をちらりと見やって、踏み出すたび火山灰が舞う赤土を踏み続ける。あちこちでかけ声がしている。見上げると椰子の間から煙の柱が何本も立ち上っていた。密林のほうではまだ火の手が見えている。

空襲を受けた基地は、蟻(あり)の巣をつついたようだ。

「急げ。急げ！」

防空壕の中からわらわら人が溢れてくる。

走り回る衛生兵、烹炊所(ほうすいじょ)は火を起こしていいかどうか空を念入りに窺いながら、釜や鉄板を持ち運んで、ゲリラ戦のような突飛な場所で飯をつくっている。空襲があると戦時食となり、配給の缶詰が回ってくるが、それも途中で混乱したようで適当に配られている。テントの前を通りかかったとき、塁はどこの経由かわからない、トウモロコシと鯖の缶詰を貰った。そこで搭乗員はテントに銀シャリを貰いにゆけと言われたが、疲れすぎて腹が減っていない気がする。

　掲示板を見にゆくと、兵舎は燃えたと書いてあった。ジャングルの手前の灌木の中では、椰子の柱とパネル製の急造の小屋があちこちに造られはじめている。塁は地上要員を手で呼び寄せて、胸の手帖に「休ミタイ」と書いて彼に見せた。地上要員は怪訝な顔で塁を見ながら、

「あちらのほうができあがっています」と指を指す。

　小屋の前には、搭乗員の世話をする分隊員が立っていて、所属を告げれば好きなところに入っていいことになっていた。

　茅葺きならぬ、バナナの葉と椰子の葉で葺かれた屋根と、パネルの壁の粗末なものだ。床もパネルなので歩くとゆわんゆわんと波打った。

　中は一人用の蚊帳で区切られていて、塁は奥の壁際のひとつに入った。

　茣蓙が敷かれ、枯れ草を束ねて両端を切り落とした枕だけが転がっている。出撃前に預けた背嚢を受け取ってきた。飛行服を脱ぎ、軽装に着替える。次の空襲警報が鳴るまで、とりあえず今日は休みだ。横たわって目を閉じた。

「……」

　上空と地上の気圧差が激しく、寝ていても目眩がする。脳の芯がぐらぐらと回転し、黒い渦

に巻き込まれてゆくようだ。

今日の撃墜数は一。あのU字の部品があればあと二機は墜とせていたはずだ。見越し角などとっくに覚えたつもりでいても、あの部品があるとないとでは大違いだ。

あれがないお陰で今日はずいぶん無理をしてしまった。

フラップを鋭敏にした分、だいぶん思うような上昇と急下降ができるようになったが、身体がそれについていけない。今日も急上昇中に目の前が真っ暗になる症状が続いた。上昇中は頭の血が下半身に下がるから、海綿のように脳の血がスカスカになるのがわかる。これが酷くなると気を失うが、それは避けたいと思っている。敵機を墜とすために無茶をすることは吝(やぶさ)かでなくとも、一機も墜とさずに自滅しては意味がない。

あいつのせいだと塁は思った。新しく来た整備員。三上という男。

――生きて……生きて、内地に戻ることだ。

失笑が漏れそうだ。こんな自分に真っ向からそう言い放つおめでたいヤツ。

きいん、と大きな耳鳴りがした。頭痛もしている。また飛行病の症状が出始めている。急激な気圧や重力の変化に身体が耐えきれず、目眩や頭痛、吐き気の症状が現れ、胸が苦しくなったり喘息(ぜんそく)が起こったりもする。安静が大事だ。地上にいる間、滋養をとり静養に努める。治り損ねるとやっかいだった。症状が治まらないうちに搭乗すると、簡単に出やすく、酷くなりやすい。一度始まったらしばらくこの音は続く。

こういう日は眠ってしまうに限ると思った。身体を投げ出して一度眠れば、耳鳴りも目眩も治まっているはずだ。

目眩に引きずり込まれるような眠気に身を任せようとしたとき、ふと外から漂う火災臭が鼻についた。饐えたにおい。生木と油が燃える独特のにおいだ。

駄目だ、と塁は思った。

今眠ってはいけない。このまま眠ったらあの夢を見てしまう。

跳び起きようと思ったが間に合わなかった。手は痺れたように動かず、頭蓋の中に、砂鉄のような渦が巻いている。

誰か起こしてくれと叫ぼうとしても、喉がひくひくと震えるだけで唇すら動かなかった。

あの夢は見たくない。

お父さん、お父さん、必ず汚名は雪ぎますから。

今日は一機。その前は三機、……その前は——。

塁は沈んでゆく意識のなかで、亡き父母の面影に、必死で撃墜数を捧げる。

いくら殊勲を積み上げてみせても、塁を搦め捕る記憶の縄は食いこむばかりで、眠りの渦の底に待っているのは、無力で無防備な十七歳の自分だ。

塁が、自分が他人と違うことに気づいたのはいつ頃だったただろう。

大蔵省に勤めている父と、茶問屋のお嬢さんであった母の間に塁は生まれた。家は裕福で、昼間だけ手伝いに来る女性が二人いて、塁は広い屋敷で、母と彼女たちに育てられた。姉弟はおらず、遊び相手も彼女たちだけだ。何不自由ない生活だった。鞠があり、木の玩具がたくさんある。三食とおやつで腹が減ったと感じる暇もない。父が自分を無視するのも、母がときどき癇癪を起こして塁を手で打ちすえるのも、その理由を考えることすら知らない、悲しい気分がするだけのただの日常だった。そのあと使用人たちは塁の手当てをし、特別なお菓子をくれてちやほやと慰めてくれるから、大きな不平を持つこともなく塁は育った。

おかしいと感じるようになったのは、七歳になった頃だったろうか。使用人と母の世間話で、同じ年頃の子どもがみんな尋常小学校に通っているのを知った。

なぜ自分はそこに通えないのか、どうすれば通えるようになるのか——いつになったら門の外に出ていいのかと、困り顔の使用人たちに何度も尋ねた。

そのあとすぐ、家庭教師が自宅に通ってくるようになった。海軍の元少尉で、砲弾が足に当たり、今は中学校の教壇に立っているという。尋常小学校より何倍も素晴らしいことを教えてくれると言われ、忙しい教鞭の合間を縫って塁に勉強を教えに来てくれるようになった。数学や漢詩、物理、英語。あまりの勉強の面白さに一時は小学校への関心も薄れたものの、塁の謎は解けないままだ。なぜ自分は小学校に通えないのか。なぜ自分は外に出られないのか。家庭教師に訊いても「いずれ時がきます」と言うばかりで理由を教えてくれない。

そもそも使用人でさえ自由に外に行き来できるものを、なぜ自分だけ、家から出てはならないと言われているのか。なぜ塁の部屋の前の垣根が玄関のほうより高いのか。なぜ門に錠前がついているのか。

——大臣の坊ちゃんが、市井の暮らしにご興味を持つなんてお行儀の悪いことでございます。

使用人は眉を顰めるが、外がどういうものかを見てみたい。

とうとうある日、塁は黙って家を出た。垣根に塁が通れるくらいの隙間が開いているのをずいぶん前から知っていた。ときどきそこから外を覗いていたが、小さい頃に言い聞かされたように、道に鬼が歩いているわけでもなく、よく掃除された路地が左右に延びているだけだ。大した目論見はなかった。行けるところまで行って、不安を覚えたら帰る。外に出てみたい。ただの興味だ。門からほんの少し先か、もっとずっと先まで行けるかわからないが、ちょっと外に出て気がすんだら家に帰ろうと思っていた。

家庭教師のお供にときどきついてくる学生の恰好を真似て、塁は街に出た。白いシャツに紺色の鍔帽子。革靴を履いた。金は持っていたが使い方がよくわからず、飴屋に寄って握った硬貨を見せると、飴と何枚かの硬貨を交換してくれた。奇妙な目で見られたのは、塁が金のことがよくわからないからだろうと思っていた。

佃煮屋に寄った。本屋を覗いてみた。棚でひときわ美しかった大きな本が欲しいとそこにいた男に申し出て、持っていた金を見せたが、これでは足りないと言われた。そのときも頭からつま先までをじろじろと眺められた。

恰好がおかしいのか、金の使い方を知らないのがそんなに恥ずかしいのか。不愉快さと戸惑いが混じった気分で本屋を出て道を歩いていると、行き交う人々がみんな、自分をじろじろ見ているのがわかった。なぜなのか、理由に気づくのには、いくらも時間はかからなかった。

みんなの目が黒い。塁は自分の目の色が、父とも母とも使用人たちとも違うことを知っていたけれど、頬にホクロの有る無し程度の差だと思っていた。今まで見たことがないから、青い目の人は少ないのだろうと思っていたが、自分以外の全員が黒いと思わなかった。

帽子の鍔を引き下げながら、逃げるように家に帰った。待っていたのは取り乱した母だった。

――いけません、奥さん！

使用人が、塁を肩に担ぎ上げて庭に逃げたことをはっきり覚えている。彼の肩越しに見た母の手には包丁が握られていた。

塁は夕方まで使用人の部屋で過ごし、夕刻、母の実家に使用人と二人で送られた。車は裏庭につけられ、頭からショールを被(かぶ)せられた塁は、使用人に庇われながら縁側から逃げ込むようにして中に上がった。

あまり期待はしていなかったが、そこの人々の目もすべて黒かった。

祖母という人にそのとき初めて会った。餅のように色白で身体が小さくて、ふくよかな人だ。

銀色の髪の人を見たのは初めてだった。

小さな座敷のまん中で座布団に座っている祖母は、しわの寄った両手で塁の手を取った。

――美世子によく似てる。

――朋武さんにもよく似てる。

後々まで塁を支えたのは、塁をひと目見たあとに漏らしてくれた祖母のこの言葉だ。父にも母にもよく似ている。なのになぜ、自分の瞳の色だけが灰青色なのか塁にはわからない。

あとから徐々に耳に入った話だが、母は、塁が生まれたとき不義を疑われたそうだ。黒い目の夫婦から、こんな目の色をした子どもが生まれるはずがない。母は身に覚えがないと言い張った。塁の目が不貞の証拠だと責める親戚もいた。離縁寸前までになったのを、親族や仲人、ごく親しく付き合う人々が、塁が成長すれば目も黒くなるかもしれない、何かの病かもしれない、と宥めて思いとどまらせたそうだ。そのうち塁の顔立ちがはっきりとしはじめ、これが父、朋武に似ていたものだから、なおのこと疑いがうやむやになってきた。母の不貞と断定できず、だからといって目の色の違う息子を外に出すわけにもいかず、閉じ込めて育ててきたというわけだ。

数日後、母が落ち着いたという連絡を受けて塁は実家に戻った。家はなにごともなかったように静かになっていて、母が会ってくれなくなった代わりに、男性の世話係が塁につけられた。退屈を訴えると、父は本を与えてくれた。毎日本屋がリヤカーでやってきて、山のような本をいったん全部置いて帰る。読みたいものだけ抜き出して残りは返すという具合だ。難しくて読めないと言うと家庭教師が増やされた。父の仕事の関係上、海軍上がりの者が多く、英語やドイツ語を自在に操る者もいて、ますます熱心に塁は勉学に励んだ。数学と英語が得意だった。小説は嫌いだったが、詩は面白く読んだ。

そうしているうちに予科練のことを耳に挟んだのだ。

海軍飛行予科練習生。志の強い若者を集めて、飛行機の操縦士の訓練をしているという。塁は情報を集めた。周りが皆海軍上がりだったから、様子を聞くのは簡単だった。土浦（つちうら）というところに全国から年頃の少年が集められ、訓練と勉学に励んでいるという。塁の気持ちは燃え上がった。努力ならいくらでもする気でいた。身体は丈夫だった。

塁は父に熱心に頼み込んだ。

——予科練に行かせてください、お父さん。

——あそこには、寮があると聞きます。

父が許してくれたのは、ひとえにそれが理由だと思う。家を出て寮に入る。誰も浅群の名を、両親の顔を知らない場所にゆく。将来の当てのなかった塁に、可能性を見出（みいだ）したのは父も同じだったと思う。一生家に閉じ込められるより、有象無象（うぞうむぞう）の海へ飛び込めば、万が一にも居場所が見つかるかもしれない。応募資格は高等小学校卒業者だったが、塁は相応以上の学力があるとして、特別に認めてもらい、入学が叶った。

もうひとつ、塁には希望があった。この家やこの町の人の中にはいなかったが、予科練には何千人もの人間がいるという。もしかしたら自分と同じ瞳をした人がいて「そういうのがたまに生まれるようだよ」と言って、両親の疑念を笑い飛ばしてくれまいか。

——結果的に塁の望みは叶わなかったが、当時、海軍軍人と言えば船乗りだ。世界の海を股にかけるような見聞の広い人がいて、塁の瞳の色を見て「色味を司る遺伝子の突然変異かもしれない」と言った。またある人は、父母ではなく、もっと祖先に外国人と縁を持った人がいて、今頃になってその容貌が塁の上に現れたのかもしれないと教えてくれた。

窒息寸前で転がり込んだような予科練だ。ゆっくり、ゆっくりと、知識が広がると、不安な肌から希望の糸がそろそろと生えてくるのを感じた。自分の容貌は母の不貞のせいではないと、今すぐ実家に帰って教えてやりたかった。

とはいえ、瞳の色が違うことについての同期生からの差別は甚だしく、塁が少しでもいい成績を上げると、目の色のことをあげつらわれて苛められた。だが実力主義の予科練だ。成績や飛行訓練で見返してやることができた。今まですべての運命において反撃の手段を持たなかった塁は、初めて自力で居場所を得る方法を見出したのだ。

そのうち厳しい訓練に揉まれて誰も塁の瞳の色を気にかける余裕もなくなった。それに塁が予科練に入った頃はまだ開戦前だったために、敵国の血が混じった人間として憎まれることがなかったのは幸いだった。それなりに友人もいた。ある日、目薬のように目に墨を入れたら黒くなるのではないかと提案されて実行し、保健室で叱られた。教官が何人も飛んできて、搭乗員のたまごが目を粗末にするとはなにごとだと、みんな並んで殴られたのは、塁の数少ない、楽しい思い出のひとつだった。

浅群の家に閉じこもっていては到底得られなかった希望と見識を持って、塁が休暇に実家へ帰ることになったのは十七歳の冬のことだ。これまで休暇は何度かあったが、塁にとって実家は肩身の狭い場所だ。今までは休み中、安い宿屋で過ごしていたので、塁が実家に帰省するのはそれが初めてだった。

あと一年頑張れば、晴れて海軍航空隊の搭乗員となれる。日本の光だ。日本中の男の憧れの的だった。そうなればもう誰も自分を卑しまない。瞳の色が違うことも、もしかして科学が進めば、こういうこともあるのだと証明できるようになるかもしれない。予科練の実験室を見るだけでも、すぐに実験結果を出せそうな設備がそろっていた。

自分の目の色が違うのは、誰のせいでもないかもしれない。両親に話して聞かせたい希望を胸に、塁は帰省のための汽車に乗った。駅で焼き栗とおにぎりと新聞を買った。擦れ違う人は漏れなく塁の瞳を見たが、もう俯いて帽子の鍔で目許を隠すようなこともしなかった。

汽笛を鳴らし、汽車は動き出す。駅の乗り場が後ろに引っ張られるような錯覚に塁の心はなお躍るのだった。

しばらく走ると田園風景が見えてくる。塁は窓に肘をついて身を乗り出した。そよぐ麦の若葉、鏡のような池が太陽を弾(はじ)いてきらきらとしている。遠くに見える村里に細い煙が上がっている。紫雲の下に黒々と連なる峯(みね)を辿ればどこまでも行けそうな気がした。

トンネルのたびに窓を開け閉めしながら、塁は大人になった気分で新聞を広げた。

――なぜ、その日に限って新聞を買おうと思ったか、塁は思い出せない。そこに父の名を見つけたのは、虫の知らせだったのだろうか。

父が長年、政府の金を横領していたと書かれていた。汚職、賄賂(わいろ)、醜聞、女色(にょしょく)、腐敗にまみれた汚らしい大臣だと。

大きな見出しで書かれた記事を見ても、塁には何の冗談かわからなかった。同姓同名かと思ったが、大臣の浅群は一人だ。予科練の悪友が仕込んだ、手の込んだ悪戯(いたずら)だろうかと本気で考えた。父は真面目で善良な男だ。賭け事もせず、酒もあまり好まず、趣味と言えば縁側に置いた揺り椅子で葉巻をふかすぐらいの大人しい人で、異形の塁と母を里に追い返さずにいてくれ、塁が跡取りにふさわしくないからといって妾(めかけ)をつくりもしない優しい男だった。

何かの間違いに違いない。信じがたい気持ちで駅から路面電車に乗り換え、実家に急ぐ。

駅から走り、塁は家の前まで来て息を呑んだ。

塀にペンキや墨でびっしりと罵詈雑言(ばりぞうごん)が書きつけられ、横領を責める文が書かれた紙が、刃物であちこちに突き立てられている。

新聞記者のような柄の悪い男たちが門のところでたむろしている。塁は垣根の間から中に入った。庭の植木鉢は割れ、ゴミが投げ込まれている。うろたえながら家の鍵を開けた。

家の中から見知らぬ男が出てくるのに塁はぎょっとした。額の広い、陰鬱な雰囲気の、背広を着た男だ。彼は塁を訝しげに見たあと、慇懃な声で言う。

「どなたですか」

「き、貴様こそ、俺の家で何をしている！」

塁が厳しく問うと、男が引き攣った顔で塁に訊いた。

「……もしや、塁さんですか？」

「そうだ」

敵意を剝き出しにしながら答えた塁に、男はああ、と思い当たったような顔をした。

「私は虻川拓也と申します。浅群大臣の第一秘書を務めています」

彼はすぐに塁を家の中に匿ってくれた。彼は塁の目を無遠慮にじろじろと見た。塁の存在は知っていても、目の色のことまでは知らなかったのかもしれない。

家に勤めていた使用人たちには来るなと伝えてあるとのことだった。母は怯えて部屋に閉じこもっているらしい。

投石されて、縁側や窓という窓が割られ、家の中はさらに酷い有様になっていた。畳の上に大きな石がいくつも転がっている。

塁は虻川秘書と一緒に室内を片付け、破れた窓に紙を貼った。そうしている間にも、縁側から「金を返せ」という大きな罵声とともに、いくつも石が投げ込まれた。

夕方、塁は来たときと同じところからこっそり買い物に出た。幸か不幸か、自分はこのあたりで顔を知られていない。目は伏せていれば問題なかった。

――あそこの奥さんは、異国の人と通じたんでしょう？　そういうご家庭だから、横領も、ねえ？

口さがない小さな町は、浅群の噂で溢れかえっていた。買い物中の女性までがそんな噂を口にする。

自分のせいかと塁は思った。自分がこんな容姿だから――。

得たばかりの知識を喚き散らしたかったが、なんの学もない町の人たちに、遺伝子の話をして通じるとは思えない。

室内からガラスを外に掃き落とし、雨戸を閉めた。雨戸がないところにはカーテンを引き、石が急に飛んでくるのを避ける。

記事が出たあと丸一日もこんな調子だったと虻川は言う。怖がる母と、動揺を隠しきれない父、浅群家の勝手をまるで知らない虻川だけでは当然だろう。なんとか家を元の状態に戻そうと、塁は必死で屋内を整えた。ガラスや石や投げ文を片付けたあと、初めて父に挨拶にいった。

奥の客間で向き合う父は、塁に何も事情を話そうとはせず、悔しそうな顔をした。

「お前には迷惑をかける。連絡を取ろうとしたのだが、この通り、家から出られず電報を打てなかった」

電報を寄越されたって意味がわからなかっただろう。もしも「帰ってくるな」という内容なら帰ってきてよかったと思っているからやはりそれも無駄になる。たまたま帰省が重なったのは幸いだった。

父の横には、十部ほどの新聞が重ねられていた。父の記事が掲載されているものなのだろう。父の声は震えている。

「身命に誓って、わしではない。騒動の真犯人にも、金の行き先にも心あたりがある」

「誰ですか」

膝の上に手を握りしめ、畳を睨んで塁は尋ねた。家を、父をこんな事態に追い込んだ人間を許さない。この手で首根を摑んで警察に突き出し、あらぬ記事を書いた新聞社に訂正と謝罪をさせなければ気がすまない。

「わしを快く思わない者だ。わしの周りの者ならみな、見当がついておるだろう。大丈夫だ。なんとかしてくれる」

「はい」

父にも味方がいるのだと思うと少し安堵した。怒りで頭痛がしそうだ。だが政治のことなどわからない自分にできることなど何もない。悔しいと塁は思った。あと一年後なら——自分が軍人になったあとなら、父の役にも立てていただろうに。

「塁」

「はい」

しみじみと名を呼ばれて、潤んだ目で父を見据えた。

「……立派になった」

胸を熱くしながら、塁は頭を下げた。父と母の不仲の素、父母ですら誰の子どもかと疑う子ども。世間体が悪く恥ずかしい子どもとして隠されて育てられてきた自分が、父からそんな言葉を貰えるとは思いもしなかった。

父は静かに座を立ち、床の間の側にある引き戸を開けた。中から木箱を取り出す。座に戻った父は畳の上にそれを差し出した。

「いい時計だ。搭乗員になるなら役にも立つだろう」

促されて箱を開けると、銀色の懐中時計が入っていた。父が大事にしていた品物だ。ドキドキとして手が震えた。感激で脳髄が痺れるようだった。

「ありがとうございます。大切にします」

腿に手を置き、深く頭を下げて塁は時計を受け取った。こんな非常時であるのに、泣きたくなるほど嬉しかった。

暗い奥の間に、ランプを灯して食事を摂った。塁が作れる料理はカレーと煮物くらいなものだ。肉じゃがなら失敗しないだろうと思ったが、塁が習ったのは隊全体に行き渡る二百人分の配給食の作り方だ。加減をして作ったつもりだったが、できあがったのはじゃがいもの水煮と、ものすごく塩辛い味噌汁だった。薄暗い中、またガラスが割られる音を聞きながら、塁と虻川が作った夕飯をみんなで食べた。

おかしなものだ。父と母と虻川と、生まれて初めて家族で食卓を囲んだ。

虻川は静かな人で、いかにも几帳面そうな男だった。かといってまったく無愛想でもなく、料理をしているときに塁と同じ年頃の息子がいると教えてくれた。塁にいっさいの説明をしてくれたのもこの虻川だ。

真っ暗な部屋で、蠟燭を一本挟んで向かいに虻川が座っている。橙色の炎が揺れるたび、虻川の尖った頬骨と左目の眼球が光る。

「潔白を訴える手紙はすでに各所に送っております。証人にも依頼の手紙を書いていますので、すぐに応じてくれるでしょう」

家から一歩も出られないのでは弁明もできない。父の無実を知る人々に、外から助けてもらうしかない。

「証拠の書類はすでに、東京に残った別の秘書が確保して逃げ出しております。これで法廷に出るまで安心です」

東京にさえ戻れれば父の無実は証明できるということだ。

明日、父の勤め先から車が迎えに来るから、家族全員でいったん東京へ行き、母は父の騒動が終わるまで実家に戻ることになった。塁の休みは始まったばかりだ。一週間足らずだが、母の警護をしながら実家に送り届けるには十分だろう。

部屋に灯（あか）りはつけられず、そのまま休むことにした。夜になっても、ときどき石が投げ込まれた。

――今となっては、なぜあのときすぐに逃げ出さなかったのかと、悔やんでも悔やみきれない。だがあのときは事件と何の関係もない、見知らぬ他人がちょっかい以上の危害を加えてくるとは思わなかった。

父母の隣の部屋に布団を敷いた。神経は尖っているのに、額のあたりがしきりと眠気を訴えてくる。こんなことになっているとはつゆ知らず、実家に帰れるのが嬉しくて、二日前からろくに眠っていない。今朝は夜明けとともに起きだした。移動の疲れ、混乱、動揺、ガラスの掃除と料理、日頃の訓練と比べれば造作もないことだが、気疲れでくたくただ。

布団の上に正座をし、塁は枕元の桐箱の中から懐中時計を取りだした。手のひらにちょうど収まるくらいの丸い銀時計で、文字盤の下、6の数字の上に小さな秒針だけの文字盤がついている。背面は顔が映るくらい美しい鏡面だ。手のひらに水銀を溜（た）めているかのようだった。下のほうに小さな青い文字で『Asamura』と彫られているのが余計に塁の心を満たす。予科練の訓練で使う飛行時計とは比べものにならない上等さだ。こんなにいい時計など、士官しか持っていない。塁は懐中時計を首にかけて褥（しとね）に入った。念のため、服は着たままにした。

布団の中で冷たい時計を両手に包んでいると、体温が移って徐々に自分の身体の一部のような気がしてくる。静かな夜だ。じっとしていると、時計の中でちいちいと絡繰りが動く微かな音と振動が感じられた。襖の向こうで父母が何か喋っているようだったがよく聞こえなかった。こんなことも初めてだなと思いつつ、塁は布団の中で懐中時計を撫でながら、とろとろとまどろんだ。夜ふけになるとさすがに投石もやむ。ようやく浅い眠りが訪れる――。

突然の激しい物音に、塁は目を覚ました。なんと言っているかわからない怒号のあとに、隣の部屋に足音がなだれ込んできた。あれこれ蹴散らしている。陶器が割れる音もした。

「大蔵大臣、浅群朋武！　天誅である！」

夜を引き裂くように鳴り響く、怒号と笑い声と悲鳴に、塁は呆然とした。――夜盗だ！　助けなければ、と我に返って立ち上がろうとしたとき、向こうから激しく襖が開け放たれた。

「おい、貴様誰だ！」

和服を着崩した、いかにも狼藉者といった風情の男が塁に怒鳴る。問い返そうと思ったが、畳の上に転がる父を見つけて、塁は音を立てて息を呑んだ。最近、世間で塩酸をかける事件が続いていた。殺人目的ではなく、見せしめだと聞いたことがある。鼻を突く刺激がある。予科練の実験室で体験した、消毒臭に似た刺激――塩酸だ。

「お父さん――！」

「おっと！」

思わず手を伸ばそうとしたが、男に押しもどされた。押し込んできたのは四人。一人はまだ父を蹴りつけている。

母は倒れたまま動かなかった。衣紋(えもん)掛けにかけてあった母の着物が燃え上がった。

「離せ！」

暴れようとしたが殴られ、蹴られて足で床に押し込まれる。二人がかりで息ができないほど畳に強く押さえつけられ、母の着物の紐(ひも)で後ろ手に縛り上げられた。

「離せ、貴様、こんなことをしてただでいられると思っているのか！」

罡の叫びに返ってくるのは、下卑た笑い声だけだ。夜盗の一人が父が着ていた浴衣の袖を引き裂いた。布を筒のようにくるくる丸めながらこちらに歩いてくる。

「うるせえんだよ。おい、口を開けろ」

歯を食いしばって嫌がったが、鼻を摘(つま)まれて何分ももたなかった。口にねじ込まれると、冷たく濡れた感触のあと喉に激痛が走った。噎(む)せるが男の手で布ごと口を押さえ込まれていて吐きだせない。悲鳴を上げようとすると喉が裂けるような痛みが走る。苦しさに首を振ると余計に喉奥まで布が入ってくる。

「コイツは息子か？　可愛い顔してやがるな。遊んでやろうぜ」

酒臭い息で男が言った。必死で仰ぐと、自分の上にガラスの瓶が傾けられるのが見えた。耳元でしゅっと音がして、首の付け根と肩が一瞬ひやりとした。そのあとは焦げつくような激痛だ。液体は右の胸にまで流れた。有刺鉄線で縛られたような痛みに塁はもがこうとするが動けない。喉が痛くて悲鳴すら上げられない。苦しい――！

「おい、バカなことしてないで探せ！」

男たちは、炎で茜色に染まりはじめた家の中を乱暴に漁っている。箪笥の引き戸という引き戸を開け、塗りの棚も開け放ち、箱は蓋を投げ捨て、中のものを床にぶち撒く。何かを探しているようだったが、呼吸をするたび胸や鼻に走る刺激で目を開けていられない。吐きだしたくても吐きだせない。息が苦しい。煙のにおいがする。喉も気管も焼けつくようで、噎せ続けたが苦しくなるばかりだった。

抵抗はほとんどできなかった。薄れてゆく意識のなかで、割れた窓から差し込む月明かりが見えた。母の悲鳴を聞いた。家が燃えていると思った。もがいているうちに気が遠くなった。

気がついたのは、病院のベッドの上だ。

両親は刺殺、家は全焼。炎を見て駆けつけた消防団員が塁を見つけて連れ出してくれたそうだ。塁の口には塩酸を浸した布がつめられていて、口の中と喉が無残なことになっているらしい。焼けただれた喉から粘液が溢れ出してくる。息をするたび、喉奥に詰まり、鼻からも喉からもぜろぜろと音がして一呼吸一呼吸が苦痛以外の何ものでもなかった。舌を動かすことすらできない。火を口に含んでいるようだ。痛みと混乱が身体を引き裂いて溢れているように感じられた。ずいぶんモルヒネを打った。飢え死にするのが先か食べられるのが先かというほど酷い状態だった。

警察官が来て言うには、犯人は、父の横領事件がらみの人間、もしくは新聞などを見て義憤に駆られた活動家、口封じ、敵対していた誰かがこの機に乗じて殺しに来たのか、横領した金を持っていると踏んで押し込んだ強盗、火事場強盗か——つまり見当がありすぎて、ぜんぜん絞れないということだ。虻川はあの晩きり、行方不明だった。

予科練から教官が見舞いに来た。

「戻ってくるか。浅群」

正直、教官がそう言ってくれたのは意外だった。もう一生声が出ない。そんな自分が航空機に乗れるのか。

「やる気があるなら戻ってこい、浅群」

塁が入院中、回ってきた古新聞に、日本と米国の開戦を知らせる号外が交じっていた。搭乗員のたまごとして二年間大切に育てた塁を、声が出ないくらいで辞めさせるのは惜しいと思ったのだろう。

そのときはまだ、命を取り留めたばかりで応えようがなかったのだが、水が呑み込めるようになり、起き上がれるようになった頃から塁は己に課せられた使命を徐々に理解した。

しばらくして見た新聞で父はいつの間にか、横領が発覚したことを恥じ、政府や警察からの追及が及ぶのを怖れて妻を刺し殺し、残った証拠ごと家に火を放って自害したことになっていた。札束と裸の女を腕に敦盛を舞う父の風刺画までが描かれていた。血税を遊興に費やしたと汚い言葉で罵られ、新聞や大衆紙では、堕落した浪費家のように酷く醜聞じみたことが、さも真実のように書かれていた。記事の中には塁のこともあった。母を侮辱していた。父を弁護する声はどこからも聞こえてこなかった。

時を同じくして入院中に祖母が病で亡くなった。心臓を患っているとは聞いていたけれど、先月は塁への手紙を、郵便局に出しに行けるほどには元気だったのにと思うと、この事件の心痛で死んでしまったのだと思うほかなかった。

塁に、浅群家を頼むと遺言があったそうだ。

塁はベッドの上で慟哭した。声を上げて泣きたかったが塁にはもう声がない。呻き声とともに、涙と膿の混じった血が布団の上に滴った。

祖母の願いは叶えたいが、今や弁明の手立てもない浅群家を、蒼い目をした塁一人でどうやって立ち直らせればいいのだろう。

† † †

「――……ッ!?」

不意に額に触れられて、塁（るい）は息を呑（の）んで目を覚ました。

「浅群（あさむら）……一飛曹（いっぴそう）？」

目の前にあるのは男の顔だ。三上（みかみ）だった。

三上は戸惑った顔をした。

「すみません。起こしましたか。でもうなされていましたから」

三上はそう言いながらまた、指で塁の両頬に代わる代わる触れた。口で呼吸をしている。全身汗びっしょりだ。

夢の内容を思い出しながら、塁は汗が流れるこめかみに手をやった。手が震えている。悲鳴でも上げたのだろうか。目が覚めた今でも、ぞく、ぞく、と、背骨が痺（しび）れるように震えている。

「着替えましょう。俺のでよかったら、乾いたのがあります。新しくはありませんが、洗ったばかりです」

そんなに酷（ひど）いかと思ったが、腕が汗で光っているほどだ。顎を伝ってぽとぽと落ちているのが汗ではなく、――涙だと気づいたから、彼はそんなことを言ってくれているのか。

「いらない、三上」

声を出すたび屈辱を思い出す。時が経って身体が癒えても、この焼かれた喉から出る歪んだ声を聞くたび、いつでもあの瞬間に立ち返る。予科練に戻ると、言葉が伝わらない苛立ちの生活が待っていた。父についての嘘の記事を信じている人間に囲まれて、目が青いことをあげつらわれ、大衆紙の文言そのままの悪口で侮辱され続けた。言葉で言いかえせないのが塁の苛立ちを募らせた。悲しさは限界を超えると怒りになる。どうして自分がこんな目に遭わなければならないのか。なぜみんなデタラメばかりを信じるのか。なぜ父のことを誰もわかってくれないのか。どこにぶつければいいかわからない怒りで心を満たしたまま、塁は予科練の最後の一年を過ごした。

「水は?」

首を振る。三上は心配そうに、塁の髪を撫でた。汗がつくからやめろと言いたかったが、三上は頓着しない。

「衛生兵を呼ばなくていいですか?　どこか痛むんじゃないですか?」

優しい声に問いかけられて、塁は思わず答えてしまった。

「貴様は過保護だ。俺を何だと思っている」

航空隊の搭乗員だ。空の魔物、ローレライだ。そんな弱った小鳥にするような、優しい労りは必要ない。

三上は笑って背後にある背嚢を漁りはじめた。

「すみません、俺、妹が三人なので、つい」

「妹といっしょにするな」

「すみません」

背を向けたまま、震えが混じった日頃より酷い声をよく聞き取るものだと感心する。それにしてもなぜ三上がここにいるのだろう。三上は、塁の声ばかりか、心の声まで聞こえているような拍子で返事をする。

「搭乗員宿舎のどこにいてもいいと言われたので、場所だけ取りに来ました。寝床の数は足りるそうなので」

そうではない。なぜここにいるのかだ。塁の疑問にも三上は直接答えを返す。

「周りがあんたのことを知らないと、余計不便だと思ったので——と、失礼しました。浅群一飛曹」

この男の癖なのか、やや垂れた目で少し困ったような笑みを浮かべて、三上は振り返る。世話を焼きに来たという気か。塁の喉のことを知らない人々の中に放り込まれたら、誰もが自分に返答を要求するだろう。帝国海軍軍人のくせに返事もできないのかと、わけも訊かずに怒鳴られたことは一度や二度ではない。

「すみません、さっきの勢いで、つい」

三上はたいして悪いと思っていないような口調で呼びなおした。ひょうひょうとした態度のくせに、お人好しそうなのがわかる。

「……うるさい」

「もう黙ります。浅群一飛曹」

「塁でいい」

こんな男に名を呼ばせるのは気に食わないが、三上はしばらく側にいるようだ。浅群浅群と軽率に呼ばれて、そのたびいちいち家のことを思い出すのも鬱陶しい。

返事をしたあと塁はふと思いついて問い直した。

「貴様、歳はいくつだ」

仮にも整備長だし、老け顔だから年上だと決めつけたが、年下に名を呼び捨てにされるのはさすがに腹立たしい。

「二十四です」

「――塁でいい」

それならいい、と塁は名前を呼ばせることに決めた。

「塁一飛曹？」

「違う」

「塁……さん？」

「気持ちが悪い」

気の遣い方は正しいが、顔なじみのようにさん付けで呼ばれるのは本当に気味が悪い。そういえば自分の呼ばれ方は二択だな、とふと思った。他人行儀に浅群一飛曹と呼ぶ人間と、真裸のところを摑むように塁、と呼ぶ人間と。

「呼び捨てでいい」

三上は怪訝な顔をした。

「殴ったり、左遷したりしませんか？」

「されたいのか」

「それは勘弁してください」

三上ののらりくらりとした受け答えは何となく腹立たしく、そして結局自分が諦めるしかないような言い回しだ。何を言っても唸ってみてものれんに腕押し、だが毎回のれんは用意される。無視されるより質が悪い。

「……塁」

三上はじっくりと自分を見たあと、確かめるように呼んだ。

「なんだ」

「なんでもありません」

彼は照れくさそうに笑う。どこかおかしな気分だ。「何だ」と尋ねてそれに返事が返ってくるのは何年ぶりだろう。自分の唇の動きを読む城戸でさえ、じっと自分を見ていないと言葉は通じない。

　三上といると、まるで声が出ているように錯覚する。自分に聞こえていないだけで本当は音が出ているのではないか。試してみようと口を開けたところで、口の中に微かに広がる鉄の味に、塁は開けかけた口を閉じた。喋りすぎだ。引き攣れている喉は、音にならないくせに、喋るとすぐに裂けて血を滲ませる。こいつのせいだとため息をついて三上を見上げる。

　手際よく背嚢を隅に寄せて蚊帳を広げた三上は、柱の釘に蚊帳の釣り手を引っかけながら、無駄に高い長身から塁を見下ろした。

「隣に寝床を取りましたので、安心して寝てください」

　そんなことは一言も言っていないと思った。

　三上の里には湖がある。山に囲まれた盆地で、夏は暑く冬は寒い。冬、必ず正月を皮切りに山の麓にある小さな湖は凍るのだった。泳げるほどにきれいな湖で、水は透明なのだが、凍るとなぜか青くなる。表面は細かいひびが入っていて、うっすらと霜が降りているように不透明だった。大量の青色蛍石を砕いて地面の窪みにつめ込んだようだ。湖は冬になると沿岸を雪で白く縁取られ、眠ったような静かな青で波さえ立てずにじっとしている。氷が薄いので上に乗ってはいけないと、三上たちは小さな頃から口酸っぱく言い聞かされていた。水深が深い湖の底には、昔人柱として沈められた娘が眠っていて、みんなが正月で楽しくしていると寂しくなって、水面に薄氷を張り、子どもが落ちてくるのを待っているのだという言い伝えがあった。湖の周りに梅が咲きはじめて娘が慰められると、ぴしぴしパチパチと氷を歌わせたあとに溶けて、春が来る。

浅群塁はあの冬の湖のような様子をしていると三上は思う。

馴染(なじ)みのいい髪はきれいな頭の形に添って艶やかに頭部を覆っている。気の強そうな、まっすぐな眉の下には、鑿(のみ)で彫り込んだような目じりが長い目がある。どこか人形のように作り物めいて見えるのは、塁の瞼(まぶた)が薄いせいだ。眼球を覆う蒼白(あおじろ)い皮膜。それが折りたたまれて重なると、傷口のようにパッキリと目の形に穴が開くのだった。睫毛(まつげ)の長さもさることながら濃さがすごい。際だった瞼の縁に、隙間がないくらい一本一本太い睫毛が生えそろっている。瞳の色はまさに湖のとおりで、鼻筋が細く、あまり色がよくない唇は薄い。よくよく見ると下唇にも小さなケロイドがあり、唇の形を削らずに光るだけだから、三上の目には美しいもののように映った。長らく会話に頼っていないらしい彼は、いつも唇をきっちり閉じている。

海軍、航空隊一飛曹。厳(いか)つい肩書きとは裏腹に、彼はどちらかといえば華奢(きゃしゃ)だった。なよなよしくはないのだが、身体にあまり筋肉がついていない。どちらかといえば骨細だ。

航空隊の搭乗員というところまでは納得しても、これが敵も味方も怖(おそ)れるかの《ローレライ》だと言って信じる者はいないだろう。

あれからも塁の撃墜数は上がり、三上は四度目の鉄鋸作業にいそしみ、前回はとうとう装甲に穴を開け、今回は板ごと取り替えになった。

どれほど説得しても塁はあの部品を取りつける。そのたびに切り取り、表面を均して塗粧をしたあと塁を叱る。危険性は伝えた。一式陸攻に乗っていても聞こえるくらい酷く大きな音量なのだと、部品が立てる音がどれほど激しく空に鳴り響くかも伝えた。

自分の持ち場を離れて、獰猛に敵機を食い荒らす塁への苦情は三上にも及んだ。担当機の搭乗員の説得くらい貴様がしろという理不尽な命令だ。一応努力はした。彼らと三上の意見が一致していたからだ。戦闘機が編隊を組むのには意味がある。一番機が小隊長、二番機以降は後ろの目となって警戒しつつ、小隊長機の護衛に努める。小隊長が撃墜し損ねれば二番機が、そのあと初めて三番機が前の護衛をしながら敵機の撃墜に当たる。当然のように塁は丸無視だ。横入りをして、好き勝手に敵機を追い回す。警戒もなにもあったものではない。

今日、五度目の部品の切り取り作業を行ったとき、まだ新しい装甲にうっかり穴を開けてしまった。仕事が粗くなっている。切り取るときの慎重さが欠けている。無意識のうちに手に腹立たしさが籠もっているのだ。何しろ五度目だ。嫌にもなる。

頬を殴りつけられると、本当に目の前に星が飛ぶ。殴られた頬骨よりも、頭に衝撃があって目の前がぐらぐらと揺れるのがきつかった。

すかさず整備長の怒号が三上に叩きつけられる。

「貴様、鉄はタダではないんだぞ⁉」

「申し訳ありません」

理不尽だが、三上が搭乗員の希望を無視し、自分の整備魂に則って勝手にやっていることだ。その作業中に失敗をした。迂闊さを反省している。だが誰かが塁の機体にあの部品を取りつける限り、自分は見つけ次第それを取り除く。鳥にふんをされたらそれを拭うのと同じ当たり前さで。

「いい加減に浅群一飛曹にやめさせせんか！」

それも自分ですか、という問いを三上は胸の奥に押し込んだ。最近彼への苦情は全部三上に来る。『浅群は会話ができない』という理由だが、耳は聞こえているのだから文句を言うには問題ないのに、彼らの苦情まで三上の口から伝えさせようとする。当然、塁からの文句は三上に返ってくる。理不尽すぎる板挟みだ。

「……次は気をつけます。すみません」

部品をつけろと命じる塁、それに従う整備員、穴を開けてしまった三上。誰が悪いかと言いはじめたら切りがないが、三上は三上の仕事を貫くだけだ。

頭を下げて三上は班長の前を去った。これで新しい鉄板を受け取れる。すぐに倉庫に行こうと思ったが、休憩時間が目の前だった。殴られた頬をどこかで冷やしてから、気を取り直して作業を始めたほうが集中できそうだ。

三上は木陰を求めて灌木の間を歩いた。束ねた針のような日光が絶え間なく降り注ぐ。遠くを見ると白く爆発を起こしたように眩しかった。乾いた下草を踏むとざふざふと余計暑くなりそうな音がする。

修理中の機体があちこちに停まっている。尾翼を撃ち抜かれている機体、横腹に大穴が開いた機体、継ぎ接ぎの主翼、塗粧が剝げて赤茶色の下塗りを覗かせている機体、どの機もいよいよ年季が入ってきたなと思いながら、仕事中の整備員たちの邪魔にならないほうへと足を向けた。

なぜ塁は言うことを聞いてくれないのだろう。

これまで我が儘な搭乗員は何人もいた。機体が重い、エンジンの調子が悪い、果ては成績が上がらないのは貴様らの整備の腕が悪いからだと言われることもあったし、何となくしっくりこないから整備をやり直せと意味のわからない文句をつけられ、徹夜で点検をやり直したこともある。

それに比べれば、塁はいっさいと言っていいほど整備に文句をつけない。だが汎用型の調整に少しでも傾けると機嫌を悪くする。U字の部品にいたっては、最早いたちごっこか根比べだ。最近、うちの班の整備員は三上に遠慮して、塁がつけろと命令しても何だかんだと言い訳をして逃げ出してくれるようになった。それでは今回の部品を取りつけたのは誰だと尋ね回って捜してみると、うちの隊とはまったく関係がない、見ず知らずの整備班の男を引っ張ってきていた。

——いや、すみません。他班の整備に手を出すのはいけないとわかっていたんですが……煙草を三箱もくれるというので……。

目を泳がせながら、他班の整備員は間男のような言い訳をした。彼に罪はない。彼には、次にそういう交渉を持ちかけられたら、俺はそれにもう一箱積むから断ってくれと三上は言った。そして、他の班員にも伝えておいてくれ、と。

——アバズレだ。

と言うのは言いすぎだろうか。

整備員の純情を弄ぶつもりか。

塁とばかり向き合うせいか、昔は易々とできていた我が儘搭乗員のいなしかたを忘れたようだ。この先いったいどうしたものかと悩みながら歩いていると、《一等地》と呼ばれる、椰子が密集した木陰のほうから悲鳴が聞こえた。

「やめ……やめてくれ、秋山！　うぎゃあああ！」

小動物を吊るして苦しめているような、かわいそうな声だ。

ひいひいと続く悲鳴を辿って、三上は歩いた。

双発の機体が見えてくる。夜間戦闘機《月光》が停まっていた。

機体のほうから、朗らかな声がする。

「駄目だから切ろうな？　錆びてるぞ？」

「やめてくれ、それは駄目だ。駄目だあああ！　うぎゃあああ！」

猫がヒゲを切られたってこんなには騒がないだろう。

地上に羽交い締めをされた小柄な搭乗員と、そのペアらしき男がいる。機上にのぼっているのは整備員だ。左袖に特殊技能章が見える。マーク持ち整備員――熟練ばかりが集められた搭乗員同様、整備の技能大会のようになっているこのラバウルでも、飛び抜けて技術と知識を持った整備員だ。

地上でもがき苦しむ搭乗員を菩薩のような笑顔で見つめているその横顔に、三上は覚えがあった。秋山という整備員だ。

中島製の航空機の整備に長けていると評判の男で、うちの班でもどうにも調子が直らない機体が出ると、「秋山に訊いてこい」と言われるほどだ。

秋山とは面識があった。内地で初めて整備科に配属になった頃、自分たちの班長が彼と同期で、たいそう彼に競争心を滾らせていた。三上は班長に命じられ、彼の整備の様子を何度か偵察に行ったことがある。見学という、わりと陰湿な形だったが、その頃三上は下っ端だったからしかたがなかったし、彼の手際は純粋に勉強になった。

痛めつけられてしなしなになった搭乗員の目の前で、秋山はアンテナ線をペンチで挟みながら笑いかける。

「順番を繰り上げて、新しく届いた燃料を入れてやろう。オクタン価が高いヤツだ」

「ほ……本当か！」

背の高い搭乗員に支えられるようにして、暴れていた搭乗員が身を乗り出した。大きな黒い目がきらきらとしている。

「だからこれも切るな？」

「うぎゃあああ！」

ばつん、と、アンテナ線を切るとまた死にそうな悲鳴が上がる。アンテナ線の張り替えをしているらしいが、そこまで搭乗員に愛されるなら、月光も幸せなものだ。

《月光１０２号機》——。

尾翼の識別番号を見て、三上は驚いて搭乗員たちを見た。ということは、これが十連星（じゅうれんせい）、厚谷（あつたに）・琴平（ことひら）ペアということか。

「だから整備は見に来るなと言っただろう、恒（わたる）！　整備の邪魔になってる、帰ろう？」

「もうやめて……やめてくれ、秋山」

「大丈夫だ。新しいアンテナ線は感度がいいぞ？」

ばつん。

「うぎゃあああ！」

二つ名を持った搭乗員など下へも置かれぬ扱いだろうに、一方的にやり込めているのは秋山のほうに見えた。

そうだ、こういうのが――ここまでではなくとも――いいのだと三上は思ったが、秋山と月光ペアを見ていると、秋山と自分には天と地ほどの差があるように見えて悲しくなってくる。

そのとき、秋山が自分に気づいた。

「よう。どうかしたか？」

声をかけられて三上は少しうろたえた。覗いていたわけでも、秋山を捜していたわけでもない。

「いえ、あの……。ちょっと整備に迷っていて」

三上は気後れしながらそう答えた。整備に迷ったとき、他の整備の様子を眺めて、閃き（ひらめ）や納得を得ることも多い。本当にそんな感じだったと思いながら、三上が会釈をして立ち去ろうとしたとき、秋山が言った。

「わかった。ちょっと待ってくれ」

「いや、いいです！　先に整備を」

「大丈夫だ。ちょうど休憩を入れようと思っていたところだったから」

「お、おい、秋山……。月光……月光はこのままなのか!?」

手をわきわきさせてうろたえる搭乗員に、秋山は飛行機の神さまのように慈悲深く微笑（ほほえ）んだ。

「一服入れてから張り替えよう」

「待っ、てくれ、それ、じゃ、今。アンテナ線、……が。アンテナ線がないと……」

「煙草を吸ってからのほうが上手い具合に張れそうなんだ」

瀕死の搭乗員の訴えに、後光を放つような穏やかな笑顔で秋山は応えるが、これで――いいのだろうか。

月光のアンテナ線を切られ、なぜか息絶え絶えになっている搭乗員を、背が高いほうがずるずると木陰まで引きずってゆく。「アンテナあぁぁぁ……！」という声も遠ざかる。

秋山は工具をしまい、軽々と月光を降りてきた。

「待たせたな。どうした」

「いえ、すみません、機体のことじゃないんですが……ああ、いや、機体のことでもありますが」

相談というほどではないのだが、縋りたい気持ちは本当だ。

三上は木陰に向かう秋山に付き従った。

「すみません、お忙しいところに」

「いや、飛行機馬鹿に取り憑かれて効率が悪かったからこれでいい」

三上は、灌木の合間に消えてゆく叫び声を気にかけながら、煙草の箱を秋山に差し出した。

煙草は、上官から現地の住民まで、何にでも使える便利な袖の下だ。三上は元々あまり吸わないので、配給のうち、自分で吸うのが三分の一、残りは食べものと交換したり、心付け代わりに相手に渡している感じだ。

秋山は箱から一本煙草を抜いて残りを返してきた。秋山ほどの整備員になると、士官以上に煙草に不自由しないのかもしれない。

木陰を選んで座った。円形の港が、鰯の鱗のような光を湛えているのが見える。

「で？　どうした。零戦か」

「はい。自分が担当している零戦の調整があまりにも極端で……」

三上はそんなふうに切り出した。

U字の部品のことは言わなかった。そんなものは誰が考えたって取り外すべきだからだ。あの零戦に施している危険な調整について相談することにした。調整の値を淡々と告げてゆく。自分の口で吐いて自分の耳で聞くに、改めて馬鹿げた数値だ。死にたいとしか思えない。

「本人が許さないので、今はその調整のままバランスを取っていますが、どこまで許されるものなのか、こういうことをする搭乗員は他にいるのか」

「そこまで極端なのは、聞いたことがないな」

「でも調整を標準に戻すと、本人が乗らないんです。へたに成績を上げてくるものだから、司令部もそれを容認している」

「はは。馬鹿だな」

軽く笑い飛ばされて、やはり駄目かと三上も思った。秋山は、つっと煙草を吸ったあと、口から煙を漏らす。

「俺なら普通の調整に戻して、司令部任せだ」

「そんなことをしたら、腹を切りそうです」

塁が言ったことが本当かどうかは知らないが、想像するだけで背筋が凍りつくような彼の過去だ。家の名誉を取り戻すため、命を対価に敵機を墜として戦死する。その手段を取り上げたら、あの気性では本当に腹を切りかねない。確かな予感がしてたまらないのだ。

競い合うように青空を流れてゆく雲を眺めていた秋山は、ぷかりと煙草の煙を宙に浮かべた。

「搭乗員はみんな姫様だと思うことだな」

「……そんなふうには見えませんでしたが」

搭乗機を自分の身体のように労る搭乗員の目の前で、楽しそうにアンテナ線を切るいい笑顔は、到底家臣のようには見えなかった。

「姫の御機嫌より、御身が大事だ」

「……はあ」

そういえば聞こえはいいな。真実でも……一応あるのか。搭乗員の我が儘を無視して、設計と製造業者と整備員が精魂込めて研ぎ澄ましてきた技術を尽くし、生還できる機体を組む。整備員の本分のように思えた。

秋山は紙巻きのままの一本を旨そうに吸っていた。贅沢な吸い方だ。最近配給が少なくて、煙草は三等分から四等分して、煙管につめて吸うのが主流になっていた。

「基本的に整備は二種類かな」

「二種類？」

「ああ。完全に汎用型と腹を括って、全部を《いい航空機》にするか——搭乗員の《翼》として仕上げてやるか」

確かに、と三上も思った。三上はこれまで汎用型を整備してきた。搭乗員の容れものだ。誰が入っても心地がいいように、どれに乗っても同じ感覚で操縦できるように、そう願いながら仕事をした。

「どちらがいいというわけではない。軍を見るか兵を見るか。数の多い戦闘機なら前者だろう。専用機ともなれば、話は別だが」

「専用機です。……今のところ」

不本意な話だ。あんな危険な調整だから誰も乗りたがらず、誰が認めたわけでもないのに、結果的に専用機となっている。

秋山は前を向いたまま、またぷかりと煙草の煙を吐いた。

「じゃあ、やっぱり前者だ」

「……専用機ですよ？」

それでは話が違う。

「三上は整備だ。搭乗員じゃない。できることは限られている。飛べる翼は用意してやれるが、鳥に飛び方を教えてやることはできないだろう？　相手が――」

「浅群――」

妙な間が生まれた。ただ名前を尋ねられているだけかと思ったが、秋山が尋ねているのは、彼とどこまで深まっているのかだと気づく。

「……塁、一飛曹です」

声に切なさが滲むのが自分でもわかった。親愛とか心配とか、勝手に剝き出しになる優越感とか、名前を呼ぶだけで隠しようもなく世界中に響いてしまう。目許が熱くなるのを感じながら、じっと目を伏せていると、秋山の煙草の先がじりじりと微かに焼ける音を立てた。

「あんまり入れ込むと、浅群一飛曹が墜ちたとき、魂を一緒に持っていかれるぞ？」

秋山がたやすく三上の相談に乗ってくれたのは、零戦や塁の心配というより、三上に警告をしたかったのだろう。確かにそうだと今ならわかる。今、塁が撃墜されたら、すぐに次の機体の整備ができる気がしない。空を見上げたまま燃え尽きてしまいそうだ。想像するだけでも空を仰ぐのが怖くなってくる。水平線を眺めても、切なさは深くなるばかりで少しも去らない。

三上はふと、本音を手のひらに摑んだ気がして、弱音のような言葉を吐いた。

「持っていってくれそうにないのが困りものです」

「じゃじゃ馬か」

くわえ煙草で秋山が笑った。

「はい。本人にそう言ったら闇討ちにされそうなくらいには」

「闇討ち？」

城戸の言葉だが、何だか塁には妙に似合う気がする。気性の激しさ、結果主義。彼は名にこだわるが、本人は名よりも結果、確実に息の根を止めに来るタイプだ。

「それは手ごわい姫様だな」

秋山は笑って煙に包まれた横顔の目を細めた。

「専用機もいいが、貴様の整備を待っている機体はたくさんある。汎用型の整備をしておくのを勧める」

あまり入れ込むなということだろう。だが今さらそんなふうに思うのは無理だ。傾いた気持ちを戻せない。困惑も心配も、塁に対する興味も悩みも、三上の感情全部が乗った心の板だ。今もこんなに塁に向かって滑り落ちそうになっている。

三上は自分の短い前髪を摑み、立てた膝に頰を押しつけた。

「——魂を持っていかれたいと思うのは馬鹿でしょうか」

三上の心配が塁に通じないから苦悩している。彼が普通の機体に乗ってくれるなら、魂を削ってでもいい機体を整えるのにと思うが、彼はそれも許してくれない。叶(かな)わなくて切なくなってくる。眉間に皺が寄っているのがわかっているのに、秋山が見ていると知っていても平静を装えない。

秋山はまたのんびりした横顔で、煙草を吸った。

「見上げた整備魂だが……」

ふー、と、雲に向かって煙を吐く。

「魂がいくつあっても足りんな」

塁たちの航空隊が出撃している間中、心ここにあらず——ぼんやりと雲のように、まさに当て所もなく空に浮いているようだ。

出撃後は、数人の見張りを残して整備場に戻り、他の機の整備に当たるのだが、ほとんど何も手に着かない。手元を見ていてもいつの間にか空を見上げてしまい、そして時計を見る。予定時刻が近くなると、呼ばれる前に滑走路のほうへ向かってしまう。

零戦の飛行時間は八時間弱だ。片道三時間半、戦闘時間十五分が最大飛行時間となる。

今日の飛行計画は、ここから二時間のところにある島の防空だ。何もない島だが、最近その島に米軍が飛来して何かをしているらしい。

十五機の爆撃機とともに飛び、七十九機の零戦がその護衛をする。さきほど飛び立っていった中に塁も交じっている。

《彗星》の偵察員からの入電では、爆撃機は全弾投下したとあった。普段は整備科にまで速報が流れてくることはないのだが、塁が出撃しているときは、城戸が通信科の一番若い兵を使って知らせてくれる。何度かの大きな空戦を経て航空隊はかなり消耗した。戦闘は日増しに激しくなるばかりで、被弾の数も出撃のたびに増える一方だ。敵機の数がどんどん増えているという話で、搭乗員たちの疲労も激しくなっている。

出撃してから二時間後に、零戦が一機帰ってきた。操縦席の前の風防ガラスが真っ黒に濡れていた。オイル漏れで引き返してきたらしい。それを機に整備班は飛行場に詰めた。

四時間を回る頃、艦爆が一機戻ってくる。尾部と垂直尾翼に風穴が開いている。着陸は無事だ。

「搭乗員を降ろせ、点検かかれ！」

整備長のかけ声で、一斉に艦爆に取りついた。整備員、地上要員、分隊員が協力して着陸後の処理をする。搭乗員を機から降ろして分隊員に預け、整備員が操縦席の確認をする間に、トラックと機体をロープで繋ぎ、牽引の準備をする。一機戻ってきたら次々と戻ってくるからぼやぼやしていられない。分担作業だ。着陸から三分。血の滲む訓練で磨き上げられた手順だ。

そうしている間に、零戦がまた一機戻ってくる。

「おおい、脚が出てないぞ！　無線はどうなっている！」

このまま着陸するのか、それとも上昇しなおして、タイヤを出すための引き起こしをするのか。連絡なしならここから急いで逃げなければならない。

「進入やりなおしです！」

通信科の若い兵が叫んでいる。その間にも次の機影が見える。

「団子だぞ！　地上班！」

三機以上まとまって帰ってくるときは、できるだけ離れて着陸するよう誘導してやらなければならない。

布幕を広げ、旗とライトを使って地上要員が航空機に着陸場所を知らせている。

「脚は《良し》だ！　牽引に回せ！」

「風防は奥で外す。閉めずにそのまま！」

三上もどんどん降りてくる航空機に飛びついて、着陸後の点検に必死だ。搭乗員の無事を確かめ、発動機を止めて、爆発炎上の危険がなければまずは機体を灌木の奥に隠してゆく。

「次が入ってくるぞ！」

発動機の音の合間から地上要員の叫び声が聞こえる。休む間もなしだ。三上は空を仰いだ。

次は零戦――塁だ。

海側の滑走路に滑りこんでくる零戦に向かって三上は走った。

炎も煙も上がっていない。機体に弾痕はないが、風防の一枠が白く濁っている。

機体が停止するとすぐに輪留（わどめ）が噛（か）まされる。三上は工具を足元に置いて、急いで機体にのぼった。

天蓋は中途半端に開いたままだ。慌てて引き開けると、中でぐったりと塁が目を閉じている。

「浅群一飛曹！　浅群一飛曹！」

思わず手を伸ばし、大声で呼びながら頬を叩く。怪我（けが）はないが、意識がない。

「塁！」

軽く頬を叩きながら呼ぶと、水が溢（あふ）れそうな瞳の色を見せながら塁がゆるゆると目を開けた。

「……か、み……」

「はい」

唇が自分を呼ぶのに心底安堵（あんど）しながら、三上は塁の脇の下に手を差し入れた。他の搭乗員に比べて、塁は消耗しすぎだ。身体の頑丈さのせいではない。こんな機体に乗れば当たり前だ。塁が最近無理を重ねるには理由があった。零戦隊は主に古い二一型、二二型、最新の五二型で編成されている。塁は艦上機のときの二一型のままで、新しい五二型がなかなか回ってこないのだ。成績から見れば、前回空輪されてきた五二型は塁に回されるはずだったのに許されなかった。塁に渡せば専用機にしてしまうことと、明らかな不平等だ。悔しいが上官の決定には逆らえない。嫌なら専用機にするなと言われるのもわかっているから塁自身も二の足を踏んでいる。そして他の五二型と張り合おうとしてこんなふうに操縦で無茶をする。

操縦席の中でふらふらと立ち上がる塁に手を貸しながら降機させ、下で待ち構えている衛生兵に塁を託した。

二人がかりで身体を支えられ、塁は木陰に連れていかれた。筵を敷いた地面に横たえられている。水筒を持って走ってくる兵が見えた。軍医もうろうろしている。向こうは大丈夫だ。ほっとしながら三上は、塁の零戦にもう一度のぼった。

異臭もしない、異常な過熱もない。尾翼と胴体に銃弾が掠ったような傷があるが、それは後回しだ。風防ガラスが一枚、機銃で割れている。弾は貫通して上部に抜けていた。機体の様子からして搭乗員に被害が及んだようには見えない。精魂込めた機体は、今度もちゃんと彼を連れて帰ってきてくれたようだ。

「お前は仇討ちの道具じゃないよな」

秋山に言われたことを思い出しながら三上は、まだ熱気の残る機内に囁きかけた。塁が何を望んでいても、どれほど綺麗事を言ったところでこれが人殺しの道具だとしても、日本の未来のための、塁を生き延びさせるための乗り物であることも本当だ。

とにかく無事に帰ってきてくれてよかった。今日のところはいいとして、極端さの中でももっとバランスを取るような調節を考えなければ、と思案していると、何か短い悲鳴のような声が聞こえた気がした。

頭を上げて、翼の上から背後を振り返ると、横たわっていたはずの塁がいない。塁についていた分隊員がさっきと同じところにそわそわした様子で立っている。

もう兵舎に戻ったのだろうか、と思ったが、何だか胸騒ぎがした。自分が行かなくとも分隊員がいると自分に言い聞かせようとしたが、嫌な予感が治まらない。

三上は、整備を手伝ってくれている人間に、「ここを頼む」と言って機体を降りた。分隊員のほうに走ってゆくと、分隊員は決まり悪そうな顔でこちらを見ている。

「浅群一飛曹は？」

「す、すみません、でも、自分じゃどうにもなりませんでしたから」

「浅群一飛曹はどこに行ったんだ」

「搭乗員が三人やってきて、浅群一飛曹に用事があると……」

と言って灌木の奥に視線をやる。しまったと思いながら、三上はそのまま灌木の林の中に走り出した。

迂闊だった。分隊員がいたから安心してしまった。彼らは搭乗員に逆らわない。塁に何かがあったらすぐに自分に知らせてくれと言い聞かせておかなければ、塁を助けてやることにはならないのに。

出撃のどさくさに紛れて塁を痛めつけるつもりだ。この慌ただしさの中で、塁を探し出してまで守ろうとする人間は自分くらいしかいない。

案の定、そんなに奥まで行かない場所から、怒鳴り声が聞こえてきた。

「貴様、いい加減にしろ！　馬鹿にしてやがるのか、このアメリカ人が！」

「米国の諜報だ！　白状しろ、この野郎！」

三人がかりで塁を羽交い締めにしているのが見えた。身体中に枝が当たるのにもかまわず、三上は全速力で走った。

「っ――！」

何も言わずに揉み合いの中に突っ込む。

「うは！」

塁の襟を掴んでいた男が吹き飛んだ。塁を羽交い締めにしていた男が驚いて腕を緩めたところに、塁の肩ごしに突き飛ばした。

「浅群一飛曹に何をするんだ！」

塁を背に庇い、三上は搭乗員に怒鳴った。

「何だ貴様。整備員のくせに、搭乗員のケジメに口を出すな！　搭乗員を怒らせたらどうなるか、わかってるのか！　貴様の所属を言え！」

その言いぐさにもかちんときた。立場の違いなどわかっている。実際、戦争の矢面に立つ搭乗員を敬う気持ちも本当だし、心底大切だと思っている。でも戦争は一人ではできない。彼らが先端であるだけで、自分も同じ矢の一部なのだ。

「整備科、豊田班。三上徹雄だ」

肩で息をしながら、三上は名乗った。

「あんた方の機の整備をしている」

知っている搭乗員だ。搭乗員にもいろいろあって、月光の琴平のように普段から搭乗機にへばりついている者、ちょこちょこ整備を眺めに来る者、乗らないときはまったく関心を示さない者がいる。彼らは後者だ。

機は整備されていて当然、整備員の顔も覚えようとしない。

「あんたが俺にどんな仕返しをしようがあんたの勝手だが、俺にはあんた方の機の燃料を抜くことなんて、朝飯前なことを覚えておくがいい」

「貴様、整備ごときが、そんなことをすればどうなるかわかっておるのか！　軍法会議モノだ！」

がっと胸ぐらを摑んでくる搭乗員に怯(ひる)まず睨(にら)みつける。

「窮鼠(きゅうそ)猫を嚙むという言葉を知っていますか？」

猫を嚙んだ鼠(ねずみ)は、一瞬あとには猫に食いちぎられて死ぬだろう。だがその一瞬が、彼らを墜とす打撃になるかもしれない。

「ここは前線です。軍法会議にかけられて腹をつめなくたって、明日死ぬかもしれない。それなら俺はすべてを擲(なげう)って反撃に出るかもしれませんよ？」

たじろぐ搭乗員たちに、三上は畳みかけた。

「俺は、あんた方の名前を知っています。整備のリストで名前を回してもいいんですか？」

整備員には整備員の結託がある。整備魂は無償で航空機と搭乗員に捧げられるが、整備魂を軽んじ、著しく傷つけられたら整備員には整備員にしかできない方法で報復する。彼らは忘れているかもしれないが、彼らの命を乗せて飛んでいるのは航空機だ。航空機の調子を握るのは整備員だった。これがもしも、故意に不良機を仕上げたら、燃料タンクに水を入れたら、照準を曲げたら。配線を切ったら。

三上の襟を摑んでいた搭乗員は三上をそのまま突き飛ばした。

「ちくしょう、覚えてろよ！　死ね、浅群！　撃墜されてしまえ！」

長々と捨て台詞を吐きながら、彼らは灌木の奥のほうへ歩いて行った。

三上は一度空を仰ぎ、肩で大きく息をついた。

背後を振り返ると、地面にへたり込んでいる塁がいる。塁の顔も強ばっていた。理由に思い当たって三上は微苦笑を浮かべながら、塁の前にしゃがんだ。塁がびくっと肩を引く。

「嘘です。しませんよ。ものすごく腹が立っても、腹が立つのと人の生き死には別問題です」

どれほど搭乗員が憎くても、航空機に罪はない。航空機を仕返しに使おうと思う日が来たら、それは整備員を辞める日だ。

「リストは……」

「それも嘘ですよ。こうでも言っておかないと、我が儘すぎる搭乗員がいますので――」

言いかけて、三上は、あ、と思った。

「ああ……あるって言っときゃよかったのか」

脅してでも言い聞かせなければならない搭乗員の筆頭がここにいる。嘘でもあると言って、塁を説得する手段のひとつにすればよかった。

まあ、それは後回しだ。

「大丈夫ですか？　怪我は？」

見たところ、傷はなさそうだ。三上が見るかぎり、殴られる寸前に間に合ったと思う。

塁は「ない」と答えてため息をついた。

「そろそろ来る頃かと思っていた」

「私刑ですか？　当たり前です。向こうが悪いですが、三分の一くらいはあんたのせいですよ？」

多対一は卑怯だし、暴力は認められないが、彼らの気持ちは少しわかる。塁は相変わらず飛行の礼儀がなっていないようだった。上官の機が追いつめた敵機を横から撃ち墜としてゆく。墜とせそうな敵機があれば、勝手に編隊を離れて追い回す。日本が一丸となって戦わなければならないと喧伝される今、塁の個人プレーは身勝手で横暴な、目に余る利己主義だ。元々《艦》で戦う海軍は特に、個人の手柄を嫌う。艦は一人では動かず、乗組員は家族だ。協同戦線主義。敵艦轟沈の誉れは艦の誉れで、個人のものではないというのが海軍の考え方だから、塁の勝手な行動は余計憎らしいはずだ。

三上は、立ち上がって塁の腕を取った。

「とりあえず、宿舎まで送ります。人目があればあんなこともしないでしょうから」

はたしてそうだろうかと、自分で言いながら三上は塁の目を見て不安を覚えた。この人が攫われたとき分隊員が声を上げなかったのは、塁を庇うと自分までもが差別の対象になるのではないかと怖れたからだ。この目のせいで当たり前の人の良心も得られず、声が出ないのをいいことに、今まで普通の安全さえ確保できなかったのではないだろうか。

塁が迷惑そうに首を振る。三上は引かなかった。

「嫌なら城戸さんのところへ連れていきます」

城戸の側なら本当に手が出せまい。城戸なら喜んで塁を庇うだろうし、安全になるまで過保護にするだろう。城戸の目の前で塁に危害を与えたら、それこそとんでもない報復がやってきそうだ。

塁が、三上にも聞こえない声でぶつぶつ文句を言いながら立ち上がろうとしたとき、カポックの下から何かが抜けて、枯れ草の上にぼとっと落ちた。紐がついた、手に握れるほどの銀の円。懐中時計だ。三上はそれを拾い上げた。

返そうとしたとき手のひらにざらつく感触に気づいて、三上は手を見下ろした。懐中時計の裏蓋に錆びたような穴が開いている。大丈夫なのかこの時計、と思って裏返して盤面を見ると、時計の針はあらぬ時間を指している。眉を顰(しか)めた。

「いつからですか？　壊れているじゃないですか。分隊員に交換してもらってきます」

上等そうな時計だが、使えないのではガラクタだ。数日前、新しい制式の時計が入荷してきたのを知っている。今なら新品が貰えるはずだ。

「返せ。それはそれでいいんだ」

「でも」

「使うものは、要具袋の中に入っている。それは……」

塁は三上の手の中の時計を見て、困った顔をする。

「……お守りだ」

似合わない。と塁の答えを聞いて三上は思った。験(げん)を担ぐ搭乗員など珍しくないが、死にたいと思いながら無茶な飛行を重ねる塁が、お守りだなどと。

三上は時計の裏表を今度は丁寧に眺めた。

「海軍の品じゃありませんね。でもいい時計だ」

形は海軍航空隊の制式飛行時計とよく似ているが、これはただの懐中時計だ。紐をかける竜頭(りゅうず)の周りが細く、文字盤や針に自発光塗料のラジウムが塗られていない。様子を見れば外国製のようだ。文字盤は象牙(ぞうげ)で、やや小さめの本体が上品だ。それほど古くはないようなのに、なぜこんな腐食が発生しているのだろう。穴の周りを見ていると、ローマ字が刻まれているのに気づいた。Asamura――浅群、か。

「父の形見だ」

暗い表情で塁は言うが、大切な時計に違いない。こんな姿になってまで持ち歩くのもそういう事情なら納得できる。

三上は主に腐食の部分をよく観察した。金属が脆くなり、縁が青緑色に変色しつつ、中に向かって零れ落ちている。

「このくらいの大きさなら塞げそうです。薬莢の底を叩いてのばせば色味も丁度いいでしょう。中味も修理しますか？」

「……できるのか」

驚いたように訊いてくる塁に、三上は頷き返す。

「部品がそろえばいけると思います。そろわないにしたって、この穴だけでも塞いだほうがいいです。放っておくと腐食が進みますし、ここは、潮風が酷いのでなんでも錆びやすい」

外側よりも中味のほうが危ない。工具がなければ自分で作るのが整備員だ。ただし、時計の部品は小さすぎるので、歯車の角度を測ったり、繊細な部品の溶接をするとなると無理なものも出てくるだろう。その場合は廃品利用や取り寄せで対応することになるが、希望は十分ありそうだ。

「これは預かってもいいですか？　それじゃあ……通信科に行って城戸さんを呼んできます。

俺はそのあとあんたの零戦の整備をしなきゃなりませんから、大人しくしててください、お願いです」

「時計」

「預かります。夜にまた」

心配そうな顔の塁に微笑み返して三上は立ち上がった。ここは島だ。これを持って海に逃げ出すことはできないし、売り払おうにも動かない時計など金銭的な価値はゼロだ。塁だけに大切な品物。その価値観の落差を根拠に、自分を信じてくれたらいい。

塁は追ってこなかった。ただずっと木々の間に立ち尽くして三上の背中を見送っていた。振り返ると、あの、美しい瞳が、じっと自分を見ている。

——まだ、貴様たち整備員の力を借りるほどではない。

力強い笑顔を見せて、地上要員たちは夕飯のあとだというのに、再び滑走路へ向かった。

空爆で開いた穴を埋めるのだ。土を運び、槌(つち)で打って硬く均す。鉄板を敷きつめることもある。やわらかく埋めるだけでは航空機のタイヤが窪みに塡(は)まって大事故になる。現地の住民を雇い、探照灯と星明かりで夜通し作業が続けられることがあった。激しい爆撃だったが、彼らが言うには今日は大したことがないということだ。

三上たちも日没ギリギリまで作業と機体の点検に当たっていた。避難の判断が早かったお陰で、飛行できる機の退避は間に合った。出撃した機体も致命的な損害を負ったものはなかった。被撃墜は三。いずれも戦闘機で新人だ。なぜ最前線に新人を寄越すのかと話題になったことがある。度重なる航空戦で熟練搭乗員がだいぶん墜とされて、搭乗員が不足しはじめているらしい。一方で生き残った熟練搭乗員を内地に呼び戻す動きもあった。噂（うわさ）では、本土防衛に当てるためということだ。前線はこんなに南にあるのに？　と首を傾（かし）げる者もいたが、三上はここに来たときのことを思い出した。爆撃機はたった半日で内地に届く。もしラバウルをはじめとする南方の防衛線がひとつでも突破されたら——。

そんな馬鹿なことがあるはずがない。三上は気を取り直して自分の背嚢を開けた。中から筆入れほどの木箱を取り出す。

極細の工具が入った箱だ。これらは特注品だったり高価だったりするので、公用の道具箱に入れておくとなくなることが多く、志のある整備員は自前でそろえ、個人で所有している。三上のこれも、内地にいるときに専用の鍛冶屋（かじ）にかよってそろえた特注品だ。極細のドライバーやレンチ、断面を潰さない切れ味抜群のニッパーや髪の毛でも摘（つま）める細いペンチが入っている。

整備が終わったあと、三上はさっそく工作小屋に行った。夕食の順番を地上要員に譲ったせいで、自分たちの夕食にはまだ時間がある。

小屋は簡素なパネル張りだ。空襲の目標になる灯（あか）りを漏らさないよう、小屋の低い位置にランタンを提げ、三台ずつ背中合わせに机がある。そのうちの二台は別の整備員が作業をしていた。蚊遣の草を練り込んだ縄が、独特のにおいで細い煙を立てている。

三上はまん中の席に座り、手元の小さなランタンを灯した。ほう、と手元が卵色に染まる。

白い紙の上で、鉄のヘラを懐中時計の裏蓋の継ぎ目に差し込んだ。慎重にこじ開けると、ざり、と音がする。紙の上に砂と錆がパラパラと落ちてきた。かなり手強そうだ。

懐中時計を机の上に置き、慎重にピンセットで上の部品から順番に外してゆく。航空機の部品はどれもここまで微細ではないので、こんな小さな部品を見たのは、内地で内職代わりの絡繰り時計を作っていたとき以来だった。

左の眼窩に単眼用のルーペを挟んでじっくり内部を見た。中心が錆びている。ゼンマイは伸びきってだらしなく波打っている。一度伸ばして巻き直しが必要なようだ。

三上はルーペを外して、伏せて置いていた裏蓋をじっくり見た。

奇妙な穴だと思った。時計はせいぜい十年くらい前のもので、他の部分は銀の光沢が美しい。破れたところは擦り切れたのでもなくぶつけて穴を開けたのでもなく、部分的に錆びて脆く崩れそうになっている。人工的な腐食だ。大きな穴がひとつ、他にも、穴が開くまでではないけれど、腐食で変色している箇所がある。放っておいたらこれもいずれ穴になるだろう。

――塩酸で。

短く打ち明けられた累の言葉が蘇る。これが塩酸の腐食なら納得できる穴だった。この懐中時計を身につけたまま塩酸を浴びたのだろうか。想像するだけで身震いするほど残酷だ。塁の首筋から胸には筋状のケロイドがあった。塩酸が垂れたのだろう。それが時計の紐に伝ったと思うのが妥当だろうか。

安全に分解できそうなところまで、紙の上にひとつひとつ部品を並べながら広げてみた。思ったよりもかなり状態が悪い。歯車のいくつかも錆びていて、磨いたら歯が欠けそうだった。潤滑油に埃が付着し、酸化して黒くこびりついている。時計は精密機械だ。ただでさえ埃と潮風が天敵であるのに、穴が開きっぱなしではあっという間に中が駄目になってしまう。

部品を吟味してみると、使えるものは三分の一といったところか。心臓部は今日は開けないことにした。細い刷毛や極細のストローを用意して埃を払ってから開けたほうがいい。とりあえず、今日明日にはどうにもならない状態のようだ。

三上は中の埃を簡単に取り除き、元のように組み立てて蓋をした。分解修理をしなければ駄目だ。部品をすべてベンジンで洗って、駄目になったところは誰かに頼んで内地から送ってもらったほうが早いだろう。裏蓋は新品に換えるか、腐食の可能性がある部分を大きめに取り除いて、穴の開いた部分に別の鉄板を継ぎ接ぎして塞ぐのが、今後この時計を持ち続けられる条件だった。品物自体は見事な銀時計だ。今、あれほど美しい銀が手に入るかどうかはわからないが、背面だし、継ぎ目をよく磨けばあまり目立たないくらいに仕上げられるだろう。

時計の具合を見ていたら夕飯の時刻となった。整備員はいくつかの班ごとに交替で夕食を摂る。今日は遅くなったので、幕舎の下で暗い灯りを灯して食べた。質素な麦飯だが、戦闘食の缶詰だけより格段に飯を食った気分になる。星を眺めながらの夕食も悪いものではなかった。塁たち搭乗員は、外が明るいうちに飯をすませたはずだ。塁のお守りを仰せつかったが、さすがに搭乗員とは飯は別だった。

——俺から頼んでみよう。

気安く城戸は言ったが三上は慌てて断った。許されるか許されないかではなくて、塁の食事中の通訳のために、自分まで搭乗員と同じ食事をするのは、いくらなんでも厚かましすぎる。

班長たちが缶詰と麦飯を食べながら話をしている。

「最近部品が粗くて仕事にならないな」

「今日は不適合が二十二もあった。内地は素人に工場を任せてるんじゃないか」

ここのところ部品の精度が下がっていた。航空機は精密機械でできているから、部品がきっちり塡まらないと油が漏れたり歯車が欠けたりする。致命的な故障が起こったとき、航空機は車のように止まるだけではすまない。墜落、即死だ。これまでもときどき不適合品は交じっていたが、最近は初めから塡まらないような粗悪な部品が増えてきた。歪んでいたり、鋳バリが多い未完成品であったり、ちゃんと検品をしているのかと疑うような実用に耐えない部品が交じっている。最近はそれさえ届かなくなっていたから、以前は捨てていたような部品まで整備員が仕立て直して使わないと間に合わない。

「内地はどうなってんだ。前線にばかり苦労かけやがって」

同僚の文句を聞きながら、三上は食事を終えた。話を聞いているふりで何となく頷いていたが、頭の中はさっきバラした懐中時計でいっぱいだ。

搭乗員は皆、懐中時計を持っている。飛行時間を計ることで、およその距離や位置、残燃料を知るためだ。修理に持ち込まれる時計も多く、すぐに直るものなら整備員が修理するが、動きそうにないものは新しい時計と交換して壊れたものは内地に送り返す。塁の時計の状態は完全に廃棄すべきものだが、そんなわけにはいかない事情がある時計だ。なんとか動くようにしてやりたい。塁を喜ばせてやりたい。担当機がひとつ増えたなと、三上は懐中時計を入れている胸ポケットにさりげなく触れた。食後、三上は他の整備員と別れて搭乗員の兵舎に戻った。簡易のままの兵舎には、夜間用の暗い灯りが灯されている。塁にとりあえず時計の状況を報告しようとしたが、いつもの寝床には姿がない。

しばらく待ったが帰ってこないので、三上は外に捜しにゆくことにした。塁は普段大人しい。飛行が絡んでこなければ我が儘を言わないし、声がああだから誰も酒や賭け事に誘ったりしない。搭乗割りが終わった日は、たまに一人で散歩をしているようだ。

三上は丘のほうへ向かってみた。何人かの人と擦れ違ったがいずれも塁とは違っていた。そのまま道なりに歩いて、一番高いところで三上はふと空を見上げて立ち止まった。

南方に来て、ちゃんと星を見上げるのは初めてかもしれない。圧倒的な星空だ。内地とは輝き方がまるで違う。一粒一粒が際だって、銀色の刺を出しながら息をするように瞬いている。大きな星はマグネシウムを焚いたようだ。砂のようなさざめきの渦が、夜の帷に思い思いの帯を描き、自慢し合うように煌めいている。戦地にはもったいない美しさだ。あるいは戦地だからこそ死者を慰めるための美しい景色を、仏様が用意したのかもしれない。

三上は何となく南方の夜空が気に入った。美しさもさることながら、どこにも見知った星座がないのがいい。自由な輝きだ。決まりごとはなく、ただ、ありのままに美しい。今日、何人もの人が命を失った空でも、ここがどこでも、今がいつでも。自分が美しいと思う気持ちを、南の夜空は否定しない。

三上はしばらくの間、星を見上げてから、港に向かう下り坂を歩き出した。塁を捜して、一緒に星を見上げたいと思った。彼がどう思うかを聞いてみたかった。

ラバウルが港として抱えるシンプソン湾は、火山活動による凹地でできた内海だ。島の端に丸く穴が開いたようになっていて、その切れ目が太平洋に繋がっているから、外洋がどれほど荒れてもここはいつもベタ凪だ。外径が広く深度もある天然の良港で、艦船もよく寄りつく。

塁は靴を脱ぎ、湾のすみっこに伸びた桟橋のまん中あたりに座っていた。艇をつける細い桟橋だ。片膝を立てて座り、もう片足は海の上に降ろしていた。

頭上には、今にも落ちてきそうな大量の星がひしめいていたが、それを見上げることもなく、暗い海に目を伏せる。

ざぷ、ざぷ、と橋桁(はしげた)に波が打ち寄せるたび、海面が蒼白く光る。ざわりと光を放ち、一呼吸あとにはふうっと消える。

夜光虫だ。光る海の微生物で、魚や船べりに触れると青く発光する。明るいときは塁の素足の足先が見えるくらい激しく光った。

塁は潮を含んだ重い風に口を開きながら、あ。と、声を出してみた。

声帯が融(と)けて引き攣れていて満足な音にならない。舌の付け根も癒着していて、食事は平気だがうまくできない発音もある。

どうして三上には自分の声が届くのだろう。

城戸も、驚くほど正確に塁の唇の動きを読むが、三上はこちらを向いていなくても伝わっているから聞こえていると思うしかない。

自分を恨む三人の搭乗員に連れ去られそうになったとき、塁は「誰か！」と叫んだ。もちろん声にならず、側にいた分隊員でさえ、見て見ぬ振りをした。誰にも伝わらないはずだった。声を聞きつけたかのようにすぐに助けに来てくれたのは、零戦の機上にいたはずの三上だ。

塁はつま先をそっと海面に降ろした。水に触れたところからネオンサインのように蒼白い光の輪が広がる。それを眺めていたら、陸のほうから人の気配がした。また仕返しかと思いながらそちらを警戒すると、背の高い男の影が見えた。少し右に重心をかける歩き方。三上だ。

「塁」

またしてもだ。なぜここがわかったのだろう。理由を知りたかったが、種明かしをされたくない気もする。あっけなく簡単な理由だったら、恥ずかしいしがっかりしてしまいそうだ。塁はまた海に視線を戻した。波に揺られて蒼白い光がさざめいている。

三上はがたごとと桟橋の板を鳴らしながら側まで歩いてきた。

「隣、いいですか」

塁が応えずにいると、三上は塁の隣に並んで静かに腰を下ろす。

三上は懐のポケットの中から、白い布の包みを取り出した。手のひらの上で布を開くと、中から昼間預けた懐中時計が出てくる。

「時計、見てみたんですが、中の錆や埃が酷くて、分解修理が必要です。大事な部品がいくつも駄目になっています。部品を取り寄せて、修理してもいいですか？　とりあえずでよかったら、俺の部品と交換しますか？」

やはりそうか。傷んでいるのはわかっていたが、誰にも修理を頼む機会がなかった。塩酸で腐って開いた穴は、自分の傷そのものだ。塞がらないまま中味を膿ませ、じわじわと傷を広げてゆく。醜い傷を見られるのが恥ずかしく、触れられれば痛みに悲鳴を上げそうになる。三上に見せたのは、彼が整備員で、傷を見せ慣れている相手だからかもしれない。恥ずかしがって医者に裸を見せない人はいない。

　三上の申し出はありがたかったが、彼にも時計が必要だ。塁は自分の懐から懐中時計を取り出した。文字盤に蛍光塗料が塗られた新しい飛行時計だ。帰る時間がわからなくなっては困るから、外に出るときはだいたい持ち歩いている。部品が必要ならばこれから取ればいい。

　三上は、塁が差し出した時計を見て、子どもに言い聞かせるように優しく囁いた。

「修理の間、それがないと困るでしょう？　それにその時計とは部品が合いません。俺は置き時計でもなんでもいいですし、まったく一人になってしまうことはないので、誰かに時間を聞けば事足ります。整備員の懐中時計はちょっと古い型ですから部品も適合しそうです」

「そうなのか」

　思わず出した声はやはり歪に掠れていた。三上は難なくそれを聞き取って、布の上の時計を眺めながら答える。

「大事な時計のようですから、なるべく元の部品を残します。中味をごっそり入れ替えると楽なんですが、それは嫌でしょう？」

「そんなことができるのか？」

　そしてどうしてそんなことまでわかるのか。家が焼け、人はちりぢりになり、今となってはその時計だけがあの夜のことを証明する唯一の品だ。歯車ひとつ失いたくないと思っていたが、死骸を持ち歩いているようで、辛かったのも確かだった。腐って穴を広げてゆく裏蓋も、塁の

病の進行を見せつけるようで苦しんでいた。三上は腐ったところを取り除き、生きられるようにして戻してくれると言う。できるだけ元の形を残したまま、痛みだけを取り除いてくれると。

「可能な限り、ということで許してもらえるなら、がんばってみます。絶対に残したい部品はありますか？」

「時計の構造などわからない」

「わかりました」

三上はそう言って、赤子に着せかけるような優しさで、時計を包んでいた布を元のように閉じた。大切に扱われているのがわかって、胸がぎゅっと痛くなる。

礼を言わなければならない。だが塁が、久しく忘れていた言葉を思い出す前に、三上が言った。

「日中は失礼しました。あんたが危ないと思ったので」

自分を助けに来てくれたことだろうか。

「あまり無茶な飛行をすると、要らぬ恨みを買います」

心配してくれているらしい。だがもう慣れたものだ。リンチに遭うのは初めてではない。ラバウルに来てからは城戸の目が光っているから死ぬような目に遭わされたことはないが、通りすがりに火のついた煙草を押しつけられたり、上官にばれないよう、搭乗ができる程度に痛めつけられたりするのは何度もあった。

「三上の気持ちはありがたいが、余計なことをするな。貴様が巻き添えを食う。俺はやりたいようにやって死ぬ」

我が儘は承知の上だ。無茶をしていることもわかっている。自分に付き合うと、三上まで報復を受ける。自分は死ぬまでの辛抱だ。だが三上はなんの得もない巻き添えを食うことになる。

「理解できません」

三上の態度は初めから一貫している。撃墜数を伸ばすために無茶をする自分がわからないと言う。殊勲を挙げるためなら死んでもいいと思う自分の考えが、彼の選択肢にはないのだそうだ。わからなくて当然だ。三上を見ていれば、いい家に育ったことがわかる。そこそこに金があり、まっとうに学校に行って努力をして機関学校に入った。家族がいて、友人がいて、それが当たり前の、平凡と彼らが呼んで憚(はばか)らない、上等で贅沢な暮らしだ。彼が自分のことを察せられないのが羨ましく、一方で惨めになり、そして三上の想像が及ばないことにホッとしている。

塁は海面から視線だけを動かして三上を見た。

「俺の身の上話を聞くか」

悪戯(いたずら)心が湧き上がった。誰もが自分を、手柄一辺倒の我が儘の馬鹿だと思っていても気にならなかったが、三上には少し、知ってほしいと思った。知って、そしてしかたがないと諦めてほしかった。人がいるところで話したくないことだし、この声では、こんな静寂の中でないといくら相手が三上といえど、最後まで伝えられる自信がない。

三上は戸惑った顔でこちらを見ている。

「……どうした」

三上にしては珍しいくらい驚いているから訊くと、彼は少し動揺したように頭を掻く。

「簡単に懐かない人だと思ってました」

思わず、ふ。と笑いが口をついた。面白いヤツだ。

「貴様が朴念仁で、面倒くさそうだからだ」

喋れない自分の心を、周りは勝手に決めつけてそれを事実としてしまう。我が儘、凶暴、快楽殺人、冷血、野心家、命知らず、恩賞欲しさに命を捨てる馬鹿、傲慢、自分勝手。

三上は噂を鵜呑みにせず、自分から直接訳を聞き出そうとする。なぜあの部品をつけるのか、なぜ無茶をするのか。納得しやすい噂は周りにいくらでも転がっているのに、なかなか喋らない自分の口から辛抱強く答えを聞こうとする。畳の心の奥深いところを優しく掬い取って、白い布でくるむ。

自分の声が聞こえる初めての男だ。我が儘を通す自分なんかのために、身体を張る馬鹿だ。

想像もつかないかもしれないが、誰も聞いてくれなかった父のことを三上に話したい。信じてくれないかもしれないが、父は自害ではないと三上にだけは言い残しておきたかった。

畳はそっと、海面につま先を浸した。夜の海に、波紋のように青い光が広がる。足の甲に残った青い光の粒が、足の側面を伝ってぽとぽとと水面に落ちる。光る水滴を見ながら塁は呟いた。

「十七歳のときに、予科練からの一時帰宅中、強盗が入って、両親を殺された。そのときに塩酸で濡れた布を喉に詰められた」

「そうだったんですか」

三上は大袈裟すぎない暗い相づちを打った。こんな話など聞きたくないだろうに、どこまでもお人好しな男だ。

「俺以外の家族は死んだ。役人だった父には、横領の容疑がかけられていてな」

三上の顔色を窺いながら塁は打ち明けた。三上は微かに眉根に皺を刻んで気の毒そうな顔をしている。続きを待っているようなその表情があまりにも普通に痛ましそうだったから、話している塁のほうが不安になってしまった。

「容疑と言って、信じるか?」

秘書の虻川の行方はそれ以降もわからず、第二秘書という男も、事件の半年以上前に退職して大蔵省にはいなかった。その後、郷里に引きこもっていた第二秘書の居場所を塁はようやく突き止めたが、彼はそんな話など何も知らないと言った。信じざるを得なかった。そこは山の谷間にある、林業を生業とする村で、電話も電報も届かないようなとんでもない田舎だったからだ。

三上は何を問われているかわからないような顔で塁を見る。

「あんたが容疑だと言うなら」

ふ。とやはり笑いが漏れた。

人がいいのか、馬鹿なのか、横領の噂は嘘だったと言って信じるヤツなんてこれまで一人もいなかったのに——馬鹿みたいに素直で優しいのだ。不覚にも涙が込みあげそうになるのを塁は喉の奥に力を込めて堪えた。安堵というやつかもしれない。どれほど塁が否定しても、世界中の誰一人も認めてくれなければ塁の心の中の真実も弱ってしまう。叩かれ続けて虫の息の誇りをなんとか胸に守って生きる毎日だった。三上が簡単に手を翳して、庇ってくれるまでは——。

「面白いヤツだ」

涙の衝動を堪えると、今度はゆっくりと笑いが込み上げてくる。こんな優しいことを言ってくれる三上の存在が信じがたい。

困っているような三上を見ると、すぐに笑いは収まった。今まで置かれてきた立場を思い出すと、ずっと知らん振りをしてきた寂しさが、まっとうな痛さで胸に蘇ってくる。寂しかったのだと自覚した。自分はここでこんなに辛い思いをしていると、誰かに見つけてほしかった。

夜光虫の光が涙に滲む。一粒海に雫が落ちたが、目許に手をやらないまま塁は続けた。

「父が死んで、何もかも燃えて証拠はもうどこにもない、容疑はもう晴れない。浅群家は終わりだ」

「あんたがいるじゃないですか」

三上は世間知らずなのかもしれない。事件の前の自分のように、長男に生まれ、努力をすれば、滞りなく家は続くと思っている。

「父の容疑を晴らせないまま生き延びれば、家が続く限り汚職の家だと言われるんだ。そんなことになるくらいなら、浅群家の嫡男は、海軍で立派に戦死したといって、家が絶えたほうがどれだけマシか」

「……たったそれだけですか？」

怪訝な顔で三上が問う。今さら取り戻せない名誉のために命を捨てる。三上にとっては『たったそれだけ』の理由だ。塁の命を投げ出したところで焼け石に水なのは塁自身にもわかっている。今度は三上の無垢(むく)さが少し憎らしくなった。三上はたぶん、あの事件を知らないのだろう。どれだけ新聞で叩かれ、見世物にされて、根も葉もない噂をバラ撒かれて悔しい思いをし、苦しめられたかわからないのだ。浅群一族は今や、塁一人だけだ。親族とは誰も連絡が取れなかった。風に聞いた噂では、浅群の名が恥ずかしくて、名字を変えて暮らしている遠縁もいるという。

理解しろと言われたって無理だろう。あんな悲惨な話など、塁だって今まで聞いたことがない。

「そうだ。もうそれしかないんだ。俺はここに、名を刻みに来た。——浅群塁は、鬼神の働きをし、敵機を墜としまくって最前線で戦死。城戸なら間違わずに電信を打ってくれる」

城戸との約束だ。衛藤(えとう)から《ラバウルに行ったら城戸という男を頼れば間違いない》と紹介されたはいいが、城戸のあの能天気さと馴れ馴れしさについていけない。だが城戸は自分に約束をしてくれた。塁の死後、唯一気がかりなこと——命を対価に上げた戦果を誰にも知られずに死ぬのが怖い。浅群の息子は立派に戦ったと内地に伝えてほしかった。戦って立派に死んだと、内地に伝えてくれる通信科の士官。それが城戸だ。これが塁が選んだものがたりの結びだ。

「浅群家は、誇りを取り戻して絶えた。そんな事実を作りに」

せめてそんなふうに結んで家が消えるなら、いくらか見栄えがいいだろう。あの世で少しは両親と祖母に顔が立つ。

三上は、怒りも蔑(さげす)みもせずに深刻な表情で囁いた。

「間違ってます」

激しく怒鳴るほどでもない、確かな真実のように三上は言い切る。

「なぜ、あんたのご父君がそんなことになったのか俺にはわかりませんが」

そして宥(なだ)めるような声で問う。

「濡れ衣なんでしょう?」

「そうだ」

「だったら塁が死ぬ必要なんてない」

言い聞かせられて、三上の心根を感じた。先入観なしに塁の話を聞いてくれ、当たり前の判断をくだす。

濡れ衣なら恥じる必要はない。失っていない誇りを取り戻すために死ぬ必要もない。めでたい考えだ。そしてその他愛なさが嬉しかった。内地に一億の人がいても、誰一人そんなふうに受け取ってくれる人などいなかった。

塁は寂しさと諦めを腕に抱えながら微笑んだ。

「みんなが三上のようならいいが」

必死で訴えれば信じてくれて、この目のこともきれいだと言ってくれる。

「世間はそうではないらしい」

恥ずかしく、居場所のない一生だった。

もう家はないけれど、浅群家の誇りを取り戻して死ぬのが、嫡男の自分の役目だ。最後の最後に、こんな南の果てで三上のような男に出会えてよかった。訴えが初めて受け止められてほんのわずかに心が軽くなる。本当の孤独ではなく、いくらかの温(ぬく)もりを抱いてあの世に逝けそうだ。

三上は真面目な顔で海を見ていた。

「あんたの言う世間に俺が含まれるなら……そんなことないって、言ってもいいですか」

三上は囁いて、手を伸ばして塁の後頭部をそっと撫でた。微かなその振動で、塁の目からまた一粒涙が落ちて、夜光虫が小さな円を光らせる。


どうしているだろう、と思っているところに三上徹雄のほうから城戸を訪ねてきた。

「城戸通信長、外にお客人のようですが」

残務をしていた城戸のところに、通信兵が呼びに来た。通信科の仕事が終わる頃合いを見計らって邪魔にならないところに立っている。彼がわきまえているのか、整備員とは皆そんなに気が利くものだろうか。

城戸は、三上を連れて士官宿舎に行った。士官宿舎は先日の空襲で燃え落ちて、建物はおざなりだが人を招いてくつろげる程度の椅子と机と酒がある。

どうしたと訊くと、三上は懐中時計の廃品が手持ちにないかと訊いてきた。古い物がいいと言う。理由を尋ねると、懐中時計を修理するための部品を取りたいと答えた。

「塁が?」

「はい」

塁が持っている、親の形見の懐中時計を三上に修理させているというのだ。城戸も塁の懐中時計を見たことがあるのだが、もう壊れているし、珍しいものではないからと言って、けっして触らせようとしなかった。

「大したものだ」

素直に感心した。あの警戒心が強く、人を信じない塁から、身の上話を聞かされ時計まで託されるとはいったいどんな魔法だろう。

「何がですか」

「貴様は人の心も修理するのか？」

三上は無自覚らしい。今でも城戸が呼び出さなければ顔も見せない塁だ。

怪訝な顔をする三上に、城戸は自身の時計を差し出した。

「これならどうだ」

通信員にも時計は必携だ。時計の目盛りを暗号板の代わりにすることもある。いい品物のはずだ。内地を出るときの最新式で、恩賜の時計ほどではないが、それなりに値の張る時計だった。

三上は時計をぱっと見て、「いえ、これではないようです」と差し戻してきた。

「塁の時計は、古い型のもので、今、航空隊に貸与されているものが制式になる前の、米国製のものなんです」

「……塁？」

三上の言葉に驚いて問い返すと、三上ははっとしたような顔をして、すぐに言い直した。

「失礼しました。『浅群一飛曹』」

「いやいい。塁で。あいつがそう呼べと言ったんだろう?」

――『塁デイイデス』

ぶっきらぼうな顔つきで小さな紙片を寄越してきた。知り合ってから三ヶ月以上経ってからの頃だった。

名字を呼ばれるのが嫌らしい。青い目の自分が浅群と呼ばれ、それについて否定的な感慨を持たれるのが不快なのだそうだ。

三上は「はい」と答えて姿勢よく、机の向かいに座っている。

「大切な時計なので、できるだけ元のまま直してやりたいと思うんですが、部品がいくつもそろわないんです。心当たりに尋ねてみたんですが、搭乗員はみんな制式時計に切り替わっていて」

「それはそうだろう。先々月だったたか、大量に送り返したな」

航空隊員にとって時計は重要な装備品だ。搭乗員はもとより、整備員も通信員も地上要員も、息を合わせて作戦をこなして行くために絶対に必要な品物だった。その時計をいつまでも米国製に頼るのはどうかと、内地で軍用の懐中時計が開発され、海軍でも制式採用となった。その際、古い時計が回収されて、新しく着任する者には制式時計が貸与された。南方にはいち早く新品が回ってくるから、今となっては古い型の時計を探すのは難しいだろう。

「そうですか。わかりました。内地の知人に問い合わせてみます。ひとつくらいならなんとかなるでしょう」

「すまないな。塁が世話になっているのに」

「いいえ、とんでもないことです。少しでも早く直してやればと思っただけですし、請け合ったのは俺ですから」

城戸にとっては、塁が大切な時計を預けたことが大ニュースだったのだが、三上には取るに足らないことのようだ。

それから少し雑談をした。塁とどんな話をしたかと尋ねると、三上は言葉を選びながら日常のことをぽつぽつと喋った。三上のことについても話させると、三上は碁が打てるということだったので、時間のあるときに訪ねてきてくれと頼んだ。通信科の面々とはもう打ち飽きていて、新しい棋風が欲しかったところだ。

三上は初め戸惑う様子だったが、少し話すと緊張と堅苦しさが抜けてきた。人見知りはしないようだ。だが赤の他人を警戒しないまったくの馬鹿でもないようだった。整備員らしく素朴な喋りかたをする。人が喋るのをちゃんと待つ。遠慮を知る男で、適度に真面目で優しい性格のようだ。塁を任せられそうだと思った。表裏のない素直さは、塁に一番効く薬だ。

「城戸さんと塁は、どうやって知り合ったんですか？」

三上が訊いた。搭乗員と通信員だ。周りから見れば不思議な組み合わせだろう。自然にしていたらなかなか会わない。ましてや野生動物のような警戒心を持つ塁が、袖をすり合う程度の縁で城戸に寄りつくはずがなかった。塁との出会いは人為的なものだ。

「知人の仲介でな」

友人というにも憚る仲だ。

階級的には部下で、通信科の研修で一緒になったのをきっかけに知り合った。家柄もよく、若いながらに上層部からも一目置かれ、出世は間違いないと目されている男だ。旧知というにも縁遠く、城戸のほうが一方的に彼の噂を知っていたにすぎない。その男に塁を紹介された。

「他でもない、軍隊だ。青い目で、一年遅れだ。しかもあの気の強さで飛行の腕もあった。叩かれないわけがない。そういうのを面白がって拾う変わり者が知り合いにいてな」

名を、衛藤新多（あらた）という。兵学校を首席で出たという男だ。卒業後は、栄えある有名艦隊の大型戦艦勤務かと思いきや、通信科の幹部に割り込んできた変わり種として有名だった。彼は偶然通りかかった廊下で、旧知にでも再会したように城戸に明るく声をかけてきた。

——ラバウルにご栄転ですか！　おめでとうございます！　あっ、そうだ、ちょうど面白いのがいましてね。

あとで考えればどう考えても待ち伏せだった。無理やりすぎると思ったが、城戸が拝命してからすぐにラバウルに向かうことを考えると、悠長にお膳立てをする時間がなかったのだろう。

——まあちょっと訳ありで、保護者が要るんです。

衛藤中尉はそんなふうに切り出した。出征する知人が少しでもいい待遇を受けられるよう、士官に後ろ盾を頼むのはよくあることだが、衛藤から後見を頼まれる理由もそのときは思いつけなかった。お気に入りか親戚か知らないが、そんなものは自分ではなく、もっと地位や軍上層部に縁故関係のある、後ろ盾としてふさわしい者を選べばいいのに。

——いやあ、人を選ぶんですよ。

冗談のように軽快に笑う彼の整った顔をよく覚えている。衛藤は彫像に彫られるような美男子で、美しく整えられた巻き毛がいかにも洒落者じみた男だった。明るい表情の彼の目が、一度も自分から外れないのに城戸は軽い戦慄を覚えた。値踏みされているのがわかったからだ。表情や声を分析されていた。城戸が『彼』を気に入るかどうかではなく、『彼』を預けられる人間が極限られているということだ。

彼は、リトマス試験紙のような視線を、ひたと自分に当てた。

——浅群塁。……もと大蔵省、浅群大臣の長男です。

聞いた瞬間、城戸はことの顚末を理解した。元大蔵大臣の浅群と言えば、二年ほど前だったかとんでもない使い込みと汚職が発覚して自殺した人物だ。大蔵省から逃亡を図ったあげく、最後は京都の自宅に立てこもり、追いつめられて屋敷に火を放つ大騒動だったらしい。新聞でも毎日取り上げられた。大衆誌でもずいぶん活躍したはずだ。その長男が搭乗員としてラバウルに出征するという。

——いや、そんなのはいらん。

そんな男の子どもが予科練にいたというのも意外だったし、そんな損害しか生まないような身の上の男は、しがない通信兵の自分の手に余る。

こういうのは逃げ遅れたら終わりだ。苦労話でも聞かされて、かわいそうにと溺れる手を摑んだら自分までもが沼に引き込まれる。

——期待には添えないようだ。悪いな、衛藤中尉。出立の時間が迫っていてね。

聞く耳は持たないと言おうとした自分に、涼やかに衛藤は笑った。

——自分も深入りはしませんが、

囁かれたとき、城戸はもう自分が彼の術中にあることを悟った。

名前を聞かされたとき、リトマス試験紙は何色を示したのだろう——？

——その浅群大臣。冤罪(えんざい)という噂がありましてね？

この男は侮れない。城戸の父は裁判官で、昨年、冤罪に誤った判決を出してしまった。法曹界を追われずにすんだが、出廷禁止三ヶ月、蟄居(ちっきょ)の罰を喰(く)らった。不名誉なことだが、ときどき起こる事故のようなものだ。新たな証拠が出されて冤罪が判明したのは判決からすぐだったから大事には到らず、新聞の記事も判定間違い程度の数行ですんだ。だが不名誉は不名誉だ。父が勤める裁判所で、父は今もどれだけ肩身の狭い、恥ずかしい思いをしているだろう。

それを今さら蒸し返されたらどうなるか。運よく軽傷でやり過ごしたものを、面白おかしく尾ひれをつけて大衆誌にでも流したらどうなるだろうか——。

城戸は、すました顔で微笑んでいる衛藤を軽くねめつけた。適材適所。浅群塁の委託先として、あらかじめ十分選ばれてきたらしい。よくそんなことを知っているなと、背筋が寒くなる思いがした。

——面倒を起こさないようには言っています。階級にも一つ、土産をつけておきます。自分の力が及ばず、あいつをいったん南方に出しますが、悪さをしないよう、見張っていていただきたい。また、——。

——もし相談に行くようなことがあれば、相談に乗ってやってください。ご迷惑と言っても、その程度ならいいでしょう?

とんでもない悪ガキかと、頭を抱えたくなった。衛藤をして、身柄が自由にならないような男だ。はたしてそんな男が相談に来るだろうか——来なければ、自分が捕まえて話を聞き出さなければならないのか。

どちらにせよ、断る手段はなさそうだ。

するすると笑顔で社交辞令と世間話を手繰る彼は、機会があったら水交社(すいこうしゃ)で麻雀(マージャン)をしようと言った。カタブツのカモがいて楽しいと笑っていた。

コイツはなぜ、通信員などになったのだろう。貴族のような慈悲深い微笑みを浮かべながら喋る衛藤の、多肉植物のように整った唇を見ながら城戸は思った。

これほど頭が切れるなら、一昔前なら、司令官として大成しただろうに。あるいは、他に頭を任せる男を決めていて、自分が、情報を仕切るつもりでもなければ——。

衛藤とはそのまま別れた。出立がすぐだったのは本当で、挨拶の間もなしだ。

問題の《浅群大臣の長男》は、ラバウルに転任後すぐに挨拶にやってきた。

清潔に刈った髪、やや小柄で骨細だ。目じりの尖った目が大きく、姿勢がいいから飛行服の立ち姿が美しい。航空隊員という概念を、限りなく純粋に濾過してぎゅっと凝固させたら、この男の姿ができるのではないかと思うような出で立ちだった。小振りの日本刀のようだと思った。その目を見て、声を聞くまでは——。

——衛藤新多中尉から、預かってきました。

言葉が聞き取れなくて何度も訊き直し、恥ずかしさで真っ赤になった彼から受け取ったのは、一合の碁笥だ。

黄金色に輝く島桑の碁笥に、蛤碁石と那智黒石。見たこともないような厚みの碁石だ。城戸は舌打ちを必死で耐えた。

苦労の先払いだ。彼を庇護してゆくのにかなりの苦労が必要なことは、彼を見れば一目瞭然だった。

ラバウルに来て彼はとんでもない成績を上げはじめた。その理由も苦情という形で城戸に届いた。彼の生い立ちも聞いた。

要保護の軍神。蒼穹のローレライ。それが浅群塁だ。

「時計のことについては俺も心当たりを探してみよう。それから三上」

「はい」

「戦争が終わったら、貴様も水交社の麻雀に付き合え」

「……は……？」

「まあ、終わってからの話だ」

内地に帰って衛藤新多に肩を叩かれつつさんざんカモられればいいと思いながら、城戸はため息をついてウイスキーのグラスに手を伸ばした。

† † †

日本軍はソロモン、ニューギニアに続いて、ガダルカナル島を撤退したそうだ。安易だからといって無闇に制圧地域を南に伸ばすより、まずは確実に得た土地で、兵站や基地などの地固めをしようということらしい。

ありがたい考えだと三上も思っていた。航空隊は消耗している。内地から遠ざかるにつれ輸送も心細くなる。最近はこのラバウルにさえ、物資が行き渡らなくなっているから、ここらで進軍を一休みして、内部の充実に努めてほしいというのが正直な願いだ。確実な勝利は大胆な戦略を裏打ちする堅実さが大切だと思う。

それと最近いい話がないラバウルにも、個人的な朗報はあった。塁の愛機だった二一型の発動機が故障した。発動機本体の劣化が原因だ。オイルの送りも悪く、圧をあげると漏れが生じる。本格的な分解修理かと諦めていたところに五二型に乗っていた搭乗員が病気のため入院となり、それを塁に譲ってもらえることになった。あくまで専用機にしないという条件でだ。もちろん塁に了承させて受け入れたが、目を離した隙にさっそくU字型の金具が生えていた。せっかく生粋に近い状態で渡された調整も、前の二一型とそっくりに変更されてしまっていた。三上はそんな整備にしてしまった見知らぬ整備員を捜し当て、とっておきのウイスキーを笑顔で渡して二度と手を出すなと頼み、金具を切り取り、穏便な範囲内で調整を塁の好みに戻した。

塁は怒ったが、一度出撃したあとは機嫌がよかった。五二型は二一型より馬力も速度もひとまわり上だ。かなり手応えがよかったのだろう。毎日立て続けに二機墜としてきた。

今日は急な作戦が入った。無人島に連合軍の工作機械が入っている。何かを造られる前に早急に爆撃に行くことになったのだ。南方の戦線は石取りゲームだ。うかうかしていると重要な島を占領され、それが後々仇になるから、進出の気配があったらできるだけ早く芽を摘んでおく。

しかし本当にこんな空を飛ぶのかと不安になるような嵐だ。

南方にはスコールが来る。三分前まで快晴だったものが、天から墨を流し込まれたように黒雲が立ちこめ、暴風が吹き荒れて豪雨を伴う嵐になる。スコールはたいてい午後からで、敵機が来ようが出撃準備中であろうがお構いなしだ。

「輪留よし！」

「コンタクトォ！」

整備員と搭乗員がそれぞれ声をかけ合ったあと、プロペラが回る。出撃できる者からどんどん飛び立ってゆく。日よけの天幕が嵐でなびいてバタバタとものすごい音を立てている。顔を叩く大雨で、目を開けているのも困難だ。

搭乗の用意を終えて機体に進む塁の側で、零戦の調整の変更箇所を知らせる。

「飛行時間は四時間です。操舵は少しゆるやかにしていますが、あまり急激に曲がろうとしないでください。焦らなくても旋回が終わったときは同じ速さで回れていますから」

塁が機上に上がる前に、装備の最終確認をするのも整備員の仕事だ。カポック、ベルト、ハーネス、飛行帽の酸素マスクの管も、祈るように、ひとつひとつ。

ここまで調整を戻せば自滅で墜落することはないはずだ。反応が鈍くなったように感じるかもしれないが、帳尻はちゃんと合っている。機体の性能が上がっているからなおいいはずだ。

塁が不機嫌なのは雨のせいだけではない。いつの間にかまた取りつけていたU字の部品を三上が切り取ったからだ。

「お願いします」

確かめ終わって声をかけると、塁は足掛け棒にのぼり、雨避けの布を捲りながら操縦席へ入る。装甲の薄い零戦の機体を直接踏むことはできないから、機体の脇腹から引き出した数本の棒に足をかけながら三上も機体の上に上がった。スコールに濡れても機体はまだ湯気が上がりそうに熱い。

膜の中で塁が計器を確かめる。三上ももう一度機内を確かめたが、計器はすべて正常に動いている。異臭もない、異音もなし。すでに集中しきった塁の目は闘志を滾らせ、雨が叩きつける風防を見据えている。

無事に飛んでほしい、必ず帰ってきてほしい。

「いってらっしゃい」

三上が声をかけると、塁が頷いた。雑念を振り払った塁の横顔は美しい。決意と覚悟が漲る視線だ。塁が嫌う塁の瞳は冷たい星の光のようだ。

もう一度あちこちを確認したくなる気持ちを堪え、焼けついた鉄板から身を剝がすような想いで、雨避け布を取った。雨が酷いから天蓋は閉めぎみだ。三上は足掛け棒を機体に押し込みながら零戦を降りる。旗が振られ、ゆっくりと塁の機体が列線を離れた。

三上は後ろに下がりながら零戦を見送った。

塁の乗った零戦は、誘導路まで走り、雨の飛沫を上げながら滑走したあと、嵐の海へ向かって飛び立ってゆく。左脚から折りたたむ。傾く翼。煙る雨に遮られて、機影はすぐに見えなくなった。

どうか。どうか無事に帰ってきてほしい。

——魂を一緒に持っていかれるぞ？

見えなくなった零戦を、スコールに打たれながら三上はいつまでも見送っていた。

あのときは軽口を叩いたけれど、今は本気で祈っている。もしも叶うなら、魂だけでも連れていってほしいと。


三上は子どもの頃、猫の仔を拾ったことがある。

春先の雨の日のことで、にい、にい、という鳴き声を辿って、道に面した林の木の根元をあれこれはぐってみると、濡れ葉に埋もれるようにして茶虎の赤ん坊猫がいた。物陰からしばらく見守っていたが親は現れず、待っているうちにもだんだん鳴き声が小さくなっていった。ぐっしょり濡れた仔猫を拾い、家に持って帰った。

三上の家は鷹揚な家族で、躾には厳しかったが、あまり理不尽を言われた覚えがない。猫を持って帰ったときも母が一言「畳を汚さないで頂戴よ？」と言っただけだった。妹たちはものすごく喜び、兄は「猫なんか拾ってきたのか」と呆れたような顔をしたが、山羊の乳を薄めて飲ませるといいとか、親の代わりに湯たんぽを入れてやれとか教えてくれた。結局猫は弱って死んでしまったが、三上の心の中に、やわらかい毛並みの感触やすべすべした腹の手ざわりとともに鮮やかに記憶が残っている。

三上が夜になって工作室に入り、時計を修理するためのランタンをつけると、いつの間にか塁が工作室に入ってきて、小屋の端にある休憩用の板間で軽く身体を丸めて静かに横たわっている。何を問いかけても大した返事はせず、他の整備員が入ってくるといつの間にかいなくなり、そしていつの間にかまた戻ってきている。そういうときなぜか必ず、あの小さな仔猫のことを思い出した。

時計の修理は芳しくない。色んなところが錆びたり弱ったりしていて、掃除をして油を差したくらいではまったく動きそうではなかった。分解して、ベンジンで洗浄し、五ミリ足らずの歯車の凹凸をひとつずつ磨く。部品は極小なので、ひとつでも歯を折れば終わりだ。神経と手間は巨大な歯車を磨く以上だ。ここは三上だけの作業室ではなく、仕事の作業が優先だ。いつ空襲が来るかもわからない。毎晩分解したら必ず元の通りに組み直して作業を終えなければならないのも大変だった。

目の前に、歯車が剝き出しになった塁の時計がある。その隣には同じように分解した三上の時計があった。先端を針のように削ったピンセットでひとつずつ部品を見比べながら入れ替えてみる。うまくいきそうなら一度組み上げて動かしてみる。動けばそれでよく、動かなかったらバラして元に戻す。気の遠くなる作業だ。

三上は時計から、ネジを摘んで塁の時計の上に落とした。極細の針金を叩いてつくったドライバーでそっとネジ山を回してみる。問題なく入るようだ。受け側の螺旋とネジもちゃんと噛んでいる。

本日の最大の功績だ。たったひとつだが、うまくいった。

背後に塁が横たわっている。搭乗日で疲れているだろうに、青い顔をしてやってきて、後ろで静かに寝ている。

小さな物音がしたから振り返ると、ちょうど塁が肩を起こして口を覆うところが見えた。

「塁……？」

声がしない分、ぐう、と喉が鳴るのがよく聞こえた。吐き気がしているようだ。

「大丈夫ですか」

三上は椅子を立って、部屋の隅から《防火》と赤字で書かれたバケツを持ってくる。塁が寝転んでいる板間に行った。上がり口に腰かけて彼に手を伸ばす。塁の肩に、何度もぐっと力がこもった。吐き気を堪えているようだ。

「吐きますか？」

軍医からは、航空病の吐き気のときは吐くなと言われている。食あたりのときは吐いたほうが毒が出るのでいいそうだが、飛行疲れのときは吐けば栄養を失い、体力も減る。しかし食べものを消化できないくらい身体が弱っているときは吐き戻したほうが楽になるだろう。吐き気が続くのも辛い。本人が楽なほうがいい。

塁は首を振った。背中をさすってやると、何度もえずく。こめかみを冷や汗が流れている。

「身体を起こしますか？」

吐きたくないなら、身体を立てておいたほうがいいような気がする。抱いて支えてやると、

塁はそれからも何度かえずいたが、やがて落ち着いてきたようだ。

大丈夫だと言わない代わりに、塁は三上から離れ、また床に丸くなった。喋らせるのもかわいそうだったから、しばらく様子を見たあと、バケツを塁の枕元に置いて三上は立ち上がった。落ち着くまで横になっておくのがいい。また机に戻る。

さっきのネジが塡まるなら、もう一箇所塡まりそうな場所がある。三上は再びピンセットで小さな部品を摘み上げた。

まるで内臓を分け合うような作業だ。ふたつの時計をひとつにする。いつかひとつの時計になって、同じ時間を刻めるようになったらどれだけ嬉しいだろう。

塁の吐き気が去ることを祈りながら、三上が根気よくネジの吟味をしていたときだ、外から不意に声がした。

「――こ、こちらは、海軍、整備科の私設工場であらせられますか！」

言うなれば大きなひそひそ声だ。

「どなたか、おられますか！　敵軍ではありません。怪しい者ではないのであります！」

敵軍以上に怪しい。

ときどき地声が交じるものだから、裏返って余計おかしなことになっている。

三上は椅子を立ち上がった。用心しながら出入り口の蚊帳を掻き上げると見知らぬ男が立っている。見慣れない作業帽。足には脚絆を巻いている。陸軍だ。

なぜこんなところに。怪訝な顔をした三上に、彼は両手を挙げて無抵抗を示している。

「怪しいものではありません。自分は、陸軍の一兵であります」

「は、はあ……。初めまして。海軍、整備科の三上です」

相手の調子に乗せられて、名乗らされてしまった。彼はぱっと敬礼をした。

「ご挨拶、いたみいります。陸軍、兵科、松田上等兵であります。この度はお日柄も宜しく、海軍の秘密工場で、電子マッチが開発されたと聞きました。自分の上官が、機密情報を摑んでこいと言いますので」

「聞きに来たんですか」

「さようであります」

調子が狂う。言っていることがデタラメだ。三上は無帽なので敬礼に礼で返した。

ちょうど彼の後ろに、先任の整備員が一人立っていた。陸軍と通じていると思われたら困るな、と思ったが、彼が証人になってくれそうだ。三上は松田氏の肩越しに尋ねた。

「陸軍の方が、相談に来られたんですが、中に通していいでしょうか」

「通ってもらえ」

彼も松田の奇妙な言動に戸惑っているような顔つきだ。

松田を奥に案内すると、塁が何も言わずに小屋を出ていった。松田に椅子を勧め、時計とは別の机のランタンの火を大きくした。

机の横から箱型の機械を出す。おかもちくらいの木箱で、上のほうに銅線が出ている。

「電子マッチとはこれのことですか?」

三上は机の端にあった小さな紙片を銅線に挟んでハンドルを回した。ちっと音がして紙に火がつく。何のことはない、廃品利用の発火装置だ。中に発電機(バッテリー)が入っていて、ハンドルを回すと通電して火花が飛ぶ。

「さようであります!」

勢いよく答えられて、やりづらい、と三上は思った。

海軍にとって陸軍は、敵以上の敵だ。同じ帝国軍でありながら、ことあるごとに反発し、話の中身も聞かずに、陸(海)軍の言うことには反対であると結論を出し合う仲だ。彗星(すいせい)に乗せている液冷・アツタエンジンなど、開発したダイムラー社側が「《日本軍》として購入すれば

使用ライセンスはひとつでいい」と言ったにもかかわらず、日本帝国陸軍、日本帝国海軍として別々に買い求めるような有様だ。このニューブリテン島にも陸軍はいるが、三上のように基地内の整備のみに従事している限り、島には海軍しかいない感じがする。陸軍は海軍よりもっと南、カラビア湾近くに本丸を構えているらしかった。

そこに一人で飛び込んできたのだ。逆をやれと言われたら、三上だって吊るし上げられる覚悟をするかもしれない。

「ちなみにここは、秘密工場ではありません。ただの整備員の作業場です。これも機密情報というほどではありませんので」

三上は箱の裏蓋を開けて見せた。発電機と配線、ガソリンと灯油が入ったビール瓶が入っている。いきなり火がつくとびっくりするが、絡繰りは簡単だ。

「これはお持ち帰りください。自由に複製してくださってかまいません」

海軍の渡辺兵曹の発明品だが、今はあちこちに行き渡っている。廃品利用だから、道具の登録もされていない品だ。

「よかった」

初めて松田が、にこっと笑った。丸顔で、笑うと八重歯が少し見える、可愛い顔立ちだ。

「海軍にも優しい人はいるんですね」

「そうですね、それなりの猛者もいますが」

ことあるごとに陸軍を誹り、蛇蝎のように嫌う者もいるが、そんなのはだいたい士官と、士官の受け売りだ。整備員は戦略とは関係がないので、三上自身は陸軍に対して特別な感情は持っていない。

「ありがたくいただいて帰ります。ご温情いたみいります。これはつまらないものですが」

松田は背中に括りつけていた、布を捻っただけの背嚢をほどいた。中には缶詰が一列に詰まっている。

「お気遣いなく」

「お受け取りください」

勧められて、三上は松田に頭を下げた。

「ありがたくいただきます。みんなで分けて食べます」

「些少で恐縮です」

緊張が取れると普通に喋るようだ。若いがしっかりしているし、若武者を思わせる太めの眉が凛々しい。振る舞いにも品がある。

松田は、缶詰を包んでいた布に電子マッチを包んで、重たそうに手に提げた。

小屋の入り口で敬礼を交わして、山のほうへ戻ってゆく松田を見送る。

肘を横に張った変わった敬礼だな、と思いながら見送っていると、闇の中から急に松田の声がした。

「頑張ろうな！」

年相応に声をかけてくる松田に、楽しくなって、三上も「おう」と返事をした。

陸軍にもいいヤツはいるものだと思ったあと、塁のことを思い出した。

急いで時計を組み上げて宿舎に戻ると、塁は蚊帳の中に丸まっていた。体調は悪いだろうし、機嫌も悪そうだったから、「おやすみなさい」と囁いて三上も寝支度をした。

昨夜つけさせたばかりのU字の部品が、またきれいに切り取られている。

なにごともなかったようになめらかな零戦の機首を眺めたあと、塁があたりを見回すと、いつも通りに忙しそうに工具箱を抱えて行き来している三上の姿が遠くに見える。

三上がちらりとこちらを見た。笑いもせず得意げな顔もせず、本当に何もなかったかのようにそのまま、別の零戦の整備を手伝っているのが憎らしい。これまでの整備員とは必ず一度、部品をつけるかつけないかで激しく衝突し、塁が我が儘でごり押しして、その後は黙って部品をつけさせてきた。だが三上は違う。怒っても殴っても、黙って部品を取り除き、知らん顔をして機体を調整する。塁を相手に白黒つけようとせず、淡々と彼が一番いいと思う航空機を差し出してくる。こんなことをされたら、喧嘩をするためにはこちらから切り出さなければならない。そうするにしたって今、彼には塁の大切な時計を預けている——。

「整列！」

整備長が大きな声を張り上げた。整備員に何やらお達しがあるようだ。塁は、操縦席の中を確認しながら聞いていた。

整備員が集まってくる。整備長の手には紙束があった。

「明日から新しい飛行隊が編入となる。それにともなって我々の担当機が増えるが、常に貴様たちが整備しているのは目の前の一機だ。一機が終われば次の一機。それが終われば次の一機。終わりが長くなるだけで、我々の忙しさには変わりがない。わかったな！」

「はい！」

何だかんだと、塁たちの飛行隊は整備員に恵まれていると思う。文句が多かったり飛行に口を出してきたり、口うるさい男が多かったが、皆勤労で、整備をよく勉強した者ばかりで頼りになった。機体に関して不安を覚えたことはない。

「一、九九艦爆。酒井平太上飛曹、園田孝実少尉ペア。一、艦爆、源昭一一飛曹。野々村太助一飛曹ペア！」

編入機と搭乗員が大声で読み上げられている。誰が来たところで、顔見知りではあっても友人などではないからどうでもいいなと思った。

読み上げの様子ではかなり大編隊だ。一度にそんなに搭乗員の名を告げられたところで覚えられるのだろうかと思ったが、三上ならやれそうな気がする。しかし勝手にU字部品を取るのだけはやめさせなければならない。

読み上げを退屈に聞いていた塁は、そっと零戦の側から離れた。整備員に編入の情報が回って来ているということは、そろそろ飛行隊にも名簿がきているはずだ。自分も呼び出され、隊どうしの面通しがある。編隊の組み直しもやるのだろう。

面倒くさい――。

ようやく自分のやり方に文句を言う者がいなくなったのに、と塁はうんざりしながら、白く照らし出された日向に踏み出した。

また新しい搭乗員が来れば、勝手に編隊から離れただの、割り込んだの、帰還命令を聞かなかったの、一通り文句を言われなければならない。

「――畑典敏中尉！　一、九七式水偵、蛇川拓真少尉、本丸和喜一飛曹――……」

背中で聞き流した名前のひとつが、釣り針のように塁の鼓膜を引っかけた。

アブカワという名字。

――蛇川拓也と申します。

――あなたと同じ年頃の息子がいます。

まさかと思った。ただの偶然だと思った。

蛇川という名字が少ないのを知っていた。蛇川の素性も調べた。神奈川県の自宅は蛻の殻だった。塁が訪ねる数ヶ月前に――あの事件が起こる一ヶ月前に引っ越したと聞いた。行き先は不明だった。

そんなはずはないと思うのに、塁はそこから一歩も歩き出せない。

アブカワタクマ。アブカワタクヤ。一文字違いだ。

耳の中でドキドキと音がする。すぐに全身に響く早鐘になった。

今さら彼を見つけてどうするつもりだ。今さら何を訊けというのか。

呼吸がうわずる。痛烈な喉の痛みが蘇って、塁は思わず自分の喉を手で摑んでいた。

あのとき。あのとき。父の秘書は——虻川はどこにいた？　事件のあと行方不明になった彼は、どこへ——なぜ父の無実を釈明してくれなかったのか。

「……！」

塁の中で何年も渦巻いていた圧力が、小さなひび割れから堰を切って暴れ出るのがわかった。混乱、恐怖、悲しさ、怒り、理不尽、嘆き、絶望、悲嘆。黒い波頭のひとつひとつがカミソリのように鋭く立った、黒い怒濤だ。

「一、九七艦攻！　中川匠一飛曹、上野幸造一飛曹、大元寛爾少尉！　一、……」

塁は、読み上げを続けている整備長に駆け寄って、彼が手にしていた紙を奪い取った。

「浅群一飛曹⁉」

慌ただしく目を走らせて先ほど読み上げた場所を探す。一枚目の紙、九七式水偵。あった。虻川拓真——神奈川県。

塁は書類を整備長に突き返して身を翻した。

同じ県出身の、珍しい名字の、同じ一文字を持つ名前。

息子——そうでなければ親族かもしれない。蚯川拓也の消息を知っているかもしれない。

新しい飛行隊が、宿舎前で起居の割り振りをしているのを先ほど横目で眺めて知っていた。

塁はまっすぐそこへ向かう。

「浅群一飛曹！　塁！」

後ろから三上の声が追ってくる。

「一体どうしたんですか、塁！」

追いつかれそうで塁は走り出した。三上にも邪魔はさせない。絶対に逃がさない。蚯川を見つけ出し、すぐさま父の潔白を証言させる。証拠の在りかを必ず吐かせる。

新しい飛行隊はまだ、同じところで備品の配布を行っていた。塁は息を弾ませながら近寄った。

「蚯川。蚯川はいるか！」

掠れた声で叫ぶ自分を、航空隊員たちが奇妙な目で見る。かまわず塁は叫んだ。

「蚯川だ。蚯川という男がいるだろう⁉」

すぐに口の中に血の味がするくらい、必死の大声を出しているのに、彼らには聞き取れないようだ。そして塁の剣幕に驚いていた彼らの目が戸惑うような、怖ろしいものを見たような表情になる。目の色のせいだ。

「虻川……ッ！」

もう一度叫ぼうとしたとき、喉に鋭い痛みが走って塁は咳き込んだ。咳をしながら胸のポケットに入れている手帖に書こうとしたとき、後ろから肩に手を置かれた。

「恐れ入ります。第十一飛行小隊の浅群一飛曹と、自分は整備員の三上です。この中に、虻川少尉はいらっしゃいますか」

先ほどの配置の紙を手に、塁のあとを追ってきた三上が、塁の叫びを聞き取ってくれていた。搭乗員たちの視線が動く。視線が集まった先にいた男が訝しそうに塁たちを見た。

「――……虻川は俺だが、何の用だ」

ひと目見て、すぐにわかった。カマキリのような顔の形。広い額。彼はあの秘書によく似ていた。

「貴様……！」

「待ってください、待ってください！　浅群一飛曹！」

虻川の胸ぐらに手を伸ばした塁と、虻川の間に三上が割り込んだ。

「申し訳ありません、虻川少尉。今少し、お時間をいただけますでしょうか」

尋ねると虻川は不審そうな顔をして、背後にいる同僚を眺めた。こちらを向き直って「ああ」と言う。

「非礼も甚だしいことだな。どういう用件だ」

塁を睨みつけながら、木陰に案内しようとする三上に従って虻川は歩く。

三上が手早く説明した。

「こちらは浅群一飛曹です。喉を痛めていて声が出にくいので自分が手伝います」

虻川は黙って聞いていた。三上の説明の先を待っているようだ。

木陰に着き、三上は塁に先ほどの書類を渡してきた。

虻川拓真という文字で視界をいっぱいにしながら呻く。

「虻川拓也は、貴様の親族か」

塁が言うと、一言一句間違えずに三上が声にしてくれる。

虻川は、記憶にある秘書と同じ、慇懃で怪訝そうな顔で答えた。

「……父だが？」

覚悟していたが、答えを聞いた瞬間、まるで頭を殴られたようだった。

虻川拓也の息子。あの現場から逃げた男の子ども――。

「今、どこに？」

尋ねると、三上が珍しく「すみません」と塁に聞き直した。興奮で呼吸が乱れ、震えているせいで唇がわななき、自分でも自分の声が聞き取れないくらいだ。塁は右手で左手首を強く握りしめて力を振り絞った。

「今どこにいるかと、尋ねてくれ」

塁が言うと、三上が丁寧な言葉で蛇川に訊いた。蛇川は塁に答えた。

「昨年、肺の病気で亡くなった。十一月だ」

「それまでどこにいた。三年前の京都から、どこへ行った」

「なんなんだ？　貴様」

表情を険しくして、蛇川は自分を見る。

「蛇川拓也は、三年前、京都から行方を眩ませたあと、どこに行ったと訊いてるんだ！」

「あ……『蛇川少尉のご父君は、三年前、京都からどちらにいらしたのでしょうか』」

丁寧に三上が尋ねると、蛇川はもう嫌悪を隠さなかった。

「浅群一飛曹、だったか。貴様、一体何だ？　父の何を——……いや」

問い返した蛇川は、ふと思い当たったような顔をした。

「思い出したぞ。収賄事件の浅群。貴様、浅群の関係者か」

蛇川はそう言って塁の襟に手を伸ばそうとした。

「やめてください、蛇川少尉！」

「浅群のせいで、父だって迷惑したんだ！　大蔵省を追われ、民間に移ったあとも、いつまでも新聞記者につきまとわれて！」

浅群の家から逃げたあと、自分一人のうのうと民間に移っていたのかとあきれ果てた。腹が立つ。無事ならなぜ、出てきてくれなかったのか。一度は殺人と認められた事件が自害扱いにされたとき、なぜそうではないと証言してくれなかったのか。

蛇川は、三上の腕の隙間から、激しく塁を突き飛ばして怒鳴った。

「父はまったく無関係だ！　証に父の潔白は通ったぞ？　証拠もあった。それなのに――！」

自分だけ、証拠を用意した――怒りで脳が蒸発しそうだ。言いたいことは破裂しそうなほどたくさんあるのに、問いつめる声が言葉にならない。

「貴様の父が俺の父を裏切ったのか！」

口の中に血がしぶくのもかまわずに叫ぶと、三上が塁を押しやった。

「落ち着いてください！　相手には聞こえていません！」

喉に負担をかけたせいで普段の掠れ声すら出ない。三上は自分を抱くようにして庇い、蛇川から距離を取らせた。

「落ち着いて。落ち着いて話しましょう！　伝えたいことを纏めて」

またたきもできない目から、涙が溢れていた。泣き崩れてしまいそうだった。

野良犬にでも襲われたような、嫌悪と動揺が混じったような顔をしていた蛇川が、こちらを睨みつけ、地面に唾を吐いて人の群れに戻っていくのが見える。

「話を聞かせてください。俺があの人に話しに行きます！」

「――……無駄だ」

三上の肩越しに、蛇川の背を見送る。怒りのやり場も縋るところもなく、三上の背に回した手で、ぎゅっと三上のシャツを掴んだ。

わかってしまった。

あの秘書は、事件のあと、自身の身の潔白を示すためだけに証拠を使ったこと。そして潔白が晴れたあと他の証拠を始末してしまったこと。父の潔白を証明する気などまったくなかったこと。事件を起こした父の秘書が民間に就職できたということは、それなりの伝があったこと——それは、もしかしたら——もしかしたら初めから父を嵌める見返りだったかもしれないこと。

そして、蛇川が死んだ今となっては、もうなんの証拠も出てこないということ。あの夜のできごとは、内臓を焼いて踏みつけたような汚物の中に埋もれたままになってしまうこと——。

彼は、彼の父親の罪を知らない。彼に伝えても彼にだってどうしようもない。信じようともしないだろう。だって証拠もない。

蛇川のことはもうとっくの昔に諦めていた。だが、もしも、もしも消息がわかれば、あのときいなくなった理由を話して、誰の目にも触れていない証拠の在りかを教えてくれて、父は無実だったと証言してくれるのではないかと、微かな希望を抱いていた。

蛇川は何もかも承知の上だった。事件の現場から逃げた。身体は無事だったのに、そして父の屍があれほど事実無根の罵倒で叩きのめされているのを知らないはずがないのに、いっさい表に出てこず、父を擁護する言葉を一言も吐かなかった。彼は、父が無実である証拠の在りかを――あるいは証拠そのものを知っていたはずだ。それも自分のためだけに使い、他を隠した。彼は父を見放したのだ。可能性だけの話をすれば、敵方に父を売ったのは彼だったのかもしれない。

真実のいっさいを、息子にも秘して彼が死んだなら、証拠はもうどこにもない。今度こそ真相は闇の中だ。

「あんたの声と、何か関係があるんですか」

今にも代わりに殴りにいきそうな表情で、虻川を振り返る三上に、塁は首を振った。声もなく慟哭(どうこく)する自分を、三上は木陰に座らせた。

「塁。大丈夫ですか。どういうことなんですか」

「父を……、貶(おとし)めた男の息子だ」

主犯が誰であれ、父が死ぬのを黙って見ていた男の一人だ。

三上が仰天した顔をするのに、少しだけ救われる気がした。もう本当にそれくらいしか、自分の傷の痛みの癒(いや)されようがない。

「だが、あいつは、自分の父親がしたことを知らないようだ」

何も知らない彼に報復すれば、もう一人、別の塁ができあがる。

「父の疑いは晴れない。もう俺にはなにもできない」

敵機を何機墜としたところで、もう何の意味もないのではないか。浅群家の名誉など、取り戻す術などどこにもないのではないか。もう何もできないというのだろうか。こんなことをされて、甘んじるだけの一生だろうか。回復の手立てがない。帰る場所もない。死に場所を探す意味さえ見失いそうだ。

「よくわかりませんが」

声にも目にも、痛ましさをいっぱいに湛えた三上が囁きかける。

「もしもあんたがこれで、復讐とか名誉とかから自由になるなら」

行き場を失った憎しみはただのタールのようだ。のろのろと、ただ黒々しく、虚しい。恨みの熱すらも失った泥濘だ——。

震えた呼吸を繰り返す自分の背中を、三上が撫でている。

「戦争が終わったら、うちに来ませんか。何もないところですが、俺が一生懸命働きます」

優しい三上の声も、耳に入れたとたん、耳の洞に吸われて消えてゆくようだった。

「父が受けた屈辱や母の悔しさはどこへいけばいい」

祖母の心痛は。悲しさは。

今はどんな好意も受け取れない。それでも三上は、自分を慰めることをやめない。

「——俺が一緒に悼みます」

三上は決心したように、塁の手に指を絡めてぎゅっと握った。

「あんたの悔しさは、俺の想像を絶しますが、だからといって塁が不幸になって、このまま死ぬのは駄目だと思います。それじゃあんたに何にもいいことがないじゃないですか」

三上が泣いているのに気づき、塁は少し驚いた。なぜこの男は自分のために泣いたりするのだろう。

「生きているんだから、幸せになりましょう。こんな戦地でなんの説得力もありませんが、恨む相手がいなくなったのに、あんただけがこれから先も苦しむなんて、絶対おかしい」

三上の素直な否定が、心に刺さった。

「……そうだな」

すすり泣きの下から苦笑いが浮かんだ。とめどなく溢れる涙を三上の肩に押しつけた。

時の流れが静かに、そして残酷に、塁に潮時だと囁きかける。

病院で命を取り留めたときに諦めるべきだったのかもしれない。父の潔白を証明する手立てを失ったときに、予科練になど戻らずに新しい人生を選べばよかったかもしれない。そう思っても今さらどうしろというのだろう。浅群塁という男が生きた、屈辱の三年間を今さらどうやって取り戻せばいいのか。三上の言うように――自分にも《これから先》が本当にあるのだろうか。

少し落ち着いてから、三上に付き添われてゆっくりと兵舎のほうへ向かった。たぶん整列がかかっているだろうし、誰かが自分を捜しているだろう。でも今、蚯川と向き合う気力は塁の中にはなかったし、三上が言うには「整備長がだいたい何かを察してくれているでしょう」ということだ。

貴様はずいぶん信用があるんだな、と嫌みを言った。喉が裂けていて、声を出そうとするたびに鋭い痛みが走って血の味がする。三上は答えなかった。三上に信用があるだけでなく、自分に信用がないのだと、思い至るのはわりと簡単だった。

「また一騒動あるな」

喉の痛みに、けほけほと咳をしながら塁は呟いた。

どうして目が青いのか。そんな目の色で敵機が見えるのか、アメリカ人の血が混じっているのではないか、裏切り者では、スパイではないか。青い目で見るな。あっちへ行け——。どこに行っても同じように一巡り、彼らがこの目に慣れるまで差別と偏見が続く。盗みがあれば真っ先に疑われる。目が青いという理由だけでだ。それにさっきのことで、自分が浅群の息子というのが明るみに出るだろう。しばらくは面白くない話が続きそうだ。

「……前から言おうと思っていたんですが」

隣を歩いていた三上が切り出した。

「塁の瞳はきれいです。宝石みたいだ」

「正気か」

思わず問い返すと、三上は雑草を踏みながらじわじわと顔を赤くした。口許(くちもと)に握った拳をかざし、目を逸(そ)らす。

「歯が浮くセリフだと自分でも思いますが、他に上手(うま)く言いようがないからしかたありません」

こんなときに、おかしな男だ。

しかし三上の言うことだから素直に受け取れる。慰めでもおべっかでもない。男だから、きれいと言われて嬉しいものでもないが、汚いと罵(ののし)られるよりは気分がいい。だが三上の言葉も塁の寂しさには届かなかった。

「俺は皆と同じ黒がよかった」

この目のせいで、せずにすむ苦労を山ほどした。黒い目の三上は自分の苦労を知らないのだ。もし生まれ変われるなら、迷いなく目は黒にしてくれと神さまに頼む。

塁の不平を、三上は優しい笑顔で受け止める。

「今、そこにいるあんたが、ぜんぶいいと思っています」

歩く速度を速めることもなく、緩めることもなく、同じ調子で歩くのがたぶん、三上の癖だ。

少し歩いてから三上は呟いた。

「青色蛍石(フローライト)って知っていますか」

まだ少し照れくさそうな横顔だった。

「一日眺めていても飽きないような、湖みたいな鉱石があるんです」


たまに三上は、意味がわからないことを言う。

今日も、決心したように塁の前まで来て、威張った様子で何かを言ったが、言ったことの意味がわからず、塁は表情で三上に理解できないことを伝えた。三上は冷ややかに繰り返した。

「――俺の土下座を見せましょうか」

聞こえていないのではない、突然なんの話なのか意味がわからないと言いたいのだが、三上には伝わっていないようだ。顔を歪めた塁に、三上は真面目な顔をして言った。

「塁が、あのU字の部品を外してくれるなら、俺は土下座をします。見たいときは言ってください」

ああなるほどそういう意味かとわかったが、やはり何とも応えようがない。

「俺はあの部品がついている限り、何度でも全力で取り外します。だからもうあの部品をつけるのをやめてください。あんたが誰に頼もうが、何回やろうが、俺は外しますからまったく時間の無駄です。装甲も傷む」

それはそうだが聞けない話だ。幸い三上が苦労して外しても、再び設置するのは塁ではなく他の整備員だった。最近はなかなか誰も捕まらず、部品をつけろと命じると、三上が三上が、と口々に呟きながら逃げてしまうから苦労をしている。三上のせいだ。

「俺が土下座をして頼んだら、やめてくれるなら俺は土下座をします。裸踊りまでなら叶えられそうです。準備する時間を貰えれば、鳩も出せますが？」

「鳩」

意外すぎて呆気にとられた。

三上は厳しい表情をなお厳しくした。

「ええ。機関学校で、芸のひとつも持たないままでは配置先で苦労すると言われ、上官が教えてくれました」

くだらない。面白い。

こんなに笑ったのは何年ぶりだろう。

涙が出るほど笑うことなど、生まれて初めてかもしれなかったが——三上の頼みを叶えるべきかどうか、塁の中でもまだ答えは出ない。

† † †

朝に出撃がある日は、整備員は夜明け前から整備を始める。

真っ暗闇の中で目を覚ました三上は、枕元の時計を引き寄せた。蛍光塗料が指し示す時間は午前四時前。夜間は塁の時計を使わせてもらっている。

三上は自分の蚊帳と隣の蚊帳を掻き上げて、塁の蚊帳の中に上半身を滑りこませた。塁は向こうを向いて丸まって眠っている。枕元に時計を返し、すうすうとよく眠っている塁の頰をそっと撫でて元の蚊帳に戻った。

誰かのいびきの音が聞こえている。真っ暗な搭乗員宿舎の中で起き出すのは三上だけだ。物音を殺して蚊帳を畳み、手探りで服を着替えて、そうっと部屋を出る。音を立てないように慎重に戸を開け閉てして宿舎の外に出た。空にはまだ星が浮かんでいる。眉間のあたりが痺れる感じがしていた。寝不足だ。

——もう一局。もう一局だけ。ほら、ウォッカをやろう、三上。だから、な?

そう言われて昨夜はいったい何時まで、城戸と碁を打っていただろう。週番士官に叱られると言っても、明日早朝から出撃があると言っても、最後、最後、と言って城戸が手を離してくれず、床についたあとは熟睡はしたものの、いかんせん時間が短い。

眠い目を擦りながら整備場の方向へ歩いていると、薄闇の道の向こうから誰かが手を振っている。

「今起こしにいこうとしたところだ」

同僚の声だ。搭乗員宿舎でひとり寝起きする三上が寝坊しないように迎えに来てくれたらしい。

「ありがとうございます。おはようございます」

「おはよう、昨夜も暑かったな」

挨拶を交わしながら、一緒に坂の下へと向かって歩いた。整備場に近づく頃、空の裾のほうが色褪(あ)せてくる。あくびをしつつ、歩きながら眺めているほんの数分の間にも、徐々に水平線が浮き上がってきた。

海の上で静かに今日の幕が上がる。朝日が航空機を逆光で黒く照らし出した。整備まみれの一日の開始だ。

「――おはようございます！」

整備員の整列をして、班長の訓示を受けた。

「早朝の出撃に際し、整備を行う！　気を引き締めていけ！」

「はい！」

これから塁たちが飛び立つまで、整備員は待ったなしだ。

† † †

身体の疲れが取れない。常に遠泳から上がったときのようなだるさが残っている。回復する時間がないまま次の出撃がある。疲労はどんどん溜まっていって、地上にいては起こらないような激しい頭痛と動悸で何度も嘔吐し、ますます身体が消耗する。横たわっても気分が悪く、睡眠薬で眠ってしまいたくてもいつ緊急出撃がかかるかわからない。

日本軍の航空機がずいぶん減っている。

出撃できる航空機が減れば、持ち回りの回数が増えてゆく。

昨日も出撃したのに今日も搭乗割りに自分の名前がある。最近は順繰りというより、ほとんど交替で出撃しているような状態だ。だとしても順番は順番で、負担は均等に守られていることを塁は知っている。

何十機もの航空機の発動機が回って爆音を立てている。緊急出撃だ。巡洋艦が敵機の動きを察知したと連絡が入った。一秒でも早く飛び立って、基地からできるだけ遠い場所で邀撃しなければならない。最近、こんな出撃が増えてきた。敵の都合に振り回されている。こちらの出撃が間に合わない。

塁は三上に付き添われて機上に上がった。

「暖機が不十分ですが、飛行中に温まると思います。十分以内に戦闘に入るときは、念のためあまり高度を上げないよう、気をつけてください」

慌ただしく塁のハーネスの留め具を確かめ、安全帯を確認しながら三上が言う。

「前の調整に比べて、ブーストが少しだけ控えめです。その代わり長めに使えますから、早めに使いはじめて逃げ切れるまで使ってください。四十秒以上はたっぷり利くはずです。それから、機銃のスイッチの遊びを少し減らしています。反応はいいはずですが、硬めに感じるかもしれないので空に上がったら一回空打ちして確認してください。それから――」

すでに二度は聞かされた変更点を刷り込むように言い聞かせる三上の顔を見た。三上はいつも必死だ。三上が飛行するわけではないのに、なぜこんなに一心になれるのだろうと思うくらい、飛行機のことに懸命に見えた。

「――……フラップは二度増しです。体感はほとんどないと思いますが――」

「三上」

発進までのわずかな時間を惜しんで念を押される彼の説明よりも、言っておかなければならないことがある。

「はい」

「俺が帰るまで、ちゃんと生きていろ。空襲が来たら逃げろ。内地に帰れるなら帰れ」

まだ搭乗員しか知らないことだ。知っていても誰も口にしない。

最近、南方は連合軍に押されている。昔は「墜としても墜としても」と嘯いていた。そしてだんだん相手の数が減らないことに疲れてきた。敵機をいくら倒しても、次に飛び立つとまた同じ数がそろっている。塁より格上だったものが次々と墜とされ、まずいと思ったときにはすでに数は逆転していた。今は、自分たちの何倍もの敵機から追い回される空中戦になっていた。敵機の数は日増しに増え続けている。各機の技量は日本軍のほうが勝っているが、それでは補いきれない機体の差も明確だった。

搭乗員の自分たちは逃げ出すわけにはいかないが、逃げられる者は機会があったら早く引き揚げたほうがいい。

目をしばたたかせて塁の言葉を聞いた三上は、少し苦しそうな顔をして、内緒話をするように塁に額を寄せてきた。

「あんたこそ帰ってきてください」

懇願のような声音が囁く終わりに、唇に被せられた。やわらかい温かみが塁の唇に押しつけられ、すぐに離れる。

「すみません」

真面目な声で謝ったあと、「それから」と三上は付け足した。

「……このままずっと部品を外してください。お願いです。死ぬ気で整備をしますから、あんなものに頼らずに、俺を信じてください」

今も出会った頃の戦況ならば、もしかしたら三上の誓いに頷けていたかもしれない。

整備は満足だ。三上が整備した新しい零戦はこれまでになくよく飛んだ。ただ敵機が、零戦より速く飛ぶようになっただけだ。U字の部品がなければ満足に戦えないほどに、機体の性能に大きな差が開きはじめていた。

基地から離陸したあと、予定の位置よりかなり手前で交戦となった。

「く――……！」

上昇競争では勝てず、敵機の射程から逃れるために無謀なくらいの横滑りで逃げる。宙返り、捻り込み、何をやっても逃げ切れず、長い間後ろから機銃が追ってくる。追撃が切れたと思うと、また脇腹から曳光弾の点線がこちらに向かって近づいてくる。

空はこれ以上はないほどの混戦だった。狭い空域に五十機前後の戦闘機が舞っている。

「！」

斜め下から機銃で追われて塁は翼を傾けた。奥歯を強く噛みしめて斜め下から突き上げてくる重力を堪える。以前のように敵機を追い回している零戦がいない。縦横無尽に飛び回るのは米軍の戦闘機で、追い込まれる寸前に熟練の零戦乗りが紙一重でかわすものだから、米軍ばかりがひたすら騒がしいように見える。

塁もさっきから何度も背後につかれたが、今まで血を吐く思いで覚えてきた操縦技術を使って反撃のチャンスを狙っていた。敵機の追尾から逃れながら自分の射程に別の敵機が入ってくるのを待つ。目を眇め、操縦桿をねじ伏せて重力という敵とも戦わなければならない。馬力で劣る航空機で、雲を使い、風の分け目を使って敵機をかわし、辛抱強く機会を待つ。

——いい整備だ。

右に操縦桿を倒しながら、塁の思うとおりについてくる健気な機体を感じて塁は思った。思い描いたとおりに零戦が滑る。弾が思ったところに飛ぶ。発動機の吹けもいい。加速が粘り強い。どんな魔法を使ったのか、殺人フラップと呼ばれていた頃のような、がつんとくる手応えではなく、生身の身体を動かすようになめらかで繊細な反応が返ってくる。極端な調整をさせていた頃とだいたい同じか、それ以上の動きができているのではないか。

この機体ならやれる、と、確かに塁は感じている。敏感に塁の意思を読み取り、思う以上に応えてくれる。三上の整備だ。三上自身のようだ。これなら自分は戦える。

そう思った瞬間、ばん、という破裂音とともに、機体に激しい衝撃があった。ガタガタと機体が音を立てる。どこか尾翼の近くに被弾したようだ。火災はない。オイルタンクもたぶん無事だ。

この零戦は、かつてないほど塁の思い通りに飛ぶ。

——でも、数が。速さが。

降下競争についてこられなかった米軍機がまたすぐ後ろについている。機体を捻って航路を逸らしても、離れた分を直線で追いすがってくる。

米軍機の能力はどれくらい上がったのか。格段の差があると自負する操縦技術をしてももう埋められないのか。

「！」

目の前に現れた雲の固まりをとっさに避けたせいで、加速が遅れた。その一瞬に、ぐん、と詰まる差がはっきりと目に映る。目の前に飛び出してきた敵機があった。反射的に機銃の引き金を引くが、弾は敵機のやや上を掠めてしまって当たらない。

ここまで追いつめられてはあのＵ字部品がなければ墜とせない。

いくら整備がよくても、いくら飛行の腕を磨いても。

——零戦は、もう駄目だ。

吐いても、倒れても敵機は来襲する。

「整備済みから給油に回せ、早く！」

整備員や地上要員たちの叫び声を聞きながら、塁たちの班は飛行場の一角に集まっていた。どの兵も疲労の濃い顔つきをしている。目許を手のひらで覆い、俯（うつむ）いている者もいる。

現在出撃中の航空隊が帰ってくる前に、自分たちが飛び立って邀撃に当たり、燃料を使い果たして帰ってくる味方機を庇ってやらなければならない。前回の出撃の疲れは癒えない。塁の航空病も、目眩と動悸が酷くなっていた。搭乗員なら誰もがそうだ。不平は言えない。だが状況は悪化する一方だ。

「先の出撃で、二番機の三村中尉が散華した。浅群、今日から貴様が二番機だ。三番機、喜多」

「はい」

「貴様が三番機に上がれ、以降、繰り上げ」

「はい」

被撃墜が出れば、列機の場所が繰り上がってゆく。穴はあちこちに開くばかりで背に腹は代えられないのか、これまで三番機以上に上がったことのなかった塁が、とうとう二番機に押し上げられた。

日本軍の航空隊の消耗が激しくなっている。熟練搭乗員が墜とされ、単純に数で穴埋めすれば、簡単に落とされて出撃回数だけが増える。搭乗員は疲弊し、空中戦に耐えられず、あるいは死にものぐるいで空中戦を終えたあと、帰還中に航空病や疲労で気を失い、そのまま海に墜ちてゆく機体を何機も見た。

主力となる航空隊の半数以上がトラック島に引き揚げた。戦力を温存するためだというが、搭乗員の間では、海軍は近々ラバウルを放棄する気なのではないかという噂も立っている。

どうせ内地に帰る気がない自分は殿上等だ。しかしこのままではあっという間に駄目になる。ただ辛抱強く出撃するだけでは相手の物量に押しつぶされるだけだ。

昨夜から考えていたことを塁は提案することにした。

「どうした、浅群」

手を挙げた塁に、目の周りが隈で真っ黒に縁取られた隊長が問う。

塁は用意していた紙に丸を三つ書いて見せた。

航空機の性能差がありすぎるから、もう一対一の巴戦では勝ち目がない。航空戦に武士道を求める海軍の航空戦略では歯が立たない。二個の丸の上に、日の丸の旗を描いた。ひとつの丸の中に米と書く。米丸の円に、日本軍機を示す丸からそれぞれ矢印を書く。

日本軍は、二機で米軍の一機を挟み撃ちにすればいいと思った。米軍が取る戦法と同じだ。片方が追い回し、片方が先回りして仕留める。もう誰の手柄だとか撃墜数とか数えている場合ではない。正々堂々真っ向勝負など、それは兵力が対等以上の場合に限りだ。空戦は競技ではない。命のかかった鉄火場だ。機体性能も数も圧倒的に劣るとわかっていながら採る戦法ではない。

塁の説明を理解したらしい隊長が、怪訝そうに塁を見る。この期に及んでまだ武士道がなどと言う気なら、殴り合いも辞さない覚悟だった。睨みかえしたら、彼は塁をしげしげと眺めたあと、顔を歪めて笑った。

「貴様が共同撃墜を言い出すなど、雪が降るな」

こんな南に降るか馬鹿、と内心毒づいた。

「……降るかも、な」

自分で呟いてみて、塁は自分でおかしかった。戦って、力尽きて、敵機にはらわたを食い荒らされ、命の最後まで引き金を握って死ぬ。それが先日までの塁の望みだったはずだ。今は海軍が卑怯者と言って嫌う、挟み撃ちの戦法を立ててまで、敵に勝とうと――ラバウルを守ろうとしている。

「わかった。試してみよう。浅群、貴様は俺と組む。三番機と四番機、五番機と六番機がペアだ。出撃前に確認しろ」

付け焼き刃の戦法が役に立つかどうかはわからないが、編隊を乱され、ちりぢりに逃げ出したところを複数で追い回されるよりマシなはずだ。

――戦争が終わったら、うちに来ませんか。

そんな三上の夢のような囁きを、真に受けたがっている自分がいる。

わかっている。そんなのは無理だ。戦勝後はなおさら、こんな目の色をした自分が内地に帰れば、浅群家が受ける侮蔑や無責任な興味は酷くなるばかりだ。

三上が言うことがほんとうになったら、どれだけいいだろう。そう夢見ながら今も、塁の瞼の裏には憔悴して目を血走らせた父の恨みの顔が映り、耳には母のすすり泣きが聞こえる。

命はもういい、自分の嘆きも三上の誠意に和らげられた。今の自分が何かひとつ望めるものなら、三上を——三上がいるラバウルを守ることだけだ。

勝つためには一機でも多く敵機を墜とさなければならなかった。後ろに逃がした一機の機銃が三上を撃つかもしれない。整備員たちが暮らす林を爆撃するかもしれない。

——あの部品をつけたい。

三上の整備に不足はない。だがまともに戦っていてはもう勝てない。戦闘機乗りの本能がU字型の部品を望んでいる。

零戦の調子はよく、照準も定まっている。だが敵機の影をあのU字に捉えて撃つほどには、機銃は当たらない。腕ではどうにもならない。もちろん、整備でも。

——俺を信じてください。

誠実な三上の声を思い出した。三上は誓ってくれた。そして希望以上の機体を自分に差し出した。三上を悲しませたくない。裏切りたくもない。でも——。

「……誰か」

塁は、右手を挙げてあたりを見回した。塁に気づいた整備員が駆け寄ってくる。都合がいい。見知った顔だ。

塁は胸から抜き出した手帖にペンを走らせた。

人の本心など、そうそう量(はか)れないのはわかっている。

自分の誠意が伝わるか、整備に込めた真心を受け止めてくれるか、そんなのは三上の自己満足で、塁にとってはたかが一整備員の、当然差し出されるべき献身にすぎないのかもしれない。

三上は、飛行から帰ってきた塁を激しく叱りつけた。搭乗員に文句を言うことなど許されないことだが、塁の裏切りはあんまりだった。本心を言えば、そんな面倒なことすらどうでもよくて、必死で訴えて伝わったつもりの三上の願いを反故(ほご)にする塁自身が許せなかった。

「あんたはぜんぜんわかってない！」

納得させたはずだ。返事も貰った。

塁は、出撃の直前になってU字の部品を他の整備員につけさせた。三上が整備完了を出した機体に部品をつけ、バランスをとるための重りを仕込む。盗人(ぬすっと)のような作業だ。塁の無事を祈る自分の心を踏みにじられた心地がした。

「約束したでしょう。なぜあの部品をつけたんですか！」

三上が部品に気づいたのは、機体が駐機場に出るときのことで、もうどうにもならなかった。

塁の部品のことは多くの人が知っている。それを理由に今さら塁を零戦から降ろすこともできない。

悔しさに臍を噛む思いで、三上は塁の零戦を見送るしかなかった。耳の奥に、一式陸攻で聞いたあのローレライの歌声が蘇った。見つかってしまうだろう。雲間で追われているだろう。塁が戻ってくるまで震えが止まらなかった。

「正直に言ってください、浅群一飛曹」

名を呼ばせ、時計を預け、信頼を得たと思ったのは独りよがりだったのか。

「俺の整備のどこが不満ですか。信用できませんか！」

「おい、三上！」

感情的に怒鳴る三上を、仲間が引き剝がそうとする。

塁はそれを止めずに、黙ってこちらを見ていた。

「整備員にはわからない」

塁の声が聞こえた。

わかってたまるかと三上は思った。——あんたたちが空に上がっている間、どれほど心配しながら帰りを待っているかなんて。

U字の部品は切り落とした。塁が迷惑がろうが、自分を裏切ろうが、言ったとおり、明らかに搭乗員を危険にする部品は、自分の赤誠に於いて何度でも切り取らなければならない。

なぜやめてくれないのだろう。成績と命を引き換えにしてはならないと、なぜ、塁はわかってくれないのだろう。

三上は、塁に尋ねた。気に食わないところがあるなら気に入るまで整備すると言っても、塁は何も答えない。答えない理由さえ教えてくれない。塁は都合が悪くなると黙り込んだ。人に言葉が通じないのに慣れている彼は、一日一言も話さなくとも平気らしい。

あのU字の部品は雑草と同じだと思うことにした。植えた覚えもないのに生えている。三上が迷惑に思っているにもかかわらず、自分が大切にしている庭に勝手に生え、根を張って土を傷める。だから自分は生えるたびにそれを取り除くだけだ。生え続ける限り引っこ抜く。増えないだけ雑草よりマシだ。

問題はそれだけだった。先日の諍い（いさか）を皮切りに、自分に対して手のひらを返すような態度をとるかもしれないと思った塁は、相変わらず三上を拒むわけでもなく、代わりに誰と馴れ（な）合うわけでもなく、一人でぽつんと過ごしている。

三上は、濃く茂った夾竹桃（フランジパニ）の陰に、弾薬の空箱でつくった作業台を置いて椅子代わりのチンケース（バケツ）に腰かけながら兵舎のほうを眺めていた。軒の下では塁が壁を背に、地面に足を投げ出して座っている。

誰とも話さず、笑うこともなく、身体を起こしたり倒したり、せいぜい水を飲んだりするだけで、見ている三上のほうが胸が痛むくらいの寂しさだ。さらに見ているとサツマイモを乾かしたボソボソの粉を食べている。塁は味があまり感じられないのだそうだ。甘いかしょっぱいかくらいはわかるが、林檎も枇杷も同じ味がするという。土産に持たされたマンゴーがひどく旨かったと言うと、塁はそれも林檎と変わらないと言っていた。林檎の味など覚えていないけれど、とも。

カードゲームに興じることもなく、息抜きのバレーボールにも誘われない。あれでは出撃命令を待つためだけに暮らしているようなものだ。自分が怒って突き放したものを、ひどくかわいそうな気がして堪らなくなった。

懐中時計の修理は続けていた。作業台の上にひろげていた修理中の時計を組み上げてしまい、布に包んで懐にしまった。三上が立ち上がっても塁はずっと、白く焼けつきそうな日向を見ている。

「塁」

塁からは謝ってこないだろうと思った。搭乗員はだいたいそうだし、彼のほうからわざわざ理由を説明しに来るような性格でもなかった。このまま離れるか、自分が折れてやるか。U字部品についてはまったく譲る気はなかったが、少し腹が立ったくらいで塁を放っておけるなら、初対面の日、殴られた時点でとっくに逃げ出している。

塁は不機嫌そうに地面を睨んでいた。声をかけられるのも嫌となると、これは手こずりそうだと、覚悟をしながら塁を見下ろしていると、塁が視線を上げた。黙っている自分が心配になったように、じわじわと自分を見る塁の青い目が、光るくらいに潤んでいる。強く結ばれた唇――。

三上は思わず息をついた。諦めのような悲しくなるようなやりきれない気持ちだ。何も言わないくせに、こんな目をして心細がる塁を、どうして見捨てられるというのだろう。

搭乗員と整備員には生活に格差がある。しかしこれらは誰もが納得していることだ。彼らは実際に米軍と剣を交えて命の遣り取りをする。彼らのお陰で自分たちは生きられる。背後のトラック島の艦隊も、ひいては内地も、南方で死闘を繰り広げる飛行隊の必死の矛先に守られているのだった。彼ら以外の者が、航空機に乗ってみろと言われても無理だし、搭乗員になるために積んだ鍛錬と努力にはそのくらいの報いがあってしかるべきだ。

珍しく塁が外に出ようと言った。

晩飯にはまだ少し時間があったから付き合うことにした。

木陰を選んであちこちに、簡易のテーブルがつくられている。椰子の切り株に、パネルを打ちつけただけのものだ。そのひとつを選んで、塁は椅子代わりのチンケースに腰かける。三上が向かいに座ると、塁はポケットから缶詰を取り出した。

今日の飛行増加食の余りだろう。出撃した搭乗員へのご褒美おやつだ。塁は三個、四個と、テーブルの上に缶詰を積んでゆく。パイン缶、赤貝、牛缶、ひじきの煮付け、乾パン、みかん。乾パン以外は、整備員の自分たちにはなかなか回ってこない上等品だ。さらに新聞に包んだ海苔巻き、炙った魚の干物、塁の身体はリスの頬袋のようだ。よくつめ込めたなと思うくらい、ポケットからどんどん出てくる。

塁はおもむろに、赤貝の缶詰を開けはじめた。好きなのだろうかと思いながら見ていると、今度はパイン缶を開ける。その次はみかん。一度にそんなに食べるのかと思ったが、戦闘帰りで腹が減っているのだろう。

塁は自分で持ってきたコップに、みかんの缶詰を半分入れた。みかんの残りの上に箸で引っかけたパインの輪っかを三枚入れて缶を寄越してくる。

「いいんですか？　塁がせっかく貰ったのに」

塁はしばしば食べものを分けてくれる。しかも塁から貰えるものは搭乗員の滋養食だ。ビタミン剤や小さな瓶に入った航空元気酒をくれた日もあった。塁は「こんなには食べない」と言って分け与えてくれるのだが、腐るものではないからとっておけばいいのに。

今朝、三上のヘルメットに穴が開いていた。金槌で叩いて開けた穴のようだった。

最近こういう嫌がらせが続いている。《整備員の三上が浅群の寵愛を受けている》という噂が立っているからだ。嫌がらせをしてくるのは、同じ整備員か同じ隊の分隊員だろうと思っているが、それなら自分たちの生活の様子を知っているはずで、あれを寵愛と言う人間がいたら理由を聞いてみたかった。

食え、と言われて三上は「いただきます」とパインとみかんが交じった缶詰を手に取った。ぬるいが両方とも酸味が効いていて爽やかだった。シロップの甘さが疲れた身体に染みる。

「嫌がらせを堪えるくらいには旨いですね」

三上は、そのへんの木から手のひらほどの葉をちぎって魚の干物を載せている塁に言った。起居が一緒の塁も三上が嫌がらせを受けていることは知っている。念のため、塁から預かっている懐中時計は、四六時中懐の中に入れて持ち歩いているから、心配するなとも伝えてあった。

塁は、さっそく寄ってくる蠅を手で払いながらため息をついた。

「言いたいヤツには言わせておけ。はじかれ者の寵愛が欲しい馬鹿だ。俺は今さらだ」

いたぶられ慣れた塁は余裕のようだ。さんざん見かけや声のことで辛酸を舐めてきた男だ。三上が受ける嫌がらせなど、その蠅ほどもうるさくないのだろう。

「まあ、あんたの愛人というのも悪くないですが」

塁が大切なのは本当だ。塁が乗る機体を誰にも整備させたくないと思っている。そんな噂が立つことで、塁に手を出せば報復に行く人間が一人増えると知ってもらえれば幸いだし、三上のほうは、塁とならそんな噂が立ってもかまわないと思っている。

三上は葉に載せられた二枚の魚の干物のうち、一枚を塁の葉の上に戻した。塁が二枚、自分は一枚だ。

「遠慮じゃないです。あんた細すぎます。食べてください」

　お裾分けには甘えるけれど、搭乗員の贔屓を差し引いても、栄養を取るべきは塁のほうだ。腹が減っていないはずはない。しかも魚の干物は、缶詰の何倍も手に入りにくい、貴重な新鮮な食糧だ。

　塁は、三上をじっと見据えた。

「……明日もちゃんと来るか？」

　なぜ疑った顔で言うのだろう、と思ってふと、三上は気づいた。

「あんた、食い物で俺を釣ろうとしたんですか？」

　外に誘う口実がわからなかったから、食べもので誘い出そうと思ったのだろうか。食べものを与えないと自分が側にいないと思っているのだろうか。ただどこかで話そうとか、散歩しようと声をかければいいものを――と思って、三上は嘆息した。これは三上が悪い。この人はたぶん、今まで人を誘ったことがないのだ。眉間に皺を寄せた塁が、少し赤くなっているのが証拠だった。塁は肌がきめ細かいから、血が上るとすぐにわかる。

「俺は、三上の世話になるが、俺には他に何もない」

「何もいりません。俺がやりたいからやるだけです」

　自分の整備や、塁に差し出す手に代償はいらない。何と説明すれば伝わるだろうかと考えていると、三上でも聞き取るのが難しいような小さな声で塁が呟いた。

「三上と食べると味がする」

嘆きたくなるような、呆れかえるような、たまらない気持ちが込みあげて、三上は最後の干物を、塁の葉の上に返した。

我が儘で頑固で、ときどき割れたガラスのように鋭い人だが、たまにどうしようもなく可愛らしいから、本当に困る。

城戸に相談してみようか——。

轟音を残して零戦が雲の狭間に消えてゆく。三上は機影が見えなくなるまで振っていた白い整備帽を、腿の横に力なく降ろした。

相変わらず塁は、整備への不満は言わず、通常の機体の改造の希望も出さない。搭乗の態度にも問題はないし、降りたあとの機内もきれいなものだ。

だが、隙あらばあの部品をつけようとする。今日も搭乗がかかる直前で切り落とした。もしもこの作業が搭乗に間に合わなかったら、それなりの罰や処分も受ける気でいた。

ここのところ、さらに味方が撃墜される数が増えている。ラバウルが無敗と呼ばれていた頃に比べれば、被撃墜の割合自体が増えていて、三上が知る限り、緒戦は九割以上が帰還していたものが、今では毎回半数以下だ。新米は三割、初出撃のものは二割を切る生還率だと聞いていた。

上空で、三上の想像を絶する激闘が行われているのは間違いない。塁はすでに歴戦の搭乗員で、しのぎを削る南の基地でも若手の精鋭と呼ばれる練度だ。無理をせざるを得ないのだろう。当たり前の活躍では許されないのもわかる。凄惨な過去で受けた侮辱を少しでも払うため、南の空で実績をあげて死にたいと言っていた塁の考え方も理屈ではわかった。だがそれは間違った考え方だし、虻川の末路を知って、もう無闇に命を捨てる必要はないと思い直してくれたと三上は思っていた。死人のために死なずに、生きる方法を探そうと説得した。

それなのになぜ、三上の誠意を裏切ってあの部品をつけたがるのか。塁一人の飛行が日本軍の勝敗を左右するものなのか。そうでないなら塁だけが命を餌にしなければならない理由は何か。目の色が違うからか、声が出ないからか、汚職の罪を着せられた父を持つからか。

思いつく限りの可能性を並べても、塁があの部品をつけ続ける理由の想像がつかない。

「行こう、三上。次の隊を上げるぞ」

隣で同じく帽を振っていた仲間が三上の背を叩いた。三上は頷いて他の整備員と合流しながら後方の飛行機の群れへ向かって歩き出した。滑走路に出された数機が、暖機をしながら待機している。

「――ずいぶん数が減ったな」

歩いていると誰かが言った。三上がラバウルに来た頃は駐機場から溢れ零れそうに並んでいた機影はもはやなく、空爆を避けて灌木の間に押し込んである機体も、部品や材料が足りず、半数近くは搭乗不可だ。航空隊のほとんどはトラック島に引き上げた。塁を含む、志願で残った搭乗員も僅かな数だ。

静かに、だが逆らうことができない強さで頭を押さえ込まれているような気分だ。勝っているはずだ。昔のような勢いがないだけで、根気よく戦ってゆけば必ず勝てる。勝てるはずだ――。三上の不安を副整備長が明るい声で払う。

「余裕ぶっていられるのも今のうちだ！　今に新鋭機が山ほど内地から送られてくる。そうしたら寝る暇もなくなるぞ！」

「はい」

もうすぐ新型機が来る。誰もが待ち望む新戦力だ。

零戦六二型、流星改、天雷、紫電改、烈風、彩雲。空技廠で開発が進み、今日にも明日にも送られてくると噂が流れてきている。他にも開発中の秘密兵器がいくつもあり、完成し次第、真っ先に南の最前線、ラバウル基地に投入されるという話だった。

そうなれば一気に戦況は覆る。それまでの辛抱だ。新しく、敵戦闘機よりいい性能の航空機さえ来れば、日本の搭乗員が負けるはずがない。塁の零戦をこんな苦しい気持ちで見送らずにすむようになる。

三上たちは、暖機中の飛行隊を整備している班に声をかけて手伝いに入った。担当班が主な整備と調整、発進準備をし、副担当班がその手伝いや、雑務をする。たがいに主と副を交替しながら、航空機を空に上げてゆく。

可動機を全部上げたら、今度は片付けだ。足場をばらし、脚立（きゃたつ）や工具箱をしまい、壊れた部品などをより分けて、決まったところに置きに行く。今日の三上は滑走路の当番で、作業が全部終わっても滑走路の近くに残っていた。飛行隊は飛び立ったばかりだが、不良を起こして帰ってくる航空機の緊急処理をする者が必要だ。緊張する役目だった。不良の機体が戻ってきたら、搭乗員を逃がし、安全を確かめて発動機を止め、爆発炎上の可能性があれば地上要員を遠ざける。三上の判断が搭乗員の命や安全を大きく左右する。

今のところ、誰も帰ってくる気配はないようだ。今日は皆、上手く飛んでくれているらしい。凸凹のある紙に書き出した搭乗割りを確認した。最近は紙すら不足していて、地上要員が木を切り倒して布海苔（ふのり）を作り、粗い手漉（てす）き紙を作っている。昼に布海苔を炊くと煙を空爆の目標にされるから、夜明け前や暮れる直前、苦労してあちこちと移動しながら紙を作っているらしい。もったいないから隅々まで書いた。書くところがなくなるとゴムで擦って上から書いた。

三上は空を見上げた。今日もラバウルは呆れるような晴天で、雲まで蒸発してしまったように何もない。

毎日毎日こんな一枚板のような空を見上げていると、日本の、手を浸したら冷たそうな、やわらかい空が恋しくなる。レース編みのようないわし雲、刷毛（はけ）で撫でたようなかすみ雲。薄雲の棚引く東雲（しののめ）の空。たった数ヶ月なのに、日本の空が見たい。

波の向こうに視線をやったときふと、遠雷が聞こえたような気がした。水平線のほうから、ときどき地鳴りとも雷ともつかない、地球を何か大きな太い棒で撞（つ）くような音がするときがある。なにかわからないが今日はそれとも違う気がした。遠雷は途切れず、空にじわじわと満ちてうねりはじめた。うわんうわんと海のほうまで低音が響く。

青一辺倒の空に、黒いごま粒のような点が生まれる。空を見た瞬間こんなにゾッとしたのは初めてだった。

航空機だ。だが唸音（ねんおん）を聞けば零戦ではないのがわかる。栄（さかえ）エンジンよりも遥（はる）かに重い爆音はクマバチのようだ。それが編隊を組んでいた。先ほど飛び立った邀撃隊を屠（ほふ）ってここに来たのか。零戦隊はどうなったのだろう。塁は――。

「敵襲！　敵襲ッ！」

「おい、退避だ、急げ！」

一緒に待機していた地上要員が叫んで駆け出した。

三上は、はっと我に返って、隣で艦爆のタイヤを修理していた整備員の腕を摑んで立ち上がらせた。

爆音はあっという間に背後に迫ってくる。土嚢を駆け上がり、雑草の中を走った。灌木の隙間に飛び込むと同時に、三上の両脇を機銃の点線が駆け抜ける。

「とまるな、走れ！」

あちこちで土煙を上げる機銃の間を走りながら誰かが叫ぶ。ようやく空襲警報が鳴りはじめた。

三上たちの担当機は今、すべて出払っている。残っているのは動けない機体ばかりだ。岩壁にある防空壕に逃げ込まなければならない。

塁は無事なのだろうか。塁たちを倒してあの数の敵機がここにやってくるなど考えられない。

「三上！」

思わず振り返りそうになる三上の腕を、男が摑んで無理やり走らせる。遠くに艦爆が見える。発動機を回し、担当の整備員や地上要員が動かしているようだが、今から空に上げようとしても間に合わない。

「貴様たち逃げろ！」

先を走っていた男が叫んだ。

地上にある航空機は爆撃の的だ。側にいると危険だ。

思ったそばから、北風のような音を立て、空からいくつも何かが落ちてきた。空で煌めく黒い楕円。爆弾だ。

「伏せろ！」

三上は叫んで地面に飛び込んだ。一秒も経たないうちに爆音と地響きがする。ギイン、と音を立てて痛む耳に手をやりながら、三上は慌てて立ち上がった。顔を上げると赤黒い爆煙が見えた。先ほどの爆弾は奥のほうに停めてあった艦爆に落ちたらしい。翼が折れ、炎を上げている。

「おおい、人が埋まったぞ！　棒はないか！」

助けを呼ぶ声がする。「痛い、痛い」と悲痛な声が何度も叫んでいる。三上は声のほうに走った。崩れた瓦礫の側に何人も人が集まっている。

「艦爆を動かします！　手が空いている人は手伝ってください！」

「間に合うものか！　逃げろ馬鹿野郎！」

そう言っている間に二度目の爆撃が来る。とっさに三上は耳を押さえ、口を開いて地面に伏せた。燃えている艦爆の炎が爆風で吹きやられて、髪のところで、ジリ、と焦げる音がする。上からバラバラと土が降ってくる。

粉塵が収まると、先ほどの人々が寄り集まって、瓦礫を梃子で退けようとしているのが見えた。三上も駆け寄って棒の端に取りついた。半身が土砂に埋まっていた男は引きずり出されたが、膝から先が明後日の方向を向いていた。

「衛生兵を呼びましょう」

そう言って駆け出そうとした男を三上は止めた。

「いや、担いでいこう。ここは危ない」

　三上がここで一番背が高い。三上は負傷した男の腋に腕を差し込んだ。手伝われながら背負おうとするが、男は半分失神していて、しがみついてくれないから背負いにくい。敵機の爆音は馬鹿にするような低い位置まで降りてきている。山際に設置された高射砲は心細く、途切れ途切れの機銃音を響かせるだけだ。

　島中から爆撃音がしていた。爆撃されるたび地震のように地面が揺れる。縦横無尽に爆風が吹き荒れる。焼夷弾の炎に阻まれて三上たちは何度も立ち止まった。崖はすぐ側のはずなのに、目の前に見える防空壕が遠い。

「しっかりしろ、もうすぐだ！」

　三上が背負い、他の二人の男が後ろから男の背中を押さえている。男からの返事はない。

　前方から、担架を持った衛生兵が走ってくる。防空壕からの迎えだ。誰かが知らせてくれたらしい。

　空からは絶え間なく爆弾の落下音がしている。爆弾についている風切り羽が、ぴゅう、ぴゅう、と音を立てる。笛のような音がしている間は爆撃地点は遠い。防空壕は目の前だ。

　ガリガリ、と、空を砕くような音が聞こえて、三上ははっと空を見上げた。

　こんな雷のような、空気を破る音が来たときは——直上だ。

塁は全速力で基地に向かって飛んでいた。晴天の中を飛ぶときは、風防は空しか映さない。景色は延々と青一色だ。停まっているような気がする。速度計が壊れているように感じて悲鳴を上げそうになる。

空中戦の終盤、あちこちの機体が煙を上げ、勝負を見切って三々五々帰還の途につく頃、信号が送られてきた。

——基地が空襲を受けている。

自分たちが馬鹿正直に、南から攻めてくる敵と戦っている頃に、南西から回り込んだ爆撃隊が基地を襲ったということだ。

爆撃機約五十機、戦闘機四十機の中規模編隊による爆撃。死者不明、被害状況不明、二五〇キロ爆弾と焼夷弾による空襲だ。奇襲とはいえ昼間に空襲とは、あまりにも日本軍を馬鹿にした攻撃だった。

ニューブリテン島が見えはじめ、島に沿って北上するとシンプソン湾の手前の密林から幾筋も煙の柱が上がっている。

着陸許可を待って上空で旋回するが、なかなか許可が下りない。また滑走路を爆撃されたのだろう。

三上は無事だろうか。イライラしながら着陸許可の信号弾が上がるのを待つ。北の滑走路を使えと言われず、いつもの東飛行場に降りられたのは幸運だった。

着陸してみると、地上は想像以上の被害だ。椰子の木が倒れ、あちこちで炎が上がっている。

三上が迎えに来ていない。

「お疲れさまでした。ご無事ですか？」

見たことがない整備員に迎えられ、塁は零戦を降りた。急いで胸の手帖に書きつけて彼に見せる。

《豊田班ハ　ドウシタ》

「わかりません、この有り様ですから」

担当などお構いなしに、動ける整備員がどんどん着陸機を受け入れているようだ。見知った顔がひとつもない。

差し出される板に、部隊名と名前を記す。ハーネスを外し、脱いだカポックを分隊員に渡して灌木に分け入った。いつも三上たちが整備をしているあたりで炎が上がっていた。椰子の間に黒く穴が開いているのも上空から見えた。

はあはあと息を荒らげながら、塁は煙の立ちこめる灌木の間を走った。大きな石に血が飛び散った跡がある、黄色い脂肪が剝き出しになった誰かの腕が転がっている。穴の開いたヘルメットが半分土に埋まっている。向こうのほうで血まみれの兵が担架で運ばれているのが見える。真っ赤に染まった布を足に巻いている者、岩壁沿いに並べられているのは、戦死者だろうか。

「三上！」

呼んでみたが届くわけなどない。必死であたりを見回すと、バケツに水を入れてうろうろしている兵を見つけた。

駆け寄って彼の手を引き、手のひらに指で《ミカミ》と書いた。

三上を知らないかと訴えかけるがこんなときに限って、まったく声が出ない。

「三(サン)……？」

怪訝な顔をした兵は、首を傾(かし)げる。手が震えていて上手く伝わらない。

《セイビ　トヨタハン》

口を動かしながら、何度か手のひらに綴(つづ)ると、彼は、ああ、と理解したように顔を上げた。

岩壁から離れた林のほうを指さす。

「整備班はあっちで、まとまって消火活動をしていると思います」

塁は最後まで言葉を待たずに走り出した。

空に煙が上がっている。かけ声が聞こえはじめる。ホースを抱えて同じ方向に走るのも整備員だった。

茂みの中に人が集まっていた。航空機のための大型工作機械を、大八車に乗せて運びだそうとしていた。木々に燃え広がろうとする炎に水をかけている者や、その手前では、ロープや木材を使って別の機材を運びだそうとしている者がいる。

塁は一人一人の顔を見た。みんな顔が煤(すす)で汚れている。ロープを引いている男に目が留まった。背が高い。どこか鷹揚に見える仕草。右足に重心をかけて立つ癖。三上だ。

「三上！」

名前を呼んで側に駆け寄ると、びっくりした顔で三上が自分を見る。

三上も煤や埃で汚れていた。頬には血が流れている。袖のあたりが破れ、膝にも穴が開いている。

「塁……!?」

三上は、信じられないような顔をして、ロープを人に譲って塁の側に来た。

「どうしたんですか？　ちゃんと整備はいたでしょう？」

脂と埃で陸軍兵のようになっている。頬の傷からはまだ新しい血が滲んでいて、擦って広がって顎のあたりまで赤黒く砂ごと固まり、その上を汗が流れ、襟のあたりにも血の染みが滲んでいた。

塁が、頷いたあと自分の頬に手をやると、三上が真似をして手をやる。

「……ああ、これ」

自分の手につく血を見た。

「爆弾がすぐ近くに落ちて、破片で切りましたが、塹壕の陰でみんな無事でした」

そんなにぼろぼろで物騒なくらい血が流れ、服も裂けているのに、日本の五月の空のように鷹揚な、三上の笑顔はあいかわらずだ。

が損した気分だ。

安堵（あんど）というより気が抜けた。基地空襲の知らせを受けてから心臓が凍りそうに痛んでいたの

「……」


はあはあと肩で息をしながら、目の前にある三上の肩に、ごん、と額を置く。

怖かった、と塁は思った。緊張から解放されたと同時に全身から安堵が噴き出す。基地空襲を聞いてからここに来るまでに味わった、潰れそうな心臓の痛みや今にも悲鳴に変わりそうな呼吸の苦しさを今になってまざまざと思い出す。腰が震えて、膝が折れそうだ。


「心配してくれたんですか？」

塁は肩に額を擦りつけるようにして頷いた。

「俺の気持ちがわかりましたか」

三上は優しい手つきで、塁の背中を撫でながら囁いた。上がった呼吸にすすり泣きが交じる。身体が震える。三上を失うと思ったら、本当に怖かった。

「俺が塁に、生きて帰ってくれって頼む気持ちがわかりましたか」

仕返しのように生意気な口調で三上は言った。塁を抱きしめる三上の腕も震えていた。わかったと言ってやるのは悔しかった。生きて。生きて。生きて。どうか生きてほしい。どんな姿になったって、三上にもう一度会いたい。

汗以上に涙が零れて止まらなかった。なぜこんなに泣くのか自分でもわからない。

「俺はここで待ってます。あんたが帰るまでどうやったって生き延びます」

塁の耳元で、三上は宥めるように囁いた。

「だから、帰ってきてください。何度でも整備をさせてください。あんたも、零戦も」

「俺を飛行機といっしょにする気か」

ようやく絞り出した反撃に、三上が笑う気配がした。

「なんでもいいです。あんたが魔物でも、飛行機でも」

三上は、静かに塁を腕に包んだ。

「ここに帰ってきてくれるなら、なんでもいいです」

そう言う三上の声も震えている。三上は、汗まみれの塁の髪に鼻先を埋めながら目を閉じた。

「あんたの心をください」

「三上」

「一生側にいられるように、心だけでも、俺にください」

ここは戦場だ。たがいにいつ死ぬかわからない毎日で、身体などまったく信用できない。

塁はひとつ、決心をした。三上ならいいと思った。

「……俺だけのものになるか、三上」

たがいに刹那の身体なら、今ここにあるうちに重ねておきたい。三上に触れたい、肌の温度や、鼓動を感じてみたい。互いが唯一だと、鳥のように誓いたい。

契りというのだそうだ。

自分には、一生縁のないことだと塁は思っていた。


重要なものは防空壕に運び込まれた。通信機器、整備道具、高級士官と司令官。塁たち搭乗員は搭乗機を持って入るわけにはいかないので身ひとつで外に投げ出された。

とりあえず日が暮れる前に寝床を確保しなければならない。寝床が足りず、パネルから幕舎(ばくしゃ)から弾薬箱を壊して組み立てた犬小屋のような小屋まで、とにかくなんでも引っ張り出して与えられた。塁が三上といっしょに列に並んで分隊員の采配を待っていると、前から回ってきた男に「何人か」と訊かれた。指を二本出した。列から外され、案内されたのは行軍用の幕舎だ。蚊帳に毛が生えたようなテントだが、設営はさすがに上手いし、二重の蚊帳の中で過ごすようなものだからパネルの小屋より、虫の侵入が少ない。

三上が椰子の丸太を三本調達してきた。それを平行に並べて上にパネル板を張る。あっという間に床の完成だ。高床にしておかなければ蠍(さそり)に噛まれる。

居場所を整えたあと、三上は夕暮れ近くに海に身体を洗いに行った。汚れはきれいになったが、頬の傷を濡らしたせいでまた赤い血が垂れていた。押さえておけと塁は綿花を渡した。まっさらな綿花など、整備員は持っていない。

いかにも三上になにかを与えるような口ぶりで三上を誘ってみたものの、塁には方法がわからない。

裸になって抱き合うのはわかっている。浮世絵やエロ本(ヘルブック)を見たことがあるが、重ねた下半身の詳細を知らないままだった。

胸の中で馬が走っているようだ。期待ばかりが膨れあがるが、塁にはこの衝動の行き先がわからない。

三上は少し気まずそうな表情で幕舎の隅に座っている。三上に知らないと言うのは恥ずかしかったし、なんとかなるだろうと思っていた。三上が知っていればそれに合わせておけばいいことだ。心配なのは、三上にその気があるかどうかだった。上級士官ならいざ知らず、青い目でつまはじきの自分だ。塁と契ったからといって三上にはなんの得もない。出世もさせてやれないし、寵愛と言っても、塁の手に入る食糧を分け与えるくらいでは何ともお粗末だ。こうなってみると日ごろどれほど搭乗員が威張ってみても、空虚なことだなと思う。

「嫌なら帰れ」

念のために言ってみた。自分と誓いを立てたら、他にこれはと思った相手ができたとき、差し障りになる。

三上はいつも通り冷静だった。

「あんたこそ、本当にいいんですか？　逃げるなら今ですよ？」

逃げるとはずいぶんな言いぐさだ。答えずにいると、三上は床に手をついて塁に手を伸ばしてきた。三上の唇の左下のホクロがはっきりと見える。三上は額を寄せて、頬に息がかかりそうな近い距離で囁く。

「無茶はしないつもりですが、つけあがるかもしれません」

私刑にあいかけた塁を助けるために搭乗員を追い払ったときも、三上の真面目な『もしも』には人を怯えさせる独特の凄味がある。

「あんたの機の整備を、他のヤツにさせたくないとか思いそうです」

と言って困った顔をした。

「……すみません、すでに思ってます」

「好きにしろ」

三上の整備ならいい。自分だって三上以外の整備を受けたくないと思っている。

三上の手が、床についた自分の手に重なる。三上の指は長くて、節があって、親指の付け根には深そうな傷跡があった。洗ったばかりのはずの三上の指先は黒かった。皮膚の奥までオイルが染みこむのだろう。指の腹や爪の周り、三上の指がきれいなのを見たことがない。

三上が目を伏せて唇をつけてきた。気恥ずかしくその行為を受けながら、『これが接吻というものか』と考えた。繰り返し触れてくる三上の唇はやわらかく、唇の内側が触れるとぬるぬるとする。

口を開けろと舌先で促されたが塁は拒んだ。塁の口内は塩酸で焼かれて歪んでいる。上顎が凹んでいたり、左側の舌の付け根が癒着している。上の奥歯のあたりが歯茎ごと溶けて穴が空いていた。表面こそきれいだが、舌の形も引き攣って歪んでいたり、血管が見えている場所もある。

「……痛くしませんから」

恥ずかしい自分の気持ちを、三上は怖がっていると受け取ったのだろう。多少の痛みはかまわない。三上に不快な思いをさせるのが嫌なのだ。気味が悪いと思われるのも怖かった。嫌だと何度も首を振ったのに、そうしなければ先に進めないとばかりに、三上は諦めずに、塁の口の中を知ろうとする。

「っ……」

三上はとうとう塁の口を開けさせ、そっと舌先を舐めた。鈍いはずの口内の感覚が、三上が触れるとピリピリとする。三上は言ったとおり、塁の舌先を労るようにそっと舐めるばかりだが、ぴちゃぴちゃと立つ水音に、襟足がくすぐられているようだ。三上の舌と触れあうたびにぞくぞくと肌が粟立つ。震えてしまうのは羞恥か、興奮か。三上を知りたいと身体の中がざわめいている。

「三上」

唇を吸われながら何度も名を呼んだ。そのたび「はい」と律儀に答えるのが三上らしい。

床の上で身体を重ねて、服の上から身体を擦りつけ合う。額や唇、頬も。どきどきと震える胸を重ね、脚を絡める。

興奮で息が上がった。食欲と似ているような気がした。三上を食べたくて泣きたくなる。喉を焼かれたあと、空腹でたまらないのに何も食べられなかったあのときの飢えと近かった。身体が乾く、細胞ひとつひとつが空腹を訴える。満たされたい。この饑餓から逃れたい。三上が欲しい。

「……ぁ」

三上の唇が首筋に押しつけられた。うなじから首筋。鎖骨をなぞって下にゆく。三上はケロイドを舐めているのだ。敏感な場所と鈍い場所が混じり合って、融けた皮膚の下に埋まっている。斑な皮膚感覚をなぞられて、焦れったいような、むずがゆいようなおかしな感覚がぞくぞくと腰を震わせる。

「喉以外、痛む場所はないんですか?」

三上が真っ先に傷跡ばかりを舐めるのは、それを確かめたかったのだろう。

「醜いか」

痛みはない。だが嫌だとは思う。今は裸を見ても気にならなくなったが、傷を負った当時は酷かった。包帯を血膿で染め、治る途中は黒い木の根を巻きつけたような瘡蓋ができた。看護婦が眉を顰めるほどだ。自分でも泣き出したくなるほど気味が悪かった。

三上は鎖骨の凹みの、ひときわ大きなケロイドに唇を押し当てながら呟く。

「いえ。……こんなことを言うと失礼かもしれませんが、きれいです。螺鈿の首飾りのようだ」

「……やっぱり三上の目はどうかしている」

青色蛍石だの螺鈿だの、自分を苦しめる醜くて捨てたいものをわざわざ大切に拾って愛でようとする。そんなものに触らないほうがいいと思う自分まで、三上に褒められると何だか気恥ずかしく、良いもののように思いはじめてしまうのだから、三上の調子に乗せられていると思うしかなかった。

「るい……」

普段、三上は耳当たりのいいはっきりした声だが、息が上がってくるに従って、少しずつ掠れてきた。それに塁の興奮も煽られる気がする。

三上と身体を撫で合うのは気持ちがよかったが、身体の奥底からむずむずと意味がわからない衝動が湧き上がってきた。物足りなかった。三上と身体を寄せるほどもどかしさが酷くなり、何が欲しいのかわからないのに焦らされているような気がして焦ってくる。脚の間に触れられて、強い刺激にびくっとなったが、塁の餓えは一瞬宥められるのを感じた。そうだ、三上にそうしてほしいのだ。三上の下半身も硬くなっている。塁はもう一度さっきのような刺激が欲しくて、自分の猛りを三上に擦りつけた。ズボンの中で苦しくなっていく塁を、三上の手が楽にしてくれる。ズボンの前をくつろげ、褌を解く。三上の手のひらの皮膚に直接包まれると、ああ、と声が出そうに安堵した。だがそれも一瞬のことだ。物足りない。焦れる感覚は酷くなるばかりだ。塁は三上にも同じように手を伸ばした。塁のものより大きく硬い肉を握ると、三上が三上らしくない変な声を出して驚いた。

「る、塁は、今日はいいです。あの、そこを触られたら、あっという間に」

何だと言う前に、三上が塁の手をほどかせる。それではどうすればいいのかと訊こうとしたとき、三上の手が、べとべとに濡れた塁の性器の奥を探った。

「！」

他人に触られたことがないから、息を呑むほど驚いた。反射的に三上を突き放そうとするのを三上が優しく押さえ込む。三上の指はもう一度優しく触れてくる。本能的な怯えがあった。そこは駄目だと身体が言う。三上は宥めるように指先でそっと表面を撫でつづけながら囁く。

「すみません、いいですか」

くすぐったさとむずがゆさが塁を戸惑わせる。怖い。でもそれだけではないのを感じる。いいも何も、どうすればいいのかわからない。何と答えればいいのだろうかと思っていると、三上がポケットからブリキの容れものを取り出した。蓋を開けると白いクリームが入っている。

「ベルトとか、革製品の手入れに使うんです。内地でも十万の将兵が使っている実績のある製品で――」

整備の話でも始まったのだろうかと、塁が戸惑っていると、三上はそれをおもむろに指に掬って先ほどの場所に触れてきた。

冷たいクリームをつけられる不快感がある。だが三上の指がそれを塗り広げて体温に馴染ませると幾分ましになった。ぬるぬると表面を撫で、微かに指を入れられる。あっ、と思うが痛みはない。三上は何度もクリームを足しながら指を奥のほうまで含ませた。

「……っ……」

こんなところまで触れるのか、と、戦きながら塁は三上の行為を許した。息を止め、一生懸命三上を見る。それでも思わず目を閉じてしまって、また気を持ち直して三上の姿を探した。塁をあやすように三上が何度も唇を吸ってくる。三上の首筋に顔を押しつけていると、三上は頬に唇を押し当てながら、下のほうで入り口を広げ、中を撫でている。指を足された。整備員の三上の指が長いのを、塁は何度も見てきた。それが身体の中を出入りするたび、排泄感でぞわぞわとしたが、繰り返すとだんだんそれにも慣れてくる。粘る音がする。中を撫でたり、広げたりしながらしばらくすると、三上が尋ねた。

「塁。少し我慢してください」

「何……をするんだ」

「塁の、……ここに入って、うまくいけば痕を残します」

「痕……？」

「痕、というか、その……」

三上は口ごもった。言葉を選びあぐねたように尋ねてくる。

「塁は、こういうことは？　経験はありませんか？」

「貴様は他に……」

「いいえ、そういうんじゃないです。俺も塁だけです」

あちこちの男と誓いを立てたのかと問いつめようとした塁に、三上は慌てて答えた。しかし続ける言葉は歯切れが悪い。

「あとで、わかると思います。それでいいですか？」

何が起こるか説明しがたいということだろう。それでよかった。よくわからなくとも、することだけは決めている。腹を括れと、自分に言った。三上なら何をしてもいい。

「いい。来い」

塁は開いた腕を三上に差し出した。

結果がどうでもかまわない。説明を聞くのも面倒だ。思いがけず、契った印が残るならなおいいと思った。

「はい」と三上は苦しそうに答えた。三上が自分のズボンをくつろげている。見上げると、ふと三上の肩ごしに、天幕の隙間から星空が覗いているのが見えた。

「――持っていきたいんだ、空に」

明日、夜が明けたら。いつも一人で呼吸をするあの場所に。見えるものだろうか、触れられるものだろうか、そうならいいと塁は思った。

「一人だから」

　おおぞらは青く、地上とはまた違う孤独があった。いつこのまま、零戦ごと空に溶けてしまっても不思議ではないくらい、空では一人だった。機体が青に染まり、輪郭が溶けてやわらかくなり、消えてゆく雲のようにあの青の中に溶け込むのではないか。昔はそれに憧れていたが、今では上空で一人、三上のことを想うたび泣きたくなるくらい淋（さみ）しい。

　三上は眉を歪めて泣きそうな顔をした。三上も淋しいのだろうかと思ったとき、三上は先ほどまで指でほぐしていた場所に、大きな何かを押し当ててきた。

「連れていってください……魂だけでも」

「うわ。あ——！」

　三上が入ってくるのだとわかった次の瞬間、繋（つな）がる場所に痛みが走った。みしりと重い痛みだ。もう無理だと思ったところをぐっと割り広げられる。開かれすぎて拒めない。中が無理やり満たされてゆく。軋（きし）むような苦しさに塁は声にならない悲鳴を上げてもがいた。待ってくれと言おうとした。こんなのは無理だ。

「……っ、イ……っ、ぁ……！　みか……ッ……！」

「大丈夫。落ち着いてください」

三上が抱きしめて、髪を撫で、背中や腰をさすってくれるが、到底我慢できそうな痛みではない。身体が中から割られてゆくようだ。やわらかいところが裂けそうだ。

「塁。……るい。聞こえますか」

「いた。……、痛、い。三上……！」

「大丈夫。大丈夫ですから」

三上は何度もクリームを足しながら、繋がる場所の具合を指で確かめている。

「みか、み。……や、あ……！」

訴えているのに、三上は身体から出ていってくれない。ぬる、と身体の奥で動くと痛みが増す。三上は浅い動きを繰り返しながら奥へと乗り込もうとした。

「怒らないでください。少しだけ……」

「あ。……っあ。や……ア！」

息もできないくらい、三上で満たされている。奥まで入られても拒みようがない。ねっとりとした粘膜を掻き分けながら身体の中で行き来する三上の硬さがわかる。中に入ってくるたび深みは増す。三上が言うとおり、初めの衝撃を乗り越えると、悲鳴を上げて逃げ出したくなるような痛みは去った。だがこれが何かと問われても、塁には何も答えられない。

泣きながら塁は、自分たちの下半身を覗き込んだ。

脚の間を三上の腰が行き来しているのが見える。三上の硬くなった生殖器が自分に埋め込まれている。ああそういうことかと、思ったきり何も考えられなくなった。全身がどくどくと音を立て、三上が動くのと重なって、塁は翻弄されるばかりだ。

溺れるようだった。ようやく息をして、三上を受け入れるしかない。身体の中で三上は重く実っていて、塁の意地も見栄も、粉々に砕きながら濡れた音で塁の一番弱いところを擦っている。強い痛みが去り、鈍痛に穿たれる頃になると、身体の中にちりちりと火花が飛びはじめる。腰がぞわりと浮き上がるような瞬間もある。気持ちがいいかと言われれば首を振る。だが痛いだけとも違う。

これでいいのかと、視線で訊くたび、三上は開きっぱなしの塁の唇を吸って頷く。三上の頬の傷にまた血が滲んでいた。傷の上を汗が流れ、薄紅色の雫になって塁の上に落ちてくる。

指を絡め、頬も首筋も身体も擦り合って三上と繋がった。

「う……っ、うあ。う……！　や、あ」

必死の行為だ。三上も苦しそうに眉を歪め、おびただしい汗を滴らせ、激しい呼吸をして、塁の中を擦っている。

汗が混じる。睫毛が触れる。自分の一番やわらかいところを繋いで擦り合わせて、絡まって蠢く。

この行為が契りというならたぶんそうなのだろうと、塁は思った。こんな赤裸々な繋がりなど、三上以外に許せそうにない。

初めて家を抜け出して飴屋で飴を買ったとき、こんな世界があるのかと驚いた。三千人の同年兵と整列したとき、そして練習飛行で初めて空に上がったときにもそう思ったが、これはそれらとも比べものにならない大事変だ。人に生まれて二十一年、自分の身体でこんなことができるのだと初めて知った衝撃は、外の世界を垣間見たときの驚きの比ではない。

「……みんなこんなことをするのか」

半ば呆然と、塁は呟いた。

涼しい顔をして生活する陰で、誰かが誰かとこんなことをしているというなら、この世で目に見えるものなど半分ほどもないのではないか。信じられない。騙されていたような気さえしてくる。こんな、内臓を直接繋ぎ合わせる行為があるなんて。

身体の奥が重く疼いていた。三上が言う痕とは何かがわかった。終わったあと、三上が丁寧に拭き取ってくれた。あんなものを残したら、男は誓うしかないだろう。塁が放ったものは三上が舐め取ってくれたからこれも同じだ。塁の《痕》は三上の胃の中に入り、今はたぶん、心の中に染みている。

「すみません」

「返事になっていない」

「すみません。……たぶんそうです」

「『たぶん』?」

あんなことをしておいて、今さらどういうことだと思って三上を見ると、三上は戸惑いが混じったような顔で答える。

「他人の様子を見たことはありませんが、たぶんそうです。正式には、三三九度のようなものを交わしたり、仲人を立てるものなのかもしれませんが」

それは無理だと思った。酒は飲みたくないし、仲人というと城戸しかいないのだが、城戸に話すべきことではないような気がする。それにもしもそういうものが必要なら、用意すべきは三上ではなく、自分のほうだったのだろう。

「指輪が必要なら作ります。他に何かあれば」

塁が満足するなら、なんだって作ると三上は言う。整備員ならではだ。塁が欲しいと言えば、指輪どころか家だって建ててくれそうだ。

「いらない」

「でもせっかくなので何か」

「三上だけでいい」

あの世に逝くとき、手や身体に身につけているものを必ず持って行ける保証がない。落としてしまって未練になるくらいなら、三上が身体の奥に残していった雫があれば十分だった。

三上は身体を乗り出して、腿の上に落としていた塁の手に指を絡めた。

「塁。一生側にいてもいいですか？」

「――……」

一生――。言葉は塁の胸に引っかかった。殊勲を挙げられたら明日死んでもかまわないと思っている。三上の言葉はもっと遠くまで望んでいるようで塁に返事をためらわせた。一緒に明日を探そうと誘いかけられているようだ。そんな約束はできない。でも三上の願いは砂漠に落ちるひと雫のように貴重で、諦められない一言だった。

「俺が死ぬまで勝手にすればいい」

そう答えるのが塁にはやっとだ。明日か明後日かわからないがそれまで。もしかしたら、しあさってか、来週までかもしれない。三上のために生き延びてやることはできないが、生きているあいだは三上と生きたい。三上は塁の薄情な答えにまで満足したように微笑んで、そして少し寂しそうにまた頬を撫でてくる。

「ちゃんと帰ってきてください」

三上の甘えかたというのは本当にやっかいだ。

「……努力はする」

自分ができるだけ生き延びようとするのは、少しでも多く出撃して撃墜数を稼ぐためだと心の中で言い訳をしながら、塁は三上の大きな手のひらに頬を預けて目を閉じた。

口許にホクロがあると一生飯に困らないそうだ。

小さい頃からよく言われたことだが、こんな南の果ての戦地に来てまで有効なのかと思うと、ありがたいというか驚きというか、鏡に映してホクロを拝みたい気分になる。

「おお、これはこれは」

野沢菜の塩漬けだ。陸軍の畑で栽培した野沢菜をみじん切りにして塩をまぶして天日に干す。携帯食で、これをかけるだけでただの麦飯がひどく旨い。

「陸は開墾が順調だそうです。今でも兵に銀シャリが行き渡るとか」

三上は電気マッチの一件以来、松田と個人的な親交を続けていた。あれから一週間くらいあとに、米を蒸して乾燥させた糒を持って遊びに来てくれた。飯盒に入れて水をかければ銀シャリになる。口の中でずっと噛んでいてもいつの間にか飯になっている。ありがたい差し入れだ。電気マッチは陸軍でも好評らしく、何個も複製をつくったそうだ。そのあと三上のほうから彼を訪ねて最中を渡した。トラック諸島に停泊している海軍自慢の給糧艦・伊良湖の最中だ。それ以来、両軍自慢の食糧や煙草を、ほそぼそと交換して今に至る。

その松田から仕入れた話では、陸軍は、輸送船で届くはしからすべて消費していた海軍とは違い、南方に基地を構えた当初から厳しい配給を守って、余りを備蓄してきたそうだ。それにジャングルの開墾に意欲的なのも陸軍のほうで、今や《ラバウル農園》と揶揄されるほどになった広大な田畑で、稲作と芋の栽培、野菜、果物や煙草などの贅沢品まで作っているという。海軍にも田畑はあるが食糧の足しになる程度で、自活できているらしい陸軍の生産量とはほど遠い。

「まあ……、どこにもいいところはあるだろうよ」

城戸ほどの士官になると、いくらか陸軍アレルギーがあるようだ。つまらなそうに、何かの草を煮出したお茶のコップを弄んでいる。

三上は、野沢菜の塩漬けの出所を説明して責任を果たしたので、陸軍の話を切り上げることにした。

「本当にいいんですか」

城戸が三上にウイスキーをくれた。煙草はあまり好まないが、酒は好きだ。一日の終わりに一杯飲んで眠りにつくと、どんなに疲れた日でも翌朝元気になっている。

「塁が苦労をかけているようだからな」

「はあ、それはその……身に余る光栄です」

そう思うならもう少し静かに呼び出してくれればありがたいのだが、と思うのは贅沢だろうか。

三上に対する嫌がらせは酷さを増していた。

塁からの寵愛に加えて、城戸からも寵愛を受けているという噂が立っている。確かに整備員の生活では手に入らない贅沢品や食品を分けてもらい、特に城戸は、他所の整備班から「三上が欲しい」と名指しが入ると、「三上は動かせない」と断ってくれているそうだ。塁と離さないためなのはわかっている。ありがたいし個人的にも慣れた環境で、これまで手塩にかけてきた航空機を整備し続けられるのは本当に嬉しいことだが、しかし寵愛というとやはり語弊がある。

城戸は、輸送船で内地から運ばれてきた柿が載った皿を差し出しながら平然と言う。

「親が、幼年学校の教官に袖の下を渡すのは当然だろう?」

「袖の下……」

それもまた人聞きの悪いことだが、寵愛よりは幾分状況に添っている気がする。

海軍士官を養成する兵学校は十六歳からだが、陸軍には陸軍士官学校の前に、幼年学校というのを設けている。より幼い頃から優れた軍人を純粋培養しようという計画だ。幼年学校は十三歳から入学できる。確かに十三歳の塁は可愛いだろう。あんなにはっきりした視線の骨細の少年だ。水兵服も似合っただろう。

城戸はニヤニヤとしながら、三上を見た。

「息子の寵愛は親の寵愛だ。塁は可愛いだろう?」

だからそれは違うと言いたいが、返事には頷(うなず)かなければならない。

「……はい」

からかわれるのは気に食わないが嘘(うそ)はつけない。

塁は寝起きが悪く、片付け下手だ。よくよく見ていると好き嫌いが激しく、しかし海軍は食事を残せるところではないので、嫌いなものは嚙(か)まずに丸呑(まるの)みしている。塁の喉の粘膜は歪(ゆが)んで細くなっているらしく、大きめのものを呑み込むとすぐに地面に血の混じった唾を吐いていた。ここでよく出されるものでは、にんじん、南国の里芋と筍(たけのこ)のようなものが嫌いなようだ。三上が折りたたみナイフで細切れにしてやると、薬のように水で流し込む。それを始めてから血を吐く回数はだいぶん減った。それにせっかく整備員を側(そば)に置いているのだから、飛行用具を徹底的に整備してやった。胴回りの細い塁に合わせてハーネスを切って調整する。飛行眼鏡のレンズの上部だけに微(かす)かにスプレーで色をつけてやる。これで太陽の眩(まぶ)しさが和らぐはずだ。酸素マスクの管を通すところを着脱可能にし、腹を締めているベルトもやわらかい、一番評判のいいものに変えさせた。同じ隊内の搭乗員同士としか話さない塁よりも、あちこちの隊と話をする整備員のほうが情報量は圧倒的に多い。

整備にもいっそう熱が入った。塁が航空機の調整に注文をつけないのは言葉が通じないせいで、塁が我慢したり飛行技術で補ったりしたほうが楽だと判断したかららしい。

足掛け棒の踏み加減はもっと浅いほうがいい、操縦桿(そうじゅうかん)は重めに調整してくれ。ボチボチ聞き出してみると、取るに足らない注文が飛んできた。そんなものはお安い御用だ。叶えてやると、目をきらきらさせて嬉しそうな顔をするのが可愛らしかった。刹那的な調整をしたがるが、やはり根本的に航空機が好きなのだろうなと思った。

私刑を見張り、食事を気にかけ、うなされたら起こす。文字通り、おはようからおやすみまで。そして搭乗機のお守りは本領だ。ラバウルに来てから零戦ばかり整備の数をこなすせいで、いよいよ腕に磨きがかかってきたような気がする。親鳥のように世話を焼いているが、しかし寵愛という風情とは違っていた。

酒瓶を見ていると、城戸は含みのある笑顔で三上を見る。

「《ローレライ》は返上できそうか？」

問われて三上は数秒黙った。

「いえ、まだ」

ここ数回は、三上が出撃間際まで機体を見張っている。しかし諦めたかと思った頃、別の班の整備員が《納品》に来た。何かと思ったらあのU字金具だ。笑顔で受け取って、そのまま廃品に回した。今頃は溶鉱炉で溶けて別の部品になっているだろう。

止めてはいる。塁も以前ほど強硬ではない。だが諦めてはいないと思う。油断はできない。

城戸は二個目の柿の実を指で摘んだ。

「俺が、初めに言ったことを覚えているか、三上」

——もしも塁が死んでも、少しも貴様のせいではない。

三上は今度も返事ができなかった。わかっているとは絶対に言えないし、今は、あのときのように冗談として口に出すのも不吉と思うようになっていた。

帰ってきてほしい。

出撃のたび追いつめられる三上の気持ちを振り切って、零戦は離陸してゆく。

——魂を一緒に持っていかれるぞ?

秋山（あきやま）の言う魂とは、整備員としての気概や誠意だと受け取っていた。今では本当に魂を失うと思うし、いっそそうなってほしいと祈っている。

城戸は、柿を食べながら、しみじみと三上に言った。

「三上が来て、あいつは初めてやっとまっとうな、人の気持ちを貰（もら）ったんだ」

「城戸さんがいるでしょう?」

「そうじゃない。塁が受けつける心というのはひどく限られていてな。打算や手心が微かにでも加わると、あの青い目は一発でそれを見抜く」

城戸が与えても塁は受け取らないということだろうか。城戸は微かな間を挟んだ。

「恨みと憎しみしか知らない——本当にローレライのように死んでゆくのだろうと思っていたから、まったく驚きだよ」

「このまま生きていけばいいと思います」

いつだって今が起点だ。塁の過去がどうでも、ローレライと呼ばれていても、今日を始まりにしてやり直せる。頑張っていればきっとみんなも認めてくれる。塁は内地に帰りたくないと言うが、戦争に勝って内地が沸き返れば、みな塁の父親どころの話ではなくなると三上は思っている。

城戸はぴかぴかの丸っこい柿の種を皿に出してから山吹色の実に歯を立てた。

「その通りだ。ただ塁がここまで経験してきたことは、何人たりとも慮るに足りない」

確かにそうだが、と、三上は思った。謂れのない不運を越えて、ここまでよく生き延びてくれたと思う。どれだけ辛かったか、塁の話から推測しようとするが、間違いなく三上の想像が及ばないほど凄惨なのは確かで、そのあと塁が過ごしてきた苦労と屈辱の日々を思えば、まさしく想像を絶するところだ。彼に起こったことを全部、もっと詳しく話してくれればいいと思っていた。耳を塞ぎたくなるくらい残酷なことも、彼が惨めだと思ったことも、せめて自分だけは、寄り添って分かち合いたい。

「貴様が傷を負うなよ？　三上」

三上を引き止めるように城戸が言う。普段の彼から聞けないような、冷淡な声だった。

「塁は、しかたがないんだ」

何がだろうと思ったが、城戸はそれきりこの話題を持ち出さなかった。

「塁、……こんなところで」

後ろめたそうに三上は呟くが、塁の身体の奥を擦る肉棒は少しもやわらかくならない。誰も来ない、岩陰にある椰子の林に三上を引っ張った。崖の土が脆く、行き止まりだから設営にも使えない。ゴミ捨て場になりかけたらしく、蔦が絡まった角材や鉄くずが、中途半端な山を築いている。

ふとしたきっかけで高ぶる。性欲というよりもっと原始的な衝動に揺すられて三上に劣情を抱く。敵に追われる時間が長くなったと実感したとき、三上の黒く汚れた指を見たとき、布に包まれて三上の胸の中で鳥の雛のように暮らす時計を見たとき、三上がドラゴンフルーツの実を指ごと口に入れているのを見たとき。この一瞬に時を止めたい、そう思うたび、身体の奥に三上が欲しくなった。夜になって幕舎に帰れるまで待とうと諭す三上を許さなかった。窘めようとする三上に、誓いを立てた自分たちを阻むものは何なのかと問いつめた。

堰はあのときに切れたのだと思う。何日前だったか、空中で対面した敵機の群れを、まるで壁のように感じたあの日が境だった。

「は……。っ、ふ……！」

椰子の木に背中を預け、粘膜で三上を貪った。三上の首筋にしがみついて、三上に抱えられる形で揺さぶられる。だらしなく乱れた着衣。下半身で、粘液に水音を立てさせて三上を咥え込み、腕で三上を引き寄せて、肌を合わせて擦り合うことに夢中になる。

焦る。渇望が感覚を生々しくする。肩口を甘噛みされて、掠れた喉から悲鳴が漏れた。この雑多な感覚さえどこか、なくならないところに仕舞っておきたい。例えば胸の奥、頭蓋の中、瞼の裏か、どこか魂の内側に。そのためなら声にならない声が、喉の奥で血の味に変わってもかまわなかった。

「塁……」

機体の調子を見るように三上は自分に触れる。どんなに荒い手つきのときでも繋がる場所を三上は慎重に確かめる。三上は塁以上に自分の身体のことを知っていて、塁が無理だと言っても三上が大丈夫だと言う日もあるし逆もある。そしてだいたい三上の言うとおりだった。

頬を撫でる三上の手の、中指を口に含むと酸化した鉄の味がした。

「……っ、ぐ。……ッ、ふ……！」

三上に、身体の中を蹂躙されて、塁はその衝撃を味わっている。粘膜の軋み、穿たれるたび響く重い衝撃も、三上の甘い息も、一心不乱に勃起する熱情も。

足の下で、運命という名の板が傾くのを感じている。零戦と敵機の力関係、日本軍と連合軍の抗いがたい資源力。今まで勢いだけで拮抗を保っていたものが、たやすく跳ね上げられる瞬間を、この目で見てしまった。

「っ、は……っ……！」

父母への想いと未来。恨みと希望。孤独から、三上へ。あらゆるものがあの日を境に傾いてゆく。板の上から滑り落ちる者、零れる者、足の下、落ちた先にあるのは漆黒の沼だ。絶望があるのはわかっているが、悲しみ、痛み、死、失望、あらゆる負がどんな配合で混じり合っているかはわからない。

「塁……」

うっとりとした声で三上が自分を呼ぶ。塁が返事をする前に、三上が唇を吸った。油と金属臭の間から、三上の汗のにおいがする。甘くて少し干し草に似たにおいだ。このにおいを感じるときも、この一瞬を鼻腔の一番奥に溜めておきたい気分になった。

人と身体を重ねることを知った。濃密に、息ができないくらい痩せた塁の身体を満たす三上の熱だ。

これを知らずに死んだら、とても寂しかっただろうと、三上と繋がる行為を尊いと塁は思った。弱い行為だ。今襲われたらひとたまりもない姿で、裸体を晒して絡まり合う。三上の指や唇は、塁の性感に触れてくる。唇、瞼、耳の縁、首筋、張りつめた芯を扱き、捲れた粘膜に三上を埋めて擦り上げる。

「み、かみ……っ、どうし、て。そこ……！」

乳首をかさついた指で摘まれて、塁はびくびくと震える。

指の腹でこりこりと粒を抓りながら、三上は塁の中を行き来する動きを激しくした。

「塁が、……赤い、ので」

首筋を舐めながら答えられたとき、塁の下腹でさらに圧力が高まった。未だ絶望を知らない三上の無邪気さに、とっさに口をつきそうになる言葉を塁は呑み込む。

「塁は、どこも赤くて」

「あ。……ひ、……っ、あ……！」

三上。三上、日本軍はもうすぐ駄目になる。

誰にも言えない秘密だ。言わない代わりに守るしかない。それももう限界に近い。

戦わない整備員や地上要員たちだけでも逃したいと思うがもう無理だ。退路はほとんど断たれている。内地とラバウルは、連合軍の勢力に分断されたと考えていい。南へ南へと、自分たちが必死に戦っている間に、気がついたら島の北側に連合軍がひしめいていた。拠点となるトラック島基地はもはやなく、補給はもうどこからも来ない。これから内地は本土防衛戦に備えると聞いている。戦場になるかもしれない場所に三上を送り返すのが正しいかもわからない。

三上たち整備員はどこまで知っているのだろう。撤退が許されないなら、話してもやみくもに怖がらせるだけなのではないか。

漏らすこともできないなら、ここで自分が命に代えても三上を守る。どうせ捨てる命だ、どうせ死にものぐるいで墜とそうと思っていた敵機だ。今さらためらいはなく、よ

りいっそう決心が固まるばかりだった。

「三、上……」

「はい」

どれほど歪んだ声で呼びかけても、不思議なくらい三上は応えるから、そのたびにぐっと胸が痛くなるくらいに切なくなった。失えるわけがない。

頬を擦りつけ、唇を吸い合った。三上に中を擦られていると、ゆっくり持ち上げられるような大きな波が湧き、意識が消えてしまいそうな、白く遠い果てまで連れ去られる。何度目かに快楽を覚えた。誰に習ったわけでもないのに、絡まりかたを知っていた。

「大丈夫ですか。痛くありませんか？」

粘つく音を立てながら、三上が身体の奥を捏ねる。快楽はもう十分身体の中に溜まっていて、あとは放出を待つばかりだ。

「……うるさ……い」

塁は、喘ぎながら三上を睨みつけた。三上は塁の中がこんなに切なくなっているのを知らんふりして、身体の表面ばかりを気にかける。痛くはないか、苦しくはないか、辛くはないかと言いながら、一方で三上を噛み込んで咀嚼するほど飢えた身体を堪えさせるのだ。

三上が欲しい。残された時間すべてを三上で埋めてほしい。三上の歯の感触、指先のささくれ、互いに欲情する呼吸のひとつひとつまで。

「うるさい、三上。そんなのはいいから」

背中を丸め、汗に濡れた三上の首筋を腕で抱き寄せてしがみつく。

時間がない。あと何回抱き合えるかわからない。

「――もっとしてくれ」

幸せは、食べられるうちに食べないと後悔することを、塁は幼い頃から、痛みとともに刻み込まれた経験で知っている。

白い別荘風の搭乗員宿舎。赤いハイビスカスが咲き乱れる垣根。アスファルトの滑走路は陽炎を映して美しく延び、物見櫓には日の丸の旗と七色の吹き流しが棚引いて、飛行場を煌めく戦闘機の列線が埋め尽くしている。夾竹桃の香り、短く整えられた芝。あの栄光の風景は今や見る影もない。

椰子の林からは常に何本もの煙の柱が上がっている。重油のにおいが満ち、弾薬箱に入れられた遺体がトラックで運ばれてゆく。

空襲が激しくなって、外では生活できなくなっていた。司令部も生活場所も防空壕の中に移り、陰鬱な暮らしを強いられている。

壁に掘られた防空壕には、多くの将兵がひしめき合っていた。ランタンを灯し、息を潜めて過ごしている。空気が悪く、中は外よりさらに蒸し暑い。

塁たちは防空壕の一角に、粗末な布を敷いて陣取っていた。人が行き来する落ち着かない場所だが、三上は周りに雑音があっても塁の声を聞き取ってくれる。

最近、三上と自分の間で流行っていることがある。

サツマイモでつくった水飴を、水で薄めて晩酌をする。砂糖より身体の疲れが取れる感じがして、喉もイガイガしない。三上はたいそうこれが気に入っていて、毎晩自分と呑みたがった。味覚は駄目だが嗅覚は残っている。ほんのり芋の香りがする水は旨かった。味はわからないが旨いと思った。

「乾杯」

砂糖水の杯を掲げてくる三上が楽しそうなせいだと塁は思った。それに付き合って渋々コップをあげてから呑むと、とても旨いような気がしてくるから不思議だ。

暗いランタンの光が、チラチラと揺れながら三上の横顔を照らしている。

自分といると三上はよく喋る。元々三上という男は、人付き合いがよく友人も多いが、大人しい男だ。大勢に囲まれても、喋り好きの男の話を聞いて相づちを打っている。無愛想ではないが、口数は少ないほうだと思う。

「うちに来てください。落ち着いたら、猫を飼いましょう」

砂糖水を飲みながら、優しい声で三上は言う。

「遠足に行ったことがありますか？　近くに低い山があるんです、妹がのぼれるくらいの」

　三上と喋ると言葉が通じるから、つい喋りすぎてしまって、喉が裂けてしまう。三上はそれを心配して、塁を喋らせずに楽しませようとしてくれているのがわかった。

　三上の話は、たわいない、笑うほどでもない、大事件でもない、でも温かい、夜中にふと思いだしてしまうようなことばかりだ。

「菖蒲が咲きます。躑躅も。小学校のときは級のみんなでお弁当を持って見に行きました」

「遠足には行ったことがない。楽しいか？」

　ときどき塁が返事をすると、三上は顔を寄せるようにして丁寧に聞き取り、頷いて笑う。

「そうですね。歩いているときはそうでもないですが、到着してからそこが良いところだと楽しいです。何ていうか、のどかです。何にもないところが俺は好きです。やわらかい草が生えていたり、モグラを探したり、林の中の、おいしいきのこが生えているところとか」

「食べるのか。そこらへんの地面に生えているものを？」

「そうです。鍋に入れたら旨いですよ。ねぎとか、白菜も入れて。味噌で味をつけて」

　三上が聞かせてくれる内地の話は楽しそうでやってみたいことばかりだ。筍を掘り、駄菓子屋でクジを引き、渓流の岩を上って毛針のついた竿を垂れる。八百屋で焼き芋を買って新聞紙に包んでもらって走って家に帰る。戦争が終われば本当にそんな世の中が来るならどれほどいいだろう。

「いいな……」

小さな家で、目が黒くなる薬が開発されて、三上と猫と一緒に住む。搭乗員を辞めた自分はどうやって働けばいいのだろう。予備役(よびえき)になった軍人は、内地に帰って教官などをする者が多いが、この声ではそれもできない。

三上は大切そうに、塁の頬を撫でながら囁(ささや)いた。

「……だから金具をつけるの、やめてください」

悲しそうな顔をして、撫でていた手で塁の頬をしっとりと包む。三上がじっと塁を見た。

「俺でよければ、あんたの新しい家族になりたいです」

三上の優しい言葉は、塁の胸に機銃のような衝撃で伝わった。息が止まりそうになるのを必死で耐える。三上と家族になる。もう一度——いや、初めて自分の家が持てる。そこで猫と、三上と一緒に暮らす。朝も、夕方も。銭湯に行って富士(ふじ)の絵を見る。飴売りから水飴を買う。豆腐屋のラッパに耳を澄ます。

そうなったら楽しいだろう。最近、三上の誘いを想像するのが塁の楽しみだ。そしてその楽しみに絡みついた根のような寂しさを自分で引きちぎり、向こうに押しやるのは嬉しさ以上の苦痛があった。

父たちのことを忘れて、家の責任を放棄して、自分一人幸せになるのは不道徳だ。たとえ塁が受けた屈辱とこの喉を許しても、父たちは殺されたのだ。無念だったはずだ。どれくらい痛く、悔しく、苦しかっただろう。

黙り込んでも三上はあまり問いつめてこない。塁の答えを待って、応えないとわかると、別の風を追うように優しく話題を切り替える。

三上が諦めてくれるのを待ちながら視線を逸らしたときふと、三上のズボンの裾が赤黒く汚れているのに気づいた。裾の下から黒っぽい皮膚と、小さく赤い傷口が見えている。

「この間も、そこに傷がなかったか?」

尋ねると、三上は簡単に裾を捲った。くるぶしのあたりが黒く変色し、耳かきで一杯掻き出したほどの、皮膚が抉れた傷がある。

「ああ、これはこの間の傷です」

片膝を立て、三上は自分のくるぶしに、ふーと息を吹きかけた。

「初期の潰瘍だと言われました。傷が乾けば治るんですが、ちょうど靴やズボンで擦れる場所で、瘡蓋が何度も剝げるんです。大したことはありません。元は蚊に刺された痕なんですよ。マラリアでなくてよかった」

それはそうだが、蚊に刺されただけで、皮膚に穴が開くものだろうか。しかもくるぶしの周りが全体的に黒くなっている。

三上は、腫れて骨の形がはっきりしなくなった足首を手でさすった。

「腫れてきたので、マラリアの毒が固まっているのかと軍医に診せたら、ただの傷だと笑われて恥ずかしかったです。傷が潰瘍になったら大変なことになるのは知っていますが、元々の傷が小さいし、肉のない場所だから、傷さえ乾けば大丈夫なんです」

三上が元気そうに言うのに、少しほっとした。熱帯性潰瘍とは、傷がばい菌に感染し、治らなくなる病だ。

下半身がなりやすく、マラリア、デング熱、赤痢などと並んで日本軍を悩ませる熱帯性の風土病のひとつだった。

傷自体は大したことがなさそうだ。変色と抉れ具合が気になったが、怪我とは言えないくらいの小さな傷だ。

「……そうか、あとで包帯をやる」

「蚊に刺されたところに包帯なんて恥ずかしいですよ」

三上はそう言って笑うけれど、塁は熱帯性潰瘍が酷くなった男を見たことがある。喉の消毒薬を貰いに病院に行ったときだ。機銃が当たった場所が膿み、潰瘍になったという男が入院していた。片足が腐り、変色して、いつ腐った肉が骨から剝がれ落ちても不思議ではないように赤黒く裂けていた。

三上の傷は小さく、さすがにああまではならないだろうが、蠅がばい菌をつけてゆくという話だから、あとで、ちゃんと包帯を巻かせよう。

翌朝、三上は走り方がおかしかった。片足を庇うようにひょこひょこ走っていた。足でもくじいたのだろうかと思っていると、その次の日は足を引きずって歩いていた。その次の日は、杖をついた。三上が自分に心配させまいとするのを塁は知っていたのに馬鹿だったと後悔したが、たった数日の間にそんなに病状が悪化するとは思わなかった。

「傷口を見せろ」

「大丈夫ですよ」

「大丈夫なら見せろ」

三上は困った顔をした。「みっともないんですが」と言いながら汚れたズボンの裾を捲った。想像よりも遥かに進行していた激しい傷口に、塁は息を呑む。

「大丈夫です。軍医の治療を受けています」

自分が出撃している間にこそこそ通っていたのだろう。病院で治療を受けるほど酷くなっていることを、なぜ教えてくれなかったのか。

三上のくるぶしの傷は、驚くほど悪くなっていた。

足首は瓜を嵌めているように腫れ、足首全体がどす黒く変色している。数日前は表皮を掻き毟っただけだった傷口は、十銭錫貨ほどの穴になっていた。骨が見えそうに深く、傷口を匙でくりぬいたように中で広がっているのがわかる。

「入院しろと言われていますが、今、整備員も足りませんし、俺が」

辛そうに肩でひとつ呼吸してから三上は弱々しく笑った。

「塁の零戦を誰にも触らせたくない」

そう言って塁の手を取った三上の手は、息を呑むほど熱かった。熱が出ている。

「がんばります」

「病院に行け。入院しろ」

「そのうちに」

「三上」

三上自身、本当はもう自分では治癒できないとわかっているのだろう。自分の零戦を整備するために、塁に不自由をさせないために、傷の痛みや身体の苦しさを堪えて、悪化の恐怖に耐えながらここにいてくれる。

「明日、病院に行け。城戸に頼んでやる」

ベッドが空いていなくても、城戸ならなんとかしてくれる。高い薬も少ない薬も優先的に回してくれるはずだ。できれば内地の病院に三上を送りたい。だが、物資さえろくに運べない艦船に三上を乗せたところで、魚雷の餌食になるのが関の山だ。

塁の必死の算段を理解できないように、三上は呑気に笑っている。イライラするのを堪えながら、塁は要具袋を引き寄せた。中には小瓶に入った赤チンと止血帯や包帯などの応急手当ての用品が入っている。それを出し、栄養もつけたほうがいいなと思って搭乗中に口に入れておく航空口糧の飴玉とサラミ、栄養食の残りも探していると後ろのほうで三上が言う。

「俺、あんたと城戸さんの愛人って言われてるみたいです」

「俺だけにしろ」

何となくカチンときた。城戸が三上を気にかけているのを知っている。だがそれは自分の世話人として目をかけ、そして面白がりな彼が三上を玩具(おもちゃ)にしているだけだ。あるいは三上はかなり碁が打てるということだから、碁打ち相手として登用されているにすぎない。自分の気持ちと比べられては困る。

包帯を取り出して振り返ると、三上が赤くなって口許(くちもと)を覆っていた。

「……何だ」

「いや、何だか嬉しいな、と思って」

「そのくらい元気なら、包帯を巻く必要などない」

鼻の上に皺(しわ)を寄せながら、塁は三上に、巻いた包帯を投げつけた。

就寝後の防空壕は暗く蒸し暑い。ときどき潜めた物音がし、ところどころランタンの灯(あか)りが灯っている。

煙が立ちこめたジャングルからは性懲りもなく虫の音が這い入ってきて、月の下では何かの動物が悲しげな鳴き声を上げている。

夜が更けた頃、三上に声をかけられた。目を閉じて休んでいる塁に背を向けながら、ランタンの灯りで三上は作業をしていたが、こんな時間までやっていたのか。

「塁、今いいですか?」

何だと思って三上を見上げると、三上は手にしていた白い布きれをそっと開いた。懐中時計だ。

起き上がる塁の側にランタンを移して三上は声をひそめる。

「やっぱり部品が足りません。自作もしてみたんですが、今ある代用鉄ではやわらかくて上手く歯車が利かないんです」

時計には、硬く精巧な部品がいると聞いている。鉄はとっくに不足していて、航空機の部品にさえ代用鉄と呼ばれるシリコンマンガンクロム鋼を使っているくらいだ。思った通りの金属が手に入らなくてもしかたがない。

「そうか」

「いったん返しましょうか」

問いかける口調だが、三上は時計を返したそうだ。三上が持っていてももう精密部品を広げられる環境がない。修理のための部品も手に入らない。なにより三上の身体がおかしくなっている。あと数日中にも病院でちゃんと治療を受けなければ、本当に三上は足を切断するようなことになるだろう。熱も下がらず、頭が痛むのか、夕方からしきりと目許を押さえている。

「まだ動きませんが、保存はできるはずです。錆はみんな落として、蓋の穴も埋めましたから」

三上は、布の上で時計を裏返して見せた。穴を埋めた金属の色が違わなければ新品のように裏蓋はなめらかな光沢を見せている。塩酸で焼けて斑に曇っていたところも、まったく痕がわからないほど磨き上げられ、だがAsamuraという彫刻は少しも変わらず残っているところが、三上らしい仕事だった。

「残りは帰ってから修理しましょう。それまで持ち歩くぶんには大丈夫です」

腐食は止まり、不完全ながら健やかな状態にある。塁のような時計だ。まだまっすぐ前を向くことはできないが、もしかしたら自分にも、明日があるのではと微かな希望を抱いてしまう。

塁は時計を三上の手ごと、そっと押し返した。

「三上が持っていてくれ」

今自分の手に戻ってきたら、また腐りはじめてしまいそうだ。治った場所が痛みを訴え、そこから錆が染み出す。

時計が手元にあると父の恨みを思い出す。自分がすべき報復を鮮明に思い出し、やり場のない嘆きが暴れ出す。捨てられない、苦しい、塁の心の塊のようだ。それが三上の手の中にあると思うだけで、幾分安らかになるような気がするのだった。

「でも」

「嫌か」

尋ねると、三上は考えるような顔をしたあと答えた。

「いいえ。預かります。その代わり」

三上は、塁の手を取って時計に重ねさせた。

「動くようになったら、ちゃんと受け取ってください」

内地に戻って部品がそろったら、そのときは塁に戻すと三上は言う。

頷くことはできなかったが、以前のようには拒めなかった。

いつかその時計がもう一度動く日が来たら。三上が言うと本当になりそうな気がする。実際三上には見通しがあるのだろう。内地に帰れば部品がある。部品があれば修理できる。夢見たくなる。祈りたくもなる。もしもこのまま終戦を迎えるような日が来たら、なし崩しに、三上と共に内地に向かう船に乗ってしまいそうだ。


三上の手が震えている。触らなくてもわかるくらい、ただ手を上げて顔に触れるのも酷い苦労のようだった。寒気を訴えるのに汗が流れている。目も虚(うつ)ろで頬にはしなびた桃のような細かい皺が走っていた。翌朝、三上は高熱を出して起き上がれなくなった。人の手を借り、ようやくはばかりに立つ始末だ。それでも明け方、三上はみんなと一緒に整備に行くと言って聞かない。

塁は搭乗だったので、もうしばらくすると打ち合わせに行かなければならない。行くなと止めたのだが、三上は、二人の整備員に抱えられるようにして、防空壕を出ていってしまった。

整列を終え、飛行の準備をして飛行場に行くと三上の姿があった。足を引きずり、のろのろと立ち動いている。動けるはずがないのに、気力だけで仕事をしているようだ。塁は三上に駆け寄った。

「だい……じょうぶ、です……」

くるぶしの関節はもうまったく動かせず、包帯をきつく巻いて支えていないと立ってもいられない。

「これが終わったら病院に行きます」

三上を防空壕から出す前、塁はひとつ条件を出した。

塁の搭乗機を整備し、塁を見送ったら入院すると約束させた。

熱帯潰瘍は骨まで腐らせる。三上の傷は足首のまわりの骨を冒していて、髄に染みこむ前にちゃんと治療しなければ命を落とすのだそうだ。

自分に生きろと言った三上が死んでしまっては説得力がない。そう言うと、三上は「そうですね」と、熱に倦んだ目で思い出したように笑った。

そのあと塁は黙って三上の整備を見ていた。声をかけづらいくらい一心にあちこちを点検していた。足回りの点検をしているときに動けなくなった。普段、三上が不用意に翼に触れることはない。それが縋っていないと立っていられないように、主翼に手をかけ、苦しそうに肩で息をしている。

椅子から立ち上がって機体に歩み寄った塁は、地面にうずくまっている三上に声をかけた。

「もういい。終わりだろう」

機体の点検はすんだはずだ。足回りの最終確認など、誰にだってできる。

立ち上がろうとした三上を、心配そうに隣で見ていた整備員が支えてやる。三上は塁に後ろを向かせ、ベルトを締め直した。口で息をしていて、視線も虚ろで定まらないのに、習い性なのかいつもの手順で装備の確認をする。

塁が機体に上がると、三上もついてくる。

もういいのにと思ったが、三上の気がすむならそれでいいと思っていた。

操縦席に収まった塁は、風防の枠に摑まってようやく立っているような三上に命じた。

「病院に行け」

「はい」

さすがに観念したのか、三上は弱々しく、素直に笑う。

見送りたいと言っていたが、三上はすでにトラックを待たせている。緊急の重傷者以外は纏めてトラックで病院に運ばれる。これを逃せば明日だ。注射も薬も早い者勝ちだから、これを逃せば治療が受けられないかもしれない。

三上が塁の頬に手を伸ばしてくる。油のにおいがする熱い手のひらが塁の頬を包んだ。

「――いってらっしゃい」

三上が潤んだ目で弱々しく微笑みかけてくる。塁は革の手袋を外し、三上の手に手を重ねて、頬を擦りつけるようにして頷いた。三上の手が熱い。熱はさらに上がっているような気がした。しばらく三上の整備は受けられないだろう。入院ともなると、何日隊に帰ってこられないかもわからない。

滑走路の作業中で離陸が混み合っている。飛行機の下で他の整備員が三上を待っている。名残惜しいが時間がない。

三上は力を使い果たしたように、二人がかりで抱えられるようにして零戦を離れた。滑走路まで歩くのは無理だから、このまますぐに病院へ向かえと言いつけてある。

操縦席から見下ろすと、乾いた下草が、飛行機が起こす気流に嬲られて波のようになびいているのが見えた。その中を、整備員たちに両脇を抱えられて歩く三上の後ろ姿を見ていた。灌木に姿が消えるまで、三上は何度もこちらを振り返っていた。

――朝、決心したことがある。

塁は、操縦席に立ち上がって、手を挙げて人を呼んだ。

三上の熱が残る自分の手のひらに唇を押し当てて、整備員がうかがいに来るのを待った。

「部品をつけてくれ」

要具袋の中に入れていた、U字の部品を差し出した。

今、空襲を食らったら三上は逃げられない。

搭乗員は必死で戦っているが、拮抗はとうに破れ、今日全滅しても不思議ではない状況だ。命が果てるまで、けっして折れまいと誓った。どれほど彼我に差があろうとも、もしも命を対価に稼げる時間がたった一秒でも、敵の攻撃が三上に届く一秒を稼げたら、それで自分が生まれてきた意味はあるだろう。

整備員は険しい顔をした。

「できません。バランスも取れません」

「五百二十一グラムだ。カウルのやや右上、この位置に」

あらかじめ用意してあった紙を渡す。整備員ならこの略図があれば部品をつけられるのは、塁が一番よく知っていた。

塁の命令に、整備員は泣きそうな顔をして首を振った。

「やめてください、三上に止められています」

三上はどこまで手を回しているのだろうと思いながら、塁は、静かに、唇に人差し指を立ててみせた。

今のうちだ。三上に見つかったら、負けてもいいから帰ってこいと言いそうだ。だがそんなことなどもう言っていられない。部品をつけたところで、確実に勝てる見込みもない。

「がんばろう」

悲愴な顔をした整備員に塁は言った。

「負けられない」

自分の言葉が彼に伝わるはずがない。整備員は、神妙な顔をして塁から部品を受け取り、機体を降りていった。

操縦席に背を投げて、空を仰ぐ。

よく晴れた日だ。戦争日和だった。

南方ではもう勝てないかもしれない。

だが勝たずとも、自分が生きている限り、三上がいるラバウルを爆撃させない。

——浅群塁の名にかけて、ラバウルはけっして墜とさせない。

塁は爆音を上げて機体を捻り続けていた。塗料が剝げた翼が太陽を弾いて煌めく。足元に広がる海はアスファルトと同じだ。ぶつかれば沈むのではなく、叩きつけられて爆散する。そこへ向かって降下競争だ。

「――……ッ……！」

頭が破裂しそうに血が上る。こめかみでどくどくと音がしている。機銃に追われながらほとんど墜落のような角度で海面ギリギリまで下がり、今度は渾身の力で操縦桿を引き上げて機体を起こす。身体の中で血液がひとかたまりになって上下しているようだ。視界が真っ赤になるほど頭に上り、そしてつま先が痺れるほど下がる。上から押しつぶされそうな重力に奥歯を噛みしめて耐えながら、発動機が焦げつく寸前まで全開で空を駆け上がる。

血が下がり、目の前が真っ暗になった。それでも操縦桿は緩めず、身体の感覚だけで機体を捻る。見えない計器などないも同然だ。捻っている間にチカチカと見えはじめる敵機の背後に機銃の引き金を引くと、逃げ切られる寸前で一機が火を吹き、高度を下げた。

次だと思う前に、機銃に追われている。喘ぐ余裕もなく、今度は逃げるための急旋回を始めなければ墜とされる。

空には対空砲の無数の点線が走り、爆煙だけを空中に残して味方機が次々と海に散ってゆく。絶え間ない機銃の音、砲撃音。うねるような発動機の音は敵機のものばかりだ。

炎を上げて墜ちてゆく僚機の陰から敵機が見えて、曌はすかさず機銃を放った。気を抜くと痺れた手が緩んで、機銃が途切れる。曌はぐっと息をつめて、ほとんど見えない敵機に向かって機銃のスイッチを握り続けた。

細切れの空が見える。まだ戦える。まだ心臓は動いている。

ガンガンガンガンガン！　ガンガンガンガン！

手のひらから肘に、機銃の衝撃が響く。

胸は必死で呼吸し、まだ目も見える。

「――ち――……！」

尾翼のあたりに掠れ弾を食らって、照準が逸れるがすぐに戻す。残弾を思う余裕もなく、再び機銃のスイッチを握った。

生きていると思った。肉体には血が巡り、すべての神経が鮮やかだ。心の芯には三上がくれた熱がある。三上を守ろうとする意思。戦果を上げることに必死になっていた頃にはなかった、闘志という名の熱だ。

まっすぐ空を睨んだ。目を伏せる理由はもうどこにもなかった。極寒の上空で、手のひらには三上に触れた体温が残っていた。温かい三上の誠実さが、この零戦の操縦席には満ちている。あの懐中時計の中につめられているのと同じ空気だ。

三上の優しさ、当たり前の素直さ。彼にとってたあいない三上の心が、どれほど自分をあたためたか誰にもわからないだろう。

三上の支えを力に換える。今日一日、半日、一時、一分、一秒。三上を生きさせるために戦う自分の力だ。昨日まで、いつ海に墜ちてもかまわないと思っていた冷えた機体に体温と情熱が漲(みなぎ)っている。

三上に出会うまで、自分の炎は消えていたのかもしれない。あるいはほとんど消えて、燃え尽きそうなところを、三上が見つけて手のひらで庇ってくれたのかもしれない。三上は何度も燃料をくれた。爆発的ではなく、優しく静かに注がれつづける熱量だ。言葉で、仕草で、気持ちで、身体で。塁に触れるたびたしかに注がれる三上の気持ちだった。

三上が整備してくれた機体だ。

——眩しいでしょう。

三上が塗ってくれた塗料だった。

続けざまに機銃を放つ。光の点線が敵機の尾翼を追う。遅れながらもかろうじて、照準は敵を捉えられている。

機体の反応がいい。発動機に粘りがあって、伸びがある。追いつけないまでも、射程に入ればこちらの勝ちだ。高高度から左に深く捻り込む。高度六千メートルが限界の零戦を、八千メートルの高さから見下ろすグラマンが、いたぶるように追いかけてくる。渾身の力で操縦桿を押さえ、血管ごと血を剝ぎ取られそうになる重力を堪える。後ろにつけていたグラマンがすると前に押しやられるのが見えた。高度が戻る前に、塁は機体を捻った。U字の中に敵機を入れて引き金を引く。

ピ——ィイイ——。……——ピ——ィイイ——

機銃の連射の合間に機体が鳴く。三上が嫌う、ローレライの音だ。だが塁にはこの愚かな小さな部品がひと筋の光だ。曳光弾の光とともに、機銃は敵機に吸い込まれ、爆煙を上げた。それをかわしながら塁はまた、操縦桿を引き上げる。何機もの敵機がこちらに向かってくる。機銃を撃ち合いながら擦れ違って、また塁は大きく機体を捻った。

ピ――ィイイ――。……――ピ――ィイイ――

響き渡る歌声は、あの頃のような嘆きの歌ではない。

燃える体温だ。三上の待つ地上へ帰ろうと足掻く、つたない塁の咆哮だ。

塁は存分に機体を鳴かせながら、高い場所から機体を捻った。

聞け。ローレライの声を。

――恋しいと鳴く魔物の歌を。

足元に海面が流れてゆく。遠くに雲が浮かんでいる。

三上の整備した零戦はよく飛んだ。

風防が割れ、機体にも穴が開いていた。尾翼にも弾が当たったはずだ。機銃は撃ち尽くし、アンテナ支柱は右に倒れている。機内のきな臭いにおいはこの機体のどこかから発しているのだろう。こんなにぼろぼろになっても、水平は非常に保たれ、浮力も十分だった。

静かな空だった。

操縦席に座った塁は目を閉じて、仰ぐように息をついた。

よく戦ったと思う。よく保(も)ったとも思う。

燃料が漏れている。僚機ともはぐれた。

空戦からは離脱できたが、帰る方角がわからない。墜ちないために飛んでいるだけだ。それもそろそろ終わりのようだった。

だんだん高度が下がると機体が重く軋みはじめた。きらきらと煌めく波が足元に眩しかった。

洋上で一人になった。これで終わりだ。

満足感と諦めが心に静かに満ちている。本当は連合軍にある敵機をすべて墜としてから死にたかったが、それは無理な話だ。三上が少しでも長く生き残ってくれればいい。それだけが望みだった。できる限りのことはした。力の限り戦った。力以上のものを振り絞った。

――いい人生だった。

ぼんやりと座る操縦席で、胸に生まれた感想に塁は微苦笑した。あれのどこがいい人生だ。閉じ込められて育ち、不仲の種、差別の的(まと)、ようやく得た生きがいは無残に穢(けが)され、家族を失い、声と家を失った。青春を当て所(あど)ない名誉の挽回(ばんかい)に費やした。そんな自分が生き方を悔やまずに死ねるのは、三上のお陰だ。

こんな穏やかな最期を迎えられるとは思わなかった。

人生最後の数秒になって思い出すのは、三上の肌のにおいとか、夜中に聞いた呼吸の音とか、右足に重心をかけて腕を組む独特の姿勢とか、鼓動を打つ胸の震えとか、振り向いて、一拍遅れて笑う癖とか、そういうものばかりで、戦争とか屈辱とか誇りへの執着が、遠い昔のことのように思える。

燃料計が最後の目盛りを切ってもうずいぶんになる。あと何分。あと何秒、今になって、残された時間が惜しくてたまらない。

今、三上に会いたい。

三上との一瞬一瞬が、どれほど貴重だったかを改めて思い知る。

「……」

手袋を外し、三上が触れた頰に自分の手で触れてみた。乾いた熱い手、黒く染まった指の腹、焼けたオイルのにおい。彼の手の感触を思い出す。帰還すると毎回泣きそうな顔で機体に駆け上ってくる三上をもう見られないのかと思うと、それは淋しいなと思った。

身体が震えはじめる。自分のうわずる呼吸の音が耳に聞こえる。今、彼を呼んでもどうしようもない。もう帰れない。彼に会えない。

「三上」

喘ぐように三上の名を呟いた。

もうこれ以上何も出ない。何もできない。それなのにまだ諦めきれない。

死にたくない。

初めて塁はそう思った。

もう一度会いたい。死にたくない。

風防ごしに見える碧(あお)は滲(にじ)めば滲むほど濃く、塁の魂を侵食しそうにどんどん濃度を上げてゆく。

口を開けて呼吸した。涙が零れた。

両手で顔を覆って、塁は空を仰いだ。初めて自分のために泣いた。三上が恋しい。死ぬのが怖い。三上に会えなくなるのが怖い。

呼吸の音を立ててすすり泣いた。

手応えはなく、無為の空に独り、帰る術(すべ)はない。

天は高く、陸は遠く。

「三上、……三上、俺は――」

届かない声を振り絞り、静かな空に塁は叫ぶ。

残酷なくらい穏やかな青が、蒼穹(そうきゅう)を描いていた。

「――死にたくない――……!」

塁は嘆いた。頬に流れる涙に光が触れる。

機体の脇腹で爆発音がした。機体が傾く。

部品が震えて海風を切った。

——ぴーい——

「……」

美しい歌声にふと、三上は空を見上げた。

焼けた梢の向こうに青空が見える。ジャングルに住む鳥だ。高く、長い鳴き声を響かせている。

首筋を重油のような汗が流れていた。拭う力も、もう不快と感じる力さえも、三上にはない。

「三上、しっかりしろ」

両脇を支えてくれている整備員と見知らぬ地上要員が、うずくまりそうになった三上の脇に腕を入れ直して支えてくれた。そのとき立木の間を、ごう、と風が吹き抜ける。一瞬の清涼をもたらして過ぎ去ってゆく風に三上は目を細めた。

三上たちは、灌木のゆるい坂道を歩いていた。防空壕に戻ったとき、今日のトラックはもう出発したあとだった。元々遅れていたうえに、足を引きずって歩くことすらうまくできなくなってしまって、途中で何度も膝をついたからだ。そのまま力尽きそうだった。朝からのたった数時間で急に衰弱してしまったようだ。

明日のトラックを待つしかないと思っていたところ、少し離れた場所から、病院の方向へ行く三輪車があると聞いた。それに乗せてもらえることになった。

「もうすぐだ。三上」

再び立ち止まりかけた三上を彼らが励ましてくれる。三上は感謝の言葉も出せず、やっとの思いで頷いた。

うだるような熱帯の暑さ。顎の先端から汗の雫が滴る。服の中で、胸のまん中を流れていく汗の感覚が奇妙なくらいはっきりしていた。

焦げつく肺を膨らませ、必死で吐きだす。右足首で自らの身体の重みをやっとの思いで支えながら、渾身の力で身体を前に押し出す。

ああ、生きていると三上は思った。靴の裏が砂を踏む音、空気が舌の上をなぞり、喉を通る音。腫れた関節の中で骨がぬかるむ音。緑の葉の煌めき。身体の感覚のすべて、一瞬一瞬がひどく鮮やかだ。

「……」

のろのろとまたたきをすると、自分の睫毛が見える。たぶん、これが生きているということだろう。

塁にもこういうのが伝わればいいと思う。どれだけ傷だらけでも、人と違っていても塁は塁

だ。

戦況は厳しいが、誰の上にも等しく未来は訪れる。この一秒、この一秒。新しい一瞬が目の前で布を切り裂くように、行き詰まったように見えても、今ここがすべての終わりではない。

あと三枚、歯車がそろえば時計の修理ができる。息絶えたかに見える秒針がもう一度動いて息を吹き返す。未来へ向けて、絶え間なく開かれ続けていく。当然塁の目の前にもだ。

戦争に勝って塁と自分が生き残ったら、塁が知らない、そして誰も塁を知らない場所に行って住んだらどうだろう。初めはみんな塁の青い目に驚くかもしれないが、すぐにきっときれいだと思うようになる。時間が経てば、彼の心も穏やかになるに違いないが、誰も塁を浅群と呼ばないところで暮らせばもっと早く心の傷も癒されるのではないか。

ぴーいい。ぴい、ぴーいい

先ほどとは違うにぎやかさでまた、数羽の鳥が歌いながら木々の間を黒く横切ってゆく。

防空壕を出るとき、今日の搭乗員たちの夕飯は、塩魚だと耳にした。近隣に浮かぶ島の住民が、日本軍が魚を高く買うと聞いて売りに来たのだという。

きっと、塁は喜ぶだろう。子どものように一心に、異様にきれいに、魚を食べるのだろう。

† † †

塁があの夜、足を浸していた桟橋は、ぼろぼろに壊れたまま残っている。

頭上に激しい星空をいただきながら、三上は以前、塁と座ったときと同じ位置にぼんやりと腰かけていた。

三上の足はまだ包帯で固定され、杖がなければ歩けないが、熱は下がり、傷の進行も止まった。

あのときの塁と同じように、海水にそっとつま先を差し入れてみると、そこから泉が溢れるようにさわっと青い光が広がった。

夜光虫の寂しい光。あのとき塁はどんな気持ちでこれを見ていたのだろう。考えていると胸の中に波音と共に寂しさが押し寄せてくる。

桟橋が軋んで、近づいてくる靴音があった。三上は塁のことを考えるのを邪魔されたくなくて、そちらを向かなかった。

「三上」

近くまで来て三上を呼んだのは、豊田整備長だ。

「貴様の飛行隊付きの任を解く。班に戻ってこい」

「どういうことですか。俺はまだ……」

少し朦朧としたまま、月明かりにさざめく海面を見つめて三上は訊いた。三上はまだ、生活の一部分を飛行隊と過ごしている。燃料不足で飛行隊はほとんど飛べなくなっていたが、昼間は整備員として働き、夜になると搭乗員が集まっている場所で眠る。夕食後は塁がひとりぼっちになっていないか確かめに行く。もしも一人で、膝を抱えていたら散歩に誘うために。

「浅群一飛曹はもう戻ってこな……」

「戦死と決まったわけではないでしょう⁉」

それだけが三上の心の支えだ。塁は帰ってこない。だが戦死は確認されていない。もしかしたら、どこかに不時着しているかもしれない。ひと月も経って島の住民の船に送られて帰ってきた搭乗員を、三上は何人も知っている。

塁に預かった時計を懐に入れて大切に持ち歩いていた。部品がないから修理は進まず、今は部品の不足よりも、その鉄を差し出せと言われるのが怖かった。三上の時計はとっくに提出していた。だが、塁が帰ってくるまで、この時計だけは何としても守り抜かなければならない。

† † †

城戸は、司令部に提出していない書類を一枚持っている。

通信科が受信したもので、浅群塁が最後に航空機内から発信した電文だ。

このところ通信科は静かだった。妨害電波が日増しに強くなり、もともと通信系統が弱い日本軍の無線はほとんど役に立たなくなっている。航空機そのものが減ったせいで、搭乗員からの通信も減り、使えない無線機を積むよりはと、彼らは軽量化を選んで無線機を捨て、孤独な空に飛び立ってゆく。

夕暮れ前になって、一人の通信兵が部屋に戻ってきた。

彼は城戸の側までやってきて、沈鬱に言った。

「……教えてやってください。あのままでは惨いです」

港の桟橋で、塁の帰りを待ち続ける三上のことだ。

この部屋の誰もが、浅群塁の戦死を知っている。その死の瞬間に立ち会ったわけではないし、正確な死亡時間はわからないのだが、彼がおそらく墜落しただろうことと、もしもそのとき生きていたとしても、泳いで帰れるような場所ではないところで燃料が切れたことは明らかだった。

城戸はその電文を受けたとき、誰にも漏らすなと室内の者に命じた。彼の死は確定だ。あの古ぼけて劣った零戦で、最後に六機もの撃墜を稼いだことは、僚機が見届けて報告している。

これ以上の情報は、浅群塁には必要がない。

不満そうな目でじっと自分を見ている通信兵に、城戸は答える。

「浅群塁はよく戦った。最期まで、鬼がごとき我が日本軍の守護神であった。この言葉は——」

と言って、城戸は、目の前に置いていた二つ折りの紙を手で押さえた。

「浅群一飛曹の最期にはふさわしくない」

「しかし」

「武士の情けがあるなら、……三上を思うなら」

途方に暮れる気持ちがした。とっくに塁の個人的な満足に付き合う気でいた城戸ですら、己の判断のありようがわからなくなる。塁に、塁の気がすむよう死なせてやることが城戸の判断だったはずだ。最後に人間らしい手を差し伸べた三上を心底ありがたく思った。彼が巻き込まれないよう気をつけながら、三上の誠意を、かわいそうな塁の最後の晩餐のように持たせて、彼が晴れ舞台へ飛び立つのを見送ってやるつもりだった。

それがどうだ。あの塁がこんな言葉を残して死ぬとは思わなかった。

——あ、あの、辞世の句、は……。

塁が初めて城戸を頼ってきたのは、そんな相談だった。どんな辞世の句を残せばより見栄えがするか、立派に思ってもらえるか。いかにも塁らしい、馬鹿げた相談だった。

漢籍などから由来を教えつつ、それらしい単語をいくつか挙げて、好きに組み合わせて使えと言うと、塁は頬を紅潮させて満足そうに頷いていた。その、塁がだ。

「行方不明のまま散華（さんげ）としてやれ」

あんな男を自分に託した衛藤新多（えとうあらた）を恨む。

彼は最後に何を得たのだろう。この短い時間の中で、三上と何を育んだのだろうか。

――《シニタクナイ》

――死にたくない

一生自分の胸に抱えてゆくつもりでいた。

三上を冥府（めいふ）に引きずるには十分な言葉だ。そして塁が望んだ《浅群塁一飛曹》の生き様にあまりにも似合わない遺言だった。

† † †

内地からの補給が完全に切れて久しい。

ラバウルの北にある海軍の拠点、トラック島を連合軍に占領され、以南の制海権、制空権とともに失ったラバウルは孤立していた。艦船の行き来は不可能で、目を掠めるようにして航空機が飛んでも焼け石に水だ。武器弾薬はもとより、食糧がない。

三上の足は回復していた。まだくるぶしあたりが大きく抉れ、足首もほとんど動かないが、傷の表面に薄皮ができ、中から肉が盛り上がってきている。ここまで来れば治るだろうと軍医に言われた。蠅が集(たか)るとまた再発するから、傷を清潔にして包帯を巻けと言われていた。塁がくれた包帯を巻くたび胸が痛んだ。今頃どうしているだろうと、何度も考えたが上手く想像できない。

栄養失調が辛かった。頭が朦朧とし、ほんの少し動くだけでも動悸(どうき)がして息が上がる。雨水を舐めて、葉を噛み、ひとくちの米を溶けるまで噛む。

ときどき松田が遊びに来てくれた。そのたびにビスケットや飴玉をくれたが、陸軍も昔のような贅沢はできないらしい。

ぼんやりとした昼下がりだった。邀撃(ようげき)の手段もなくなったラバウルに、連合軍は昼夜を問わず傍若無人な空襲をしてくる。島中にいつも煙が立ちこめ、木立の中にはナパーム油と血のにおいが充満している。景色だけは昔のように、空は青く、雲は白く、海も広い。細やかな思考ができなくなっている三上の目には、晴れの日と、スコールと、毒々しい色の夕方の、たった三枚の紙芝居が順番に差し替えられるだけのように見えた。

松田は今ではすっかり旧友だ。陸軍もだいぶん人が死んで、松田にとっても三上は古いほうから数えたほうが早い友人になってしまったそうだった。

「三上」

松田は汚れた頬に、笑みを浮かべる。

「俺たちはここで百年戦う。女々しい海軍とは違うんだ」

悪態をつきながら、けっして多くはない米を分けてくれる。

田畑はあるが収穫前に爆撃されると聞いていた。それでも何度でも籾(もみ)を播(ま)くとも言っていた。

「生きよう、三上」

励まされると涙が出るのはなぜだろう。身体がここまで枯れてもまだ、涙は溢れる。

生きようと、三上も誓いなおした。

塁が帰ってくるかもしれない。それまで死ぬわけにはいかない。

彼が帰ってきたら、わかってくれるまで何度でも、部品を切り取り彼に言い聞かせる。

なぜ自分を裏切ったのかといつものとおり、問いつめたくとも、塁は帰ってこない。

松田とはそれきり、そこで別れたままだ。その前後から物資不足で整備科自体がまともに機能しなくなったが、班はまとまったまま過ごしていた。

内地から補給が届けば反撃に転じる。部品が、燃料さえあればトラック島を取り返せる。明るい話題もあった。水底から引き揚げた航空機の部品を掻き集めて組み直した。座席もプロペラも機体さえもバラバラで、何と呼べばいいか困るような機体だ。何機かつくれるほど部品があった。燃料をへラで掻き集めるようにして数機が飛んだ。どの機も帰還しなかった。

ある日のことだ。珍しく総員整列の号令がかかった。

すわ補給が来たか、あるいはガダルカナル島のように総員玉砕することでも決まったかと浮き足だって集まってみれば、今から天皇陛下の玉音が放送されるという。

何のことかわからないまま並んでいると、直立を命じられ、ラジオを聞かされた。

玉音放送ということだが雑音が酷く、ラジオから遠いこともあって、畳の言葉を聞き取れる三上の耳にしても内容を聞き取れない。

「なんと言っていた」

「さあ、貴様には何と聞こえた」

わからなかったと言える雰囲気ではなく、終わったあとの道すがら、こそこそと肩を寄せながら尋ね合ったが、やはり肝心の内容はさっぱりわからない。恥を忍んで司令部に説明を求めた者もいたらしいが、誰からも話がなかった。

あとから思うに、あれはわざとわからないまま説明を加えなかったのだと三上は考えている。あの場に一堂に会した兵が、日本が負けたと知ったら集団自決に走りかねないからだ。

『停戦したらしい』『敗戦したらしい』

『日本が、負けたらしい』

噂はそろそろと広がり、小隊ごとに訓示があった。

呆然とする者、信じない者、泣いて否定する者。玉砕しろと喚く者。

きつく自決禁止の命令が下り、手榴弾はみな取り上げられた。それでも隠し持っていた手榴弾で何人も死んだ。

信じられなかった。こんなに急に戦争が終わるだろうか。そして日本帝国軍が負けることなど、あるのだろうか。

実感はまるで湧かない。戦争は終わったと言うけれど、昨日と同じように日は昇り、空は青く広がるばかりだ。

だが、もう空襲は来なかった。スコールだけはだいたい決まった時間にやってきたが、耳に染み付くような爆撃機の唸音はそれきり一度も聞かなかった。

そんな日が何日も過ぎ、昼下がりに水飲み場の帰りに「どうやら本当に戦争が終わったらしい」と囁く誰かの声を聞いたとき、そうなのだろうな、と三上は初めて思った。

三上たちは、引き揚げの準備を進めていた。基地に残った武器弾薬は連合軍が接収に来るという。敵に渡すものを磨く馬鹿がどこにいるかと怒る男もいたが、汚れてやつれた姿など毛唐に見せるものかというのが整備科の意見だった。わずかに残った航空機、砲、弾薬のひとつひとつを磨き上げ、工芸品のように美しく箱につめてゆく。資源さえあればまだ闘(や)れたと彼らに示したかった。三上もそう思っているが、戦争とは資源であるとも思っていた。ないから負けたのだ。

墨はどうなっただろう。頭の中で常にそう思っている。戦争が終わってどこかの島から戻ってきはしないかと、空襲がなくなったのでなお頻繁に桟橋に通った。他の島から救助された艦船の乗組員と搭乗員が何人か戻ってきた。その中に墨は含まれていなかった。どこかの島で助けを待っているのだろうか。先に、内地に戻っただろうか。

接収のあと、日本軍は引き揚げ船に乗せられ、解員となった。三上の班は引き揚げたが、三上はラバウルに残った。そのあと、さらに二隻を見送った。人はどんどん少なくなってゆく。救助隊の捜索や呼びかけであちこちから戻ってくる兵も半月以上、途切れている。

残務処理といってももう何もすることもなく、日々を過ごす三上のもとに、一人の男が訪ねてきた。

「三上。おい、三上徹雄(てつお)はいるか」

呼ばれて三上が手を上げると、彼は一枚の紙切れを渡してきた。

「これを持って港へ行け」

解員船を管理する男への紹介状だ。訪ねてきた男は通信科で、紹介状は城戸が書いてくれたものだった。

塁を待つと言いたかったが、全兵士に引き揚げ命令は出ている。意地になったところでここに留まれるのもあとわずかだ。現実的な問題として、塁がいなくなってから八ヶ月が過ぎていた。

このあとも残留日本兵の捜索と救助は続けられ、もしも塁が見つかったら、必ず内地に送り返されるという。

通信科の男に城戸への礼を伝え、数日後、三上は船に乗った。まっすぐ日本に送り返されるのかと思ったら、ハワイからアイオワ、ワシントンと延々と立ち寄り、日本の港が見えたのは、十月になってからだった。

富士山が見えたときは泣いた。本当に銭湯の絵と同じだと思った。

塁は帰ってこなかった。

《浅群塁一飛曹、未帰還》

記録に残る、塁の報告はそれが最後だ。

結局塁は俺を信じなかった。

この事実がいつも三上を少し寂しくする。

整備記録には、U字の部品をつけて飛び立ったとあった。以前のように、出撃直前、整備の終わった機体に別の整備員に命じてつけさせたのだ。

信じてくれたと思っていた。だが城戸が言うとおり、想像以上に彼の心の傷は深く、結局虚しい気持ちのまま、他人に褒められるための手柄と、前線で散華という書類上での名誉を得させたばかりで、塁の思い通りに死なせてしまった。

解員後、三上は県の世話課に何度も通った。戦死した兵には、戦死通知書が出されるが、たまに戦死と思われた者が生きていて、その者には死亡報告取消通知が出るらしい。塁の戦死が取り消されていはしないだろうか。そう思いながら何年待っても三上の願いは叶わなかった。あの日の出撃で、戦死したのだと思うのが至当なのは三上にもわかっている。奇跡を祈って待ってみたけれど、五年経っても戻ってこないということは、もう望みはないのだろう。

時計は直した。内地に戻ると旧型の時計が廃品同様で取り扱われていて、たやすく、ただ同然で部品を手に入れた。全体の調整をしつつ、調子がよくなるまで半年くらいかかったが、無事に修理もすんだ。

塁が残した懐中時計は今も、三上の家の書斎机の端で静かに時を刻んでいる。

戦後は兵隊よりも技術者が珍重された。焼け野原だったが仕事はあった。大きな自動車の工場で三上は黙々と働いた。

給料がよく、工場はかつての予科練を思わせるほど若い従業員で溢れかえっていたから、寂しくもなく、干渉されすぎないのも三上にはありがたかった。若い男と若い女がたくさん会社では働いていて、まるでフォークダンスで手を取り合うような、二列の行列を自動的に組み合わせるように見合いをしては結婚してゆく。三上も上司から何度も見合い話を持ちかけられたが、何となく断り続けてしまった。

結婚するべきだと頭ではわかっている。一緒に暮らそうと約束した塁はもうこの世にはいない。比翼連理(ひよくれんり)を誓った人を戦争で失ったことなど珍しくない話だ。いつまでもこのままではいけないとわかっていたし、新しい人生を選ぶことに罪悪感はないが、女性を側に迎えても、塁ほどには愛してやれそうにないのが申し訳なかった。

暮らしが落ち着いてから、名簿などを頼りに塁の生家を探した。

浅群家は絶えていた。墓はあったが、墓石に塁の名を刻む者もいなかったようだ。塁の存在を示すものと言えば、軍に登録されていた、唇を結び、やや目を伏せた白黒の写真と、戦没者名簿だけとなった。

三上の戦後は緩やかだった。終わったような終わっていないような、茫洋(ぼうよう)とした悲しみが淡い濃度で人生に満ち、何かの折に急に濃度を上げて三上の胸を締めつける。

真面目に働き、友人もいて、飲み食いをし、四季の移ろいを庭に見る。

静かになった日本の空で、鳥が歌うたび三上は空を見上げる。

あのおおぞらから、ローレライの歌声が、自分の胸へ飛び込んできはしまいかと——。

†　†　†

自分の父は聡明だったと城戸平介は思っていた。

戦時中、南方最前線基地ラバウルで通信科に籍を置き、困難に屈せず、終戦まで戦地で戦いぬいて帰国した。終戦後、焼け野原のバラックの中から身を立て、株式会社を起こして、千人を超す従業員を抱えた企業の役員を務めた男だ。経営の手腕もよく、病に倒れて入院したあとも、病室まで他の役員が相談しに来ているほどだった。

その父がいまわの際で、人を捜してほしいと言いだしたときは、どんな困難な人物を捜さなければならないのだろうと不安に感じたものだ。

しかし、捜そうと思えばすぐに捜せる人だったから、わざと捜していなかった——捜せなかった人だろうと平介は思った。

推測は封筒の中味を見たとき確信に変わった。

この浅群塁という人が、ここに書かれた時間に言い残した言葉を告げられなかった相手が、この三上徹雄だ。

どういう事情があったか知らない。だが、父はここに書かれた時刻から死ぬまで、この紙を罪のように抱えて生きてきたのだろう。父は途中まで、この封筒を三上に渡すつもりはなかったのだろうというのは平介の推測だ。死の間際になってなぜ父が思い直したかは知らないが、父が悩んでも当然だと思うほど重要な一言なのは平介にもわかる。

三上徹雄という人は、大人しく真面目そうな人で、父よりずいぶん若く見えた。少し足を引きずりながら歩く左の足首は、くるぶしの骨を鉋(かんな)で削ったように平らだった。父と同じ、ラバウル基地にいた人だと聞いている。苦労したのだろう。

封筒の中を確認した三上が号泣しはじめたことについて、平介は理由を訊くことをためらった。父に罪があるなら自分が償うつもりでいたし、彼に返さなければならない恩があるなら自分が返そうと、ここに来るまでの間に決意していた。しかし遠吠(とおぼ)えのような声を上げて泣く三上を見ていたら、それすらおこがましいような気がして、平介は何も言えなくなった。明るかった父にも、この人にも、戦争が残した未だ癒しきれない深い傷があるのだ。

平介は三上が落ち着くまでじっと座って待っていた。やがてハンカチを受け取ってくれ、しきりに目許を拭っていた。泣き止(や)んだあともすぐには話せず、三上のほうから声をかけてくれる頃には、平介がもうここを発(た)たなければならない時刻が迫っていた。

三上の声は静かだった。先ほどまであれほど慟哭(どうこく)していた人のようには思えなかった。

三上は掠れた声で平介に言った。

「僕の時間はあのとき止まったままで……今初めて彼のために涙を零すのです」

先ほど平介が見たものは、浅群塁のための涙なのだと三上は言う。

「あの頃は、何もわからなくて、どうすればいいか、彼が死んだかどうかすら、悲しむのが正しいのかもわからなくて」

そう言って、三上はようやくつくった笑顔をまた涙に歪める。

「ようやく僕は、彼のために泣きます。彼が死んだ悲しさと君のお父さんの真心と、彼が——塁が生きていてくれたことを、初めて嬉しいと思うんです」

「三上さん……」

「浅群が、ちゃんとあの世へ行けたのか、あの日からもう十何年もわからないまま……、この手紙がなかったら、僕は一生《死んだら魂だけラバウルに行く》と思っておりました。それがわかっていて、君の父君は」

三上は優しい人だ。

「僕がちゃんと生きられるようになるまで、これをしまってくれていたのでしょう——」

東京へ戻る電車はかなり遠くから出ている。ここからバスに乗り、汽車に乗り、そこからさらに乗り換えて、東京行きの電車に乗る。本数も少なく、今すぐここを出なければ今日中に帰れない時間だ。それでもかまわないからもう少し、三上の側にいたいと平介が言うと、彼は「そういう優しいところも、父君にそっくりです」と笑った。

平介は挨拶をして玄関を出た。三上が草履を履いた足を引きずりながら見送りに来てくれる。門までの短い距離を惜しむように知らず歩幅が小さくなった。

前を歩いていた平介は、とうとう立ち止まってしまった。頭上から夏の陽が漏れて、足元をチラチラと揺らしている。

「僕はまだ、考えています」

三上に訊きたい気持ちが半分と、自分に問いかける気持ちが半分。

「三上さんに封筒を渡したのは、本当に正しかったのか。あの封筒のことを知らなければ、三上さんは浅群さんがどこかで生きていることをずっと信じ続けられたかもしれない。父の身勝手で、僕はわざわざあなたを悲しませに来ただけだったのかもしれない。でも知らないことが幸せかどうか、僕にはわからないんです」

父は大きな荷物を降ろして彼岸でほっとしているだろう。だが、三上にとってそれは、十数年越しの戦死通知と同じだ。浅群氏の死をやわらかく受け止めてきただろう人に、今さら刃を突き立てたことになりはしないか。ただ自分の満足のために、不用意に三上を傷つけただけではなかっただろうか。

すっかり落ち着きを取り戻した三上は、ゆっくりとした足取りですぐ後ろまで歩いてきた。

「彼が亡くなったことを知って、寂しくは思うのですが、悲しくはないんですよ」

どういうことだろうと思って三上を見ると、三上は少し首を傾げるようにして平介に微笑んだ。

「彼に会わなければ幸せだったと思いますか？」

三上は先ほどの慟哭が嘘のような穏やかさで問いかけてくる。

「塁に出会わなければ、僕の一生がだいぶん寂しいものになっただけだと思います。昭和十九年……僕たちはそこにいました。今は一人ですが――亡くなった人が、いなかったことにはならないでしょう？」

彼の中では何も失われていないと三上は言う。今はいなくとも、彼の中では何も消えない。過ぎ去ったあとも、三上の胸の中には膨大な愛しさが残り、恋しさが残る。今いないからといって、出会わないのと同じだとは言えないことは、平介にもわかる。

「大丈夫。ちゃんと生きます」

三上は平介に笑いかけて、梢の上に広がる空を見上げた。

「君と、君の父君に心配をかけたその人は本当に手のかかる人で、僕はちゃんと生きて、あの世でまた彼の面倒を見なければなりませんから」

三上の視線を追って、平介も空を仰いだ。
八月の空に、優しい色の蒼穹が広がっている。

幽(かそけ)き星に栄誉あれ

三上が戦後の集まりに一度も出かけなかったのは、塁が本当の戦死者になってしまいそうだと思ったことと、塁についてこれ以上、他人の口から聞かなければならないことはないと思っていたからだ。塁の陰口や悪口、家族の噂は今さら聞いてもしかたがない。自分と過ごした塁が始まりで、そしてすべてでよかった。それ以外は何もいらないと思っていた。

そんな三上が初めて戦友会のようなものに出かけたのは、城戸の息子から例のメモ紙を受け取ったからというのだけが理由ではない。三上の中でようやく塁が死んだものとして受け止められて、誰の口の端に塁の名前が挙がっても、大切な思い出として胸に納めてゆけるとわかったからだ。

その日は個人的な整備員の集まりだった。主に当時、南方に勤務していたいくつかの班の集まりで、見知った顔がほとんどだ。仲がいいというほどではなかったが、それなりに思い出話ができるくらいで、《同じ釜の飯を食った仲》とはよく言ったものだなと三上は感心した。

昼の部と夜の部があり、三上は昼に参加した。靖国神社に参拝したあと料亭で昼食を取る。残れる者はそのまま浅草などへ行き、夜は旅館に泊まって夜通し語らうと言っていた。

「浅群塁一飛曹――今は、少尉でしたか」

塁が出撃してから二ヶ月の頃、未帰還による戦死が認められる期間が過ぎたあと、三上が知らないうちに、城戸と内地の衛藤という人が、塁の武功抜群を特別に具申したそうだ。有数の熟練搭乗員に並ぶ撃墜の功績を認められ、全軍布告されて塁は少尉に昇格した。名誉は与えるが勲章や金銭を受け取る遺族がいない、文字通り書面のみの特進であったが、あの塁なら《死んだ甲斐があった》と皮肉に笑ってみせるだろう。

隣に座った整備員と整備の話をしていたとき、塁の話題になった。

「そうです。浅群を覚えていますか」

三上が問いかけると、小野という優しそうな整備員は頷いた。

「忘れようがありません」

それはそうだと三上は笑った。あの目、あの声。塁は人付き合いこそ少なかったが、塁を知っていたら彼を忘れようがない。塁は変わり者だらけの戦闘機乗りの中でも際だって異質だった。

戦死だったようだと三上は話した。三上のように、塁の戦死の取り消し報告を待つような者は他にいないだろうと思っていたし、塁は一部の熟練搭乗員のように大きく戦死を取りざたされるような男でもなかった。

小野は、意外なことを切り出した。

「――最後に、浅群一飛曹を見送ったのは自分です。覚えていますか。怪我で入院した三上さんと、整備を入れ替わったのは私なんです」

打ち明けられて、どきりとしたが、やはりこれもあらかじめ収めどころを決めてきたことだ。

「私が浅群一飛曹の機体に部品をつけました。三上さんが、いつも取ってらっしゃるのを知っていたのに」

塁の機体に部品をつけた整備員がいるはずだ。もしそれが見つかったとしても整備員のせいではない。塁が命じない限りはあの部品がつけられることはなく、あの頃の追い詰められた搭乗員に命じられて、断れる整備員など自分くらいしかいなかった。だからこんな日が来ても取り乱さない自信が三上にはあった。実際、心は揺れるものの、小野を責めたり憎んだりする気持ちは湧いてこない。

努めて微笑(ほほえ)みを浮かべようとする三上に、小野は続けた。

「がんばろうと、仰(おっしゃ)って」

「塁が……?」

彼の目にはうっすら涙が浮かんでいた。彼はこの打ち明け話をするために三上を探していたのかもしれなかった。隣り合わせに座ったのも偶然ではないのかもしれない。

「浅群一飛曹は、自分の危険を顧みず、一機でも多く墜(お)とそうと」

「それは……」

塁はそういう男ではない。彼が無理をして敵機を墜としていたのには理由があると打ち明けるかどうか、悩む三上に小野は震える声で続ける。

「あそこで飛行隊が持ちこたえてくれなかったら、ラバウルは駄目になっていましたから」

そう言われて三上ははっとした。

塁が敵機を墜とす理由はひとつしか考えなかった。浅群家の名誉回復のためだ。だがもしも、塁が自分たちを——自分を守るためにあの部品をつけて戦ってくれたとしたら、自分は何と言って塁に詫びたらいいのだろう。

小野はハンカチを目許に当てた。

「命に代えて、基地を守ってくれたんです。あの人は立派な搭乗員でした——!」

今さら天に嘆く三上の気持ちが、塁に届くだろうか。

月と懐中時計

三上徹雄は今も、最愛の人が遺した懐中時計と一緒に暮らしている。

懐中時計は、三上が書斎にしている洋間の机の上に置いている、戦後四年目にボーナスで買った、桐箱の中に敷き詰めた青い別珍の褥を住処としていた。

書斎には、ちょうど月明かりが差し込む大きめの窓がある。三上は白い月光を背に、この時計を眺めるのを日課としていた。

上弦の月を過ぎると部屋の灯りは必要ない。温度のない静かな月明かりが室内に差す。三上が手の中で時計を傾けると、月光が風防のガラスを撫でるように反射した。

「……悲しいというか、恋しい、です」

時計に語りかけても——他人が聞いたら独り言なのだが——咎める人がいないことを幸いに、三上は話す。塁はこの中にいると三上は思っている。部品の隙間か、それとも裏蓋の中に満ちているのか、風防ガラスと文字盤の間に溜まっているのかはわからないが、この時計が奏でる刻の中に溶け込むようにして、塁は存在している。

塁は生前、靖国に行って神になるのだと嘯いていたが、人嫌いでもあるし、塁という人間を知った今では、たぶん彼は靖国にはいないだろうと思う。彼は国のために戦ったのではないし、浅群家が没した今、死んでまで国を守ろうという気概もないはずだ。もしも靖国に名簿のようなものがあるなら、さっさと名前を書いて神門を出たのではないかと思う。参道の桜の根元で膝を抱えるくらいならこの家を訪ね、懐中時計の中に滑りこむ程度には、三上は彼の信用を得ていると信じている。ちなみに靖国で迷子になっていはしないかと、念のために塁が座っていそうな木陰を見て回ったことがあるが見つけられなかったから、やはり時計の中にいるのだと思う。

「あの……、手紙を、ありがとうございます」

今日、城戸の息子がやってきた。本当に城戸によく似た息子で、城戸よりも繊細な感じがするところは奥方似だろうか。

真面目そうな若者で、ずいぶんしっかりしているように見えた。

彼は一枚の紙を運んできた。塁からの電文を受信して書きつけた紙だ。文字や紙の具合から、あとで書き写したものではなく、一文字一文字モールスが打たれるまま書き写していったその時の紙だ。塁がモールスを打った瞬間を書き写したものだった。時刻は受信時間を確かめて、あとで城戸が書き足してくれたのだろう。他の書類に紛れてしまわないよう、塁の名前を書いてくれたのも城戸だと思われる。城戸の気遣いが十分過ぎるほど察せられた。

この電文を受け取ったあと、万が一にでも塁を助けられる方法があるなら、城戸はきっと三上に伝えてくれたに違いない。だが、この電文を受けた時点で、塁の死亡は確実だった。当時三上が怪我で動けなかったことを除いても、これを三上が受け取ったところで港で泣き叫ぶことくらいしかできなかったし、塁がこの世にいないと知らされていたら、飢えの苦しみに耐えられず、骨が剥き出しになるほど悪化した傷を治す気力が湧かずにそのまま腐って死んでいたかもしれない。結果的に三上は、城戸に命を救われたのかもしれなかった。

三上は時計と広げた紙を並べて見下ろした。年月にふさわしく、縁がずいぶん茶色くなっている。

「俺に宛てたものじゃないかもしれませんが」

三上は紙の表面を、文字を避けながらそっと撫でた。粗悪な紙にやわらかい芯の鉛筆で書かれている。愛しさのまま撫でていてはあっという間に字が消えてしまう。

「俺は、てっきりあんたに捨てられたのだと思っていました」

あれだけ誓ったのに、塁は滅びた家のためだけに命を捨てたのだと思っていた。あんなに愛しい塁の命を、塁は少しも惜しんでくれなかったのだと悲しくて堪らなかった。

「悲しいですが、嬉しいです」

塁と最後に別れてからずっと、あのとき這ってでも滑走路まで見送るべきだったとか、部品をつけなければ生還できたのか、それとも無理だったのか。もし生還できたとして、あと何回、塁は戻ってこられたのか。そんな今さら考えたってどうしようもない緩やかな後悔ばかりが延々と胸裡を巡った。やはりあの日に散華していたのだと思うと悲しくなったが、死にたくないと思うほど、塁がちゃんと生きていてくれたのが嬉しかった。

三上の心は届いていた。あんな辛い人生だったが、塁が少しでも彼自身の命を貴重に思い、短い一生を大切に過ごしてくれていたと思うと、悲しさの中にひと筋、安堵が混じるのだった。

三上は紙の上に静かに時計を置いて、銀色の弧を描く縁を指で優しく撫でる。

「本当言うと、そっちでまた塁を捜して捕まえて、好きだと訴えて、説得するところから始めるのかなと思っていましたから、『お待たせしました』から始められるかと思うと、ちょっと気が楽です」

何年後かはわからないが、あの世でもう一度塁に会えたら、なぜ自分を置いていったのか、もう部品をつけるのはやめてくれと訴え、そして戦争が終わったことを知らせ、そのうえで今度こそ塁と心が通じ合うよう、一心に自分の気持ちを訴えていこうと思っていた。塁の大切さ、美しさ、そして塁の魂が自由であることを、また一から伝えなければならないが、この世を少しでも惜しく思ってくれていたなら、話も容易に進みそうだ。

「痛かったでしょう。寂しかったですか？」

これまで塁の最期の瞬間は、なるべく想像しないようにしてきたから、ようやく今日から彼を労ってやれる。《シニタクナイ》と言い残した彼の辛さを、ようやく胸に抱きしめて受け止めてやれる。

一人で死なせて可哀想だった。三上の魂を、彼はちゃんと連れていってくれただろうか。

「塁、見えますか」

月光が満ちる静かな部屋で、三上は時計に囁きかける。

「俺は元気です」

「そちらで会いましょう」

面影

ラバウルはいい、と、浅群塁は常々思っている。

現地人を除けば軍人しかいない。

軍人たちは相変わらずで、自分の目が青いことに陰口を言い、「火口に飛び込め米兵め！」などと、すれ違いざま卑怯な罵倒を投げかけてくるが、それは別にもういい。あいつらは自分よりも成績を上げられないから妬んでいるのだ。同じ航空機に乗って同じ空にいるのに、成績に差が出たからと言って『正々堂々』などと言うほうがおかしい。

自分たちの仕事は、連合軍と戦い、皇国と銃後を守ることだ。そのためには一機でも多く米軍機を墜とすのが正義だ。――などということも本当はどうでもよくて、ここでの評価は撃墜数がすべてだ。敵機に伊太利亜兵が乗っていようと仏蘭西兵が乗っていようと、犬や猿が乗っていようとかまわない。とにかく日本軍以外の航空機を撃墜し、その数を数えるのが仕事だ。

蚊がいて、正月でも汗だらだらになるほど暑く、耳を塞いでも手のひらを染み通ってくるような蟬は頭がおかしくなるほどうるさい。朝、女中が起こしに来る。爽やかな井戸水で顔を洗い、小ぶりの焼き魚と、しば漬とおみいのおしいがあって、工作の金槌や発動機の音などせず、庭木がそよぐ音と、秋には月鈴子が縁側にまで上がってきそうな実家での暮らしとは雲泥の差だ。

あれに比べれば、ここは地獄のような生活だ。飯も煮付けも、大釜で炊いて円匙（シャベル）で掬（すく）ったようなものばかりが出る。ときどき見たこともない野菜が入っている。朝は喇叭（ラッパ）とがなり声で叩き起こされ、水はいつでも生ぬるくてサビ臭く、暑くて汗臭くて眠れない日が続く。

それでも塁にとってはここがいたく気持ちいい。

自分の瞳を見て泣きそうな顔をする母はいない。自分の顔を、見てはならないもののようにぬるりと顔を逸らす女中もいない。気の毒そうに自分を見る家庭教師もいなければ、怪訝（けげん）な顔で、無遠慮に顔を覗（のぞ）きこもうとする本屋もいない。

敵機を墜とせるか、墜とせないかがすべてだ。墜とせば総員の前で名を読み上げられ、勲一等として羊羹（ようかん）や一升瓶が渡される。

明快でいい。全部自分のせいなのがいい。

今日もラバウルは天気だ。空は投げやりなほどに適当に青く、綿をこねくり回したような雲は薄情なほどに遠い。飛行靴で歩く足元はもうもうと薄茶色に乾いていて、夾竹桃（フランジパニ）ばかりが青々しい。

そしてここが栄光の地、南の要衝、ラバウル基地の本拠地なところも最高にいい。

だがそんな平和なラバウルにも侵入者がいる。

新聞記者というヤツだ。腕章をつけて写真機を持ってうろうろしている。

内地の新聞に載せる写真を撮りに来ているのだ。勝手に航空機や搭乗員の写真を撮って、満足に礼も言わず去ってゆく。触るなと言われているはずなのに、勝手に何でも道具に触る。厚かましく無礼だ。ハエのようだ。

石を投げつけて追い払いたいが、奴らは記事を書く。人質を取られているような気がして、塁はそれにも腹が立つ。あの傍若無人を許しても『浅群塁の活躍、金一等』と、書いてもらわなければ困るのだ。

写真は撮らせたくないが、記事にはさせたい。何か城戸のところにでも行って、自分の成績の書き付けでも貰って来ようか。それを彼らに押しつけて記事を書けと約束させるのだ。

鉛を噛みしめているような、鈍く、くだらない妄像に想いを馳せていたところに背後から声をかけられた。

三上だ。相も変わらず青空がよく似合う、整備員の服装で腕に木箱を抱えて立っている。

「こんなところにいたんですか、塁。言われたとおりに操縦桿を削ってみたんですが、工場に来て握ってみてもらえませんか」

三上は、ふと塁の視線を追うように左に目を遣った。

「ああ、新聞記者ですね。やっぱり写真を撮ってもらいませんか？　みんな写真を撮ってもらっているんですよ。そうすると現像して分けてもらえるんです。内地への手紙に入れるんだそうです。塁も撮ってもらいませんか？」

「どこに送るって言うんだ」

余りにも間の抜けた質問に、毒づくのも忘れそうだ。百歩譲って、天涯孤独のこの自分が写真なんかを撮ってもらって、どこに送るというのだ。

「俺が貰いたいんですが、記者にねだろうと思っても、ネガがなけりゃどうにもならない」

「諦めてなかったのか」

そののどかさ、屈託のなさにもはや呆れた心地で呟いた。

三上は、自分の写真が欲しいと言っていた。

「もちろん。誰にも見せませんから」

「断ったはずだ。姿なら今、好きに見ろ」

理由も言った。自分の存在をこの世に示すものすべてが嫌だ。姿など、絶対に残したくない。写真などその最たるものだ。残るのは浅群塁の功績という文字だけでいい。もっと言えば浅群家の長男という証拠だけでいいのだ。その代わり、三上には自分を見ていいと許した。他のやつがじろじろ見ていたら拳で殴りつけるところを、三上には許したのだ。

三上は簡単に諦めて、嬉しそうな顔で自分を見ている。

これはこれで居心地が悪いな、と思いながら立っていてふと、思いついたことがある。

「三上の写真は？」

「ありますよ。……家族写真ですが」

「見せてみろ」

だいたいの兵は、出征前に家族写真を撮る。三上には家族がいて家は貧しくないようだから、必ず持っているだろう。

彼は、木箱を地面に降ろすと、胸から油紙に包んだ写真を取り出して塁に差し出した。その無防備な様子に、こちらのほうがドキリとする。三上は塁の家族の縁が薄いことを知っているはずだ。彼を妬んで破ったりしたらどうするつもりなのだ――。

頭の中に小言を満たしながら、恐る恐るそれを受け取った。

「それが父と母と兄、上の妹です。こっちが下の妹」

写真館で撮った写真だ。座った母親が赤子を抱いている。隣に立っているのが兄。父親は椅子の背もたれに手をかけて、それに甘えるように立っているのは振り袖を着た上の妹だ。

「三上は?」

「俺が持っていくためのものなので」

「一枚もないのか」

「あったんですが、内地の同僚に渡してきました」

こういう。こういう男なのだ、三上というヤツは。

人の物や気持ちは大事にするくせに、自分のものはあっけなく人に譲ってしまう。

馬鹿なことを、と思いつつ八つ当たりするのはやめた。出逢(であ)うのが遅かった自分が悪いと思うくらいには、塁は遠慮の心を持っている。そいつと同じくらいに自分と三上が出逢っていたら、きっと三上はその写真を俺にくれたはずだ。

「それなら三上こそが撮ってもらえばいい。家族に送れ」

そして俺にも渡して全部が丸く収まる。彼は塁の写真に口出ししている場合ではないのだ。

だが三上は苦笑いだ。

「整備員の写真など撮ってくれませんよ。作業の様子を撮ってる人はいましたね」

ここでは将官が英雄、搭乗員はスタア、整備員や地上要員は黒子の扱いだ。だが黒子には黒子の受容があって、『優秀な整備員が航空隊を支えている』として内地に紹介するのだ。国民一丸となって戦うのがいいらしい。だから整備員一名の写真など、フィルムのキリが悪いところにたまたま立ち会わせるなどでなければ、面倒くさがって奴らは撮らない。絵にならないからだ。

三上は、木箱を地面から抱え上げた。

「あ、そういえば、ここに来た頃、整備班の集合写真を撮りました」

「それを出せ」

「内地に送りました。一緒に仕事をしている人たちを、家族に見せたくて」

「馬鹿か」

その頃俺はここにいた。何しろ三上より先にラバウルに来たのだ。俺に渡さず家族に渡すとはどういうことだ。

三上は笑って、また新聞記者のほうを振り返った。

「塁といっしょにならば、撮ってもらえませんかね」

「馬鹿か」

どさくさに紛れて自分の姿を写真に収めようとしたって、そうはいかない。

そんな話をしたせいで、どうしても三上の写真が欲しくなってしまった。

何かのついでに写ってはいないだろうか。そういう写真はどこに行けばあるのだろうか。

この島でいちばん多く写真を持っていそうな城戸のところに行ってみた。

三上の写真はないかと訊くと、城戸は、机に置いた腕から身を乗り出すようにして塁を見た。

「三上の写真？　ああ、そうだ、わかる。友の写真を持つというのは良いことだ。いざというときの勇気になる。そうだ、そうしよう。おい、おい誰か。記録班を呼んでくれ」

「は」

窓越しに声をかけると、外から見張り番が短く答えた。城戸は窓越しに手招きをする。

「整備の三上徹雄（てつお）という男を探――お！」

机の上に載っていた書類を、勢いよく城戸のほうに押しやった。

「そんな恥ずかしい真似（まね）はできない！」

とっさに叫ぶと、いつもより更に声が掠れて、喉がビリッと痛む。

「何だって？　俺の写真をやろうか？」

「もういい！」

ゴホゴホと咳き込み、顔を熱くしながら部屋を飛び出した。


夕刻になった。

「――……」

上空から偵察用のカメラでなんとかならないだろうかと考えたが、現実的ではない。似顔絵に自信はない。三上の前面に墨を塗って紙を押しつけたらどうだろう――いや、それなら素直に写真を撮ったほうがいいのか。いや、それができるなら苦労はしていない。

「何ですか？　何か希望があれば承ります」

仕事が終わったばかりの三上を目の前に立たせて、三上を見上げていた。視力は特甲、この距離なら毛穴まで見える。

目に焼きつけようと先ほどから頑張ってみるが、よくよく三上を見てから目を横に向けると、やはり横の景色しか見えない。

以前、三上に写真を与えないと言ったとき、三上はそれなら目に焼きつけておくと言った。

あれは嘘なのか。自分の目が青いから駄目なのか。視力に問題はないはずだ。航空兵自慢の動体視力が、写真機のレンズなどに劣るわけなどない。

「頭痛ですか？　横になったほうが？」

「黙れ」

そんなどうでもいいことで邪魔される謂れはない。自分はできるだけ瞬きしないよう、目が乾いても頑張っているのに。

† † †

やはり目に焼きつけるというのは、不可能なのだと塁は思う。

塁はこれまでさんざん眼球のことを調べてきて、目を解剖した絵などを見て、何がどの役割を果たすのかもよく見てきた。医官の話によると、網膜というところに映写機のように、見えるものが映るという話だ。だから同じところを見続ければ、網膜に同じ画像が焦げ付くのは正しいと思ったのだ。

秋山という整備員のところも訪ねてみた。写真がいつでも目に映るように網膜に現像することはできないかと訊くと、「そこのところを手術で取りだして、現像液に浸せばあるいは」と言ったが、あまり興味がないとも言ったし、さすがにそれは搭乗員生命に関わる。

——女々しい。

そう自分に言い聞かせて、この考えは諦めようと塁は思った。そうしなくとも三上はいつも目の前にいる。写真よりも何倍も鮮明な、実際の姿を見たほうがいいに決まっている。

そうして数日間は穏やかな心で過ごしていたが、ある夜、相も変わらぬ寝苦しさにうとうとしていたら突然ひらめいた。

「！」

夜の闇の中に、はっと息を呑んで目を瞠った。

——整備班の集合写真を撮りました。

その写真を、三上一人が持っているはずがない。焼き増しした写真を他に何人もが持っているはずだ。三上は故郷の家族に送ったと言ったが、送っていないヤツだって一人くらいはいるに違いない。

ああ、と塁は目を閉じた。枕元に置いてあった手ぬぐいをぎゅっと握りしめて堪えた。

今すぐ飛び起きて、三上の班のヤツを起こしに行きたい。

翌朝、三上が会議に出かけている時間を見計らって整備場に行った。

航空機を見る振りをしつつ、機体の間をぶらぶらと歩いて、目的の男を見つける。

この整備班の古株だ。自分が来たときにはすでにここで働いていた中年の男だった。

そいつに手招きをし、手帳に書いた文字を向けた。

「整備員の写真、ですか？」

案の定、男は不審そうな顔で塁を見た。

「そんなものを、どうされるのでしょうか」

『貴様達ノ　顔ヲ　全部　覚エテオク』

「そ……そういう真似は、やめていただきたい！」

書き付けと塁の顔を見比べて男は青くなった。搭乗員が、日頃世話になっている整備担当班の者を覚えておきたいというのは、そう奇妙な話ではないはずだ。なのに男は拳を握りしめ、ぶるぶる震わせながら、塁を睨み、何かを言いたげに口をパクパクしている。

ああ、と、彼の言いたいことを塁は察した。口実はよくできていたが、自分に信頼がないことを加味することを忘れていた。彼らは自分を嫌がっている。だからといって別に一人一人に報復しようというわけではないのだ。

『此処（ここ）ハ　整備員ガ　多ヒカラ

迷ワズニ　声ヲ　掛ケタイ』

また手帳に書き付けて男に見せた。

男はこめかみに血管を浮かべ、目が飛び出しそうなほど目蓋を開いて文面を読むと、ふっと憑き物が落ちたように肩を落とした。

「ああ、そういうことなら。――おい誰か、うちの集合写真を持っている者はいないか！」

振り返って彼が叫ぶと、灌木の間から数人の男が顔を出す。

彼らは集まって、短く話し合うと工場のほうに走っていき、集合写真を手に戻ってきた。

渡された写真全体を凝視する。あらゆる機影を見分ける自分にして、三上を見分けるなど一秒あっても有り余る。

三十名ほどの写真だ。三上は右隅だった。

男は一人一人指さしながら、説明をした。隊の構成人員は、この短期間にもだいぶん入れ替わっている。

「この者と、この者は転属しました。この男はマラリアで病院に」

ふんふん、と聞く振りをしながら塁は、三上の姿を品定めした。

端っこなので、ぼんやりとしているが角度はいい。たまたま現像のときに削れたのか、しかしなぜか、けしからんことに口元のほくろが写っていない。何か光が入って消えてしまったのか。まあいい、あとで俺が描いてやろう。

礼儀として一通り説明を聞き終え、わかったと頷いて、写真を丁重に胸元に押し込んだ。

最後に手帳に一言書いて、男にかざす。

『黙ッテイロ』

一度に三十人分の情報を聞かされても覚えられないし、目的は三上だけだ。自分が写真を持っていると他の者に知られて、説明を求められると困るし、何より三上に知られると面倒だ。

整備員は感動したように頷いた。塁も力強く頷き返した。軍人たる者、陰の努力や心遣いが尊重されることを塁はよく知っていた。


貰ってみたはいいが、困ったことが発生した。

写真は大きかった。手帳の倍以上あり、当然胸のポケットには入らない。

三上だけあればいいのだが、と思って、三上の部分を指で千切って手帳に挟んだ。これでまずは塁の望みは達成された。安堵した。

しかし、この残りの写真をどうしたものか。

立派な写真だ。勿体ないのは理解するし、だからといってこれを持っていても困るばかりだ。一人一人千切って本人に配って回るか、それとも破って捨てるか――。しかしそれも縁起が悪い。人の写った写真を破るとなると、背徳感とか罪悪感のような後ろめたい感情が一応塁にも湧き上がる。

最終的にはそうするのも吝かではないが、できれば穏便に済ませたい――。

考えながら整備場のほうへ歩いていると、途中の木陰で数人の人が集まっているのが見えた。うちの整備班の男もいる。

離れた場所で耳を澄ませた。元気でいろよとか、向こうに行っても頑張れよ、と言っているのが聞こえてくる。

「せっかくうちに来てくれたというのに」

「どこも整備員が足りないので仕方がありません」

そんな声も聞こえてくる。

しばらくして、彼らはばらばらに歩いていった。塁は、目元を手首で拭いながら歩いている男の後をつけた。

「あ……、浅群一飛曹！」

男は驚いて自分を見ると、決まり悪そうに言い訳をした。

「じ、実は、明日からカビエンに行くことになりまして、今、たった今、正式に話を聞いてきたところで」

彼は勝手に焦って、頭を下げた。

「も、申し訳ありません。搭乗員には明日、ご挨拶をしますので！」

塁は手帳に文字を書き付けた。

『短イ間ダガ、世話ニナッタ』

「浅群一飛曹……」

『躯ニ気ヲ付ケヨ』

手帳を見せて胸にしまい、代わりに二つ折りにしていた写真を取りだした。

「それは……、うちの班でしょうか」

塁は頷いた。男はここに来たばかりで、また別の隊の手伝いに出されるようだ。彼はもちろん写っていないが、思い入れのある面々だろう。

やる、と視線で促すと、男は明るい顔で写真を手に取った。貴重品だ。記念写真ならなおさら欲しいだろう。多少破れているが、気にするほどの面積ではない。

「ありがとうございます！　邦に帰って自慢します！」

案の定、男は大切そうに手に取り、深々と頭を下げた。数歩下がったところで、もう一度、男は頭を下げる。

小径まで歩いたところで、また振り返ってこちらに会釈を寄越した。塁はそれをずっと見ていた。

——証拠隠滅。

かくして、写真の残りは明日、穏便にラバウル基地を出て行くことになった。

三上が写真を欲しがる気持ちがよくわかった、としみじみと塁は、白黒の写真の切れ端を眺めた。

背が高く、後列の端にいるものだから本物より斜め下に伸びて写っているが、歪んでいても三上は三上だ。

手帳に米粒で貼った。

なるほど、これは満足だ。

渡したほうも、貰ったほうも満足だろうと、改めて写真の効能を確認した。

満足だった。満足だったからこそ、ほんの少しだけ寂しくなった。

俺の目も黒かったらよかった。

† † †

その日もうだるような暑さだった。

叫び声が地上を行き交う中、塁は零戦の搭乗員席に収まっている。

上空は寒いとはいえ、常夏の地上で着る航空服は暑く、航空機自体が陽で焼けているものだから、うんざりするほど湿った空気が暖められ続け、機体の中に結露しそうだ。

三上が、熱帯性潰瘍で倒れた。

甘く見ていたのか、堪えていたのかはわからないが、思わず眉をひそめるほど大きく腫れて膿んでいて、加療が必要なのは確かな傷口だった。

これでしばらくは逢えないだろう。帰ってきたら見舞いに行くが、まずはあちこちに分散している療養場所から、三上がいる場所を捜し出すのがことだな、と思いつつ、機体前方でU字部品を溶接する作業を眺めていた。

整備待ちをしている間に手帳を開いた。

貼り付けたままの日の、三上の写真がある。相変わらず温厚そうで、しっかりしていそうな顔立ちだ。墨が描いたほくろは少々右過ぎたと思ったが、写真自体が小さいので誤差の範囲だ。

面影を指先で撫でてみる。撫ですぎて、破ったところがすっかりまろやかになってしまっていた。

目に焼きつくなどというのはまったくの嘘だ。

見ても見ても見たりない。

なのに、手帳を開くまでもなく、胸の奥にこの映像はくっきりと映し出されている。

――そうか、胸に焼きつくのだ。

なんとなく正解を見つけた気がした。写真などよりもいい。帰ってきたら三上に教えてやろうと思っていた。

機体がゆさゆさと揺れるのに、塁は顔を上げた。整備員が翼に登ってきている。

「……終わりました」

緊張した面持ちで告げられるのに頷き、手帳を胸にしまって、手袋を嵌めた。

空はうんざりするような快晴だった。

三上ではない者に見送られ、塁は地上を飛び立った。

1945シリーズ復活
おめでとうございます！

私にとって、特別であり大好きな1945シリーズに
再び関わる事ができて 本当に嬉しいです。
ありがとうございます!!

牧.

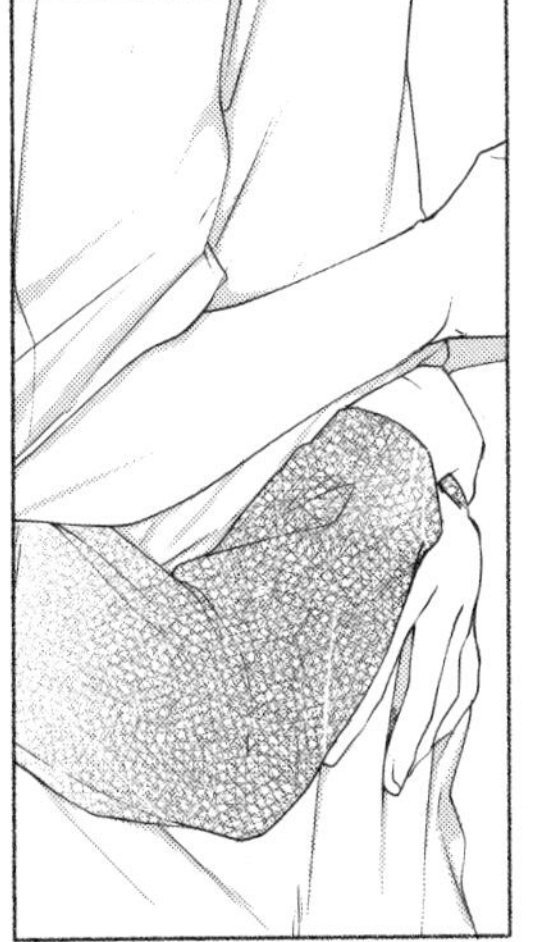

あとがき

このたびは、本をお手にとっていただきありがとうございました。

一度絶版していた作品で、世情を鑑みますに新作を出版していただくことすら難しい中、文庫の形で再度出版してくださったキャラ文庫さんには心から御礼申し上げます。また、そうなりましたのも、当初から私の作品を拾い上げて応援してくださった方、本が流通から外れましたあとも、読みたいとか、おすすめしてくださる声を上げ続けてくださった皆様のおかげです。また「そのうちなんとかしますのでどうかお待ちください」という私の曖昧なご案内を信じてお待ちくださった方にも御礼申し上げます。お届けできて嬉しいです。本当にありがとうございました。

この作品が含まれます『1945シリーズ』について、ありがたいことに複数の版元さんから再出版のお声がけをいただいていたものの、なかなか決心が付かなかった理由をお話しします。まず日時と人の特定がしやすいジャンルであること。実際多くの人が亡くなられた時代背景なので、そこに架空の人物を割り込ませるとか、上書きするなどの手法を取りたくありません。これは書き始めてからの絶対の指針で「その世界であると示しつつ、どうやっても時間軸の整合性がとれない」という時間軸上にものがたりを載せることで、強く架空であることを打ち出してきたつもりです。しかも、同じステージに複数の物語を展開することによって、余計ひずみが大きくなり、結果的に当時はそれがよかったと思っていました。

それを再出版するに当たってどこまで修正するべきか、まったく決めきれなかったのが、長く手元に置いてしまった一番大きな理由です。一度元に戻してひずませ直すか、ひずみを小さくするかの二択になるのですが、担当さんや校正さんのアドバイスなどをいただいて、ひずみを狭めつつ、架空の時間軸でありながらシリーズ内で調整するという方法をとることにしました。そうするためには再度の校正が必須でした。再出版のご期待に添いつつ、少しでもよく修正したいという願いを叶えていただき、再校正をお許しいただいたキャラ文庫さんには本当に感謝の念に堪えません。

戦後八十年が目前となりました。戦争の話を聞かせてくださった方のほとんどが鬼籍に入られて、人々からも戦争の記憶が遠く忘れ去られる一方、世界的には紛争や戦争は増えるばかりで落ち着く気配がありません。このシリーズ群では戦争の話はできませんが、一般家庭に生まれた男子が戦地に行った話をします。ご興味のきっかけにしていただいて、実際の平和の願いに繋げていただけたらこれほどありがたいことはありません。

作中では、たくさんの資料にお世話になりました。文献資料はもちろんですが、場所やお名前を思い出せない勉強会や、語り部さんたちにも心から御礼申し上げます。

最後になりましたが、またシリーズを通して挿絵をいただけることになりました、牧(まき)先生にも心からの感謝を申し上げます。再会しても塁のおでこがかわいらしくてしかたがありません。引き続きどうぞよろしくお願いいたします。

このあとも編集部、牧先生、デザイナーさん、校正さん、他多くのお力をお借りしつつ他の人のものがたりをお届けする予定です。精一杯尽くしますのでどうかお付き合いくださいませ。

ここまでお読みいただきありがとうございました。

またお目にかかれますように。

二〇二四年　吉日

尾上　与一

この本を読んでのご意見、ご感想を編集部までお寄せください。

《あて先》〒141－8202　東京都品川区上大崎3－1－1　徳間書店　キャラ編集部気付
「蒼穹のローレライ」係

【読者アンケートフォーム】
QRコードより作品の感想・アンケートをお送り頂けます。
Chara公式サイト http://www.chara-info.net/

■初出一覧

蒼穹のローレライ……蒼竜社刊（2015年）

※本書は蒼竜社刊行Holly Novelsを底本とし、番外編「面影」を書き下ろしました。

Chara

蒼穹のローレライ

……………………【キャラ文庫】

2024年2月29日　初刷

著　者　尾上与一

発行者　松下俊也

発行所　株式会社徳間書店

〒141-8202　東京都品川区上大崎3-1-1

電話　049-293-5521（販売部）

03-5403-4348（編集部）

振替　00140-0-44392

印刷・製本　図書印刷株式会社

カバー・口絵　近代美術株式会社

デザイン　川谷康久（川谷デザイン）

ISBN978-4-19-901126-9

尾上与一の本

好評発売中

[セカンドクライ]

イラスト✦草間さかえ

相続放棄したかったのに、とんでもない遺産を押し付けられた!? 実家と縁を切り、その日暮らしの駆け出し画家をしていた桂路(けいじ)。そこに現れたのは、兄が目をかけていた秘書見習いの慧(さとし)だ。幼い頃、育児放棄されて愛情を知らずに育った慧と、兄の遺言により旧い洋館で一緒に暮らすことになり…!? 心が未成熟な青年と描く物を見失った画家──生きづらさを抱えた者同士が見つけた再生の物語!!

尾上与一の本

好評発売中

［花降る王子の婚礼］

イラスト✦yoco

武力を持たない代わりに、強大な魔力で大国と渡り合う魔法国——。身体の弱い姉王女の代わりに、隣国のグシオン王に嫁ぐことになった王子リディル。男だとバレて、しかも強い魔力も持たないと知られたらきっと殺される——!!　悲愴な覚悟で婚礼の夜を迎えるけれど、王はリディルが男と知ってもなぜか驚かず…!?　忌まわしい呪いを受けた王と癒しの魔力を持つ王子の、花咲く異世界婚姻譚!!

尾上与一の本

好評発売中

[氷雪の王子と神の心臓]

イラスト✦yoco

炎を操る若き新皇帝と伝説の大魔法使い――
運命に抗った愛の奇跡!!

大魔法使いとして生まれ、政治の道具として隣国に嫁ぐ重い定め――強大な魔力のため塔に幽閉されていた王子ロシェレディア。そこにある夜、現れたのは帝国アイデースの第五皇子イスハン。野心もないのに兄皇帝から命を狙われる身だ。「俺が皇太子ならそなたを攫えるのに」互いに運命に抗えず、あり得ない夢を語り逢瀬を重ねていたが!? 選んだ未来は茨の道――比類なき苦難と愛の奇跡!!

尾上与一の本

好評発売中

[虹色の石と赤腕の騎士]

花降る王子の婚礼3

イラスト✦yoco

生まれた時から肉体が維持できず、繭の中で一生暮らす運命——。けれどその繭が形を保てず崩れ始めた…!?　第二王子ステラディアースの生命の危機に、リディルに助けを求めたのは、お付きの騎士ゼプト。「あの方のためなら心臓を差し出しても構わない」と長年、一途に恋い慕い続けてきた男だ。大切な兄を救うため、リディルは愛するグシオンと共に、決死の覚悟で神域である虹の谷を訪れて…!?

投稿小説 大募集

『楽しい』『感動的な』『心に残る』『新しい』小説——
みなさんが本当に読みたいと思っているのは、
どんな物語ですか？
みずみずしい感覚の小説をお待ちしています！

応募のきまり

応募資格

商業誌に未発表のオリジナル作品であれば、制限はありません。他社でデビューしている方でもOKです。

枚数／書式

20字×20行で50～300枚程度。手書きは不可です。原稿は全て縦書きにしてください。また、800字前後の粗筋紹介をつけてください。

注意

❶原稿はクリップなどで右上を綴じ、各ページに通し番号を入れてください。また、次の事柄を1枚目に明記して下さい。
（作品タイトル、総枚数、投稿日、ペンネーム、本名、住所、電話番号、職業・学校名、年齢、投稿・受賞歴）

❷原稿は返却しませんので、必要な方はコピーをとってください。

❸締め切りは特別に定めません。採用の方にのみ、原稿到着から３ヶ月以内に編集部から連絡させていただきます。また、有望な方には編集部からの講評をお送りします。（返信用切手は不要です）

❹選考についての電話でのお問い合わせは受け付けできませんので、ご遠慮ください。

❺ご記入いただいた個人情報は、当企画の目的以外での利用はいたしません。

あて先

〒141-8202　東京都品川区上大崎3-1-1
徳間書店　Chara編集部　投稿小説係